T0262626

Los días de Jesús en la escuela

Los días de Jesús en la escuela

J. M. COETZEE

Traducción de
Javier Calvo

LITERATURA RANDOM HOUSE

Gracias a Soledad Costantini y a Penny Hueston
por su ayuda con el español.

J. M. COETZEE

Título original: *The Schooldays of Jesus*
Primera edición: marzo de 2017

© 2016, J. M. Coetzee
El propietario se reserva los derechos para todo el mundo
Publicado por acuerdo con Peter Lampack Agency, 350 Fifth Avenue, suite 5300,
New York, NY 10176-0187, USA
© 2017, Penguin Random House Grupo Editorial, S.A.U.
Travessera de Gràcia, 47-49. 08021 Barcelona
© 2017, Javier Calvo Perales, por la traducción

Printed in Spain – Impreso en España

ISBN: 978-84-397-3243-3
Depósito legal: B-434-2017

Compuesto en La Nueva Edimac, S. L.
Impreso en Cayfosa (Barcelona)

RH32433

Penguin
Random House
Grupo Editorial

Algunos dicen: nunca segundas partes fueron buenas.

Don Quijote, II, 4

1

Él esperaba que Estrella fuera más grande. En el mapa figura como un punto del mismo tamaño que Novilla. Pero mientras que Novilla es una ciudad de verdad, Estrella no es más que pueblo grande y disperso, ubicado en una campiña de colinas, campos y huertos por la que traza sus meandros un río perezoso.

¿Acaso será posible empezar una vida nueva en Estrella? En Novilla él pudo acudir a la Oficina de Reubicación para conseguir alojamiento. ¿Acaso Inés, el niño y él podrán encontrar una casa aquí? La Oficina de Reubicación es caritativa, es la encarnación misma de una modalidad impersonal de la caridad; pero ¿acaso esa caridad se extenderá a unos fugitivos de la ley?

Juan, el autoestopista que se les unió de camino a Estrella, le ha sugerido que busquen trabajo en una de las granjas de la zona. Los granjeros siempre necesitan jornaleros, les dice. Las granjas más grandes incluso tienen barracones dormitorio para los temporeros. Si no es temporada de naranjas, será la de manzanas; si no es la de manzanas, será la de la uva. Estrella y sus inmediaciones son un verdadero cuerno de la abundancia. Si ellos quieren, él puede indicarles cómo llegar a una granja donde una vez trabajaron unos amigos suyos.

Él cruza una mirada con Inés. ¿Deberían seguir el consejo de Juan? El dinero no es problema, él tiene bastante en el bolsillo, podrían alojarse con facilidad en un hotel. Pero si realmente les están yendo detrás las autoridades de Novilla, tal vez les convendría más juntarse con la población anónima y de paso.

—Sí —dice Inés—. Vamos a esa granja. Ya llevamos demasiado tiempo metidos en el coche. Bolívar necesita que lo paseen.

—Yo pienso lo mismo —dice él, Simón—. Pero una granja no es un campamento de vacaciones. Inés, ¿estás dispuesta a pasarte todo el día recogiendo fruta bajo un sol de justicia?

—Trabajaré como todos —dice Inés—. Ni más ni menos.

—¿Yo también puedo recoger fruta? —dice el niño.

—Me temo que no, tú no —dice Juan—. Eso iría contra la ley. Sería trabajo infantil.

—A mí no me molesta el trabajo infantil —dice el niño.

—Estoy seguro de que el granjero te dejará recoger fruta —dice él, Simón—. Pero no demasiada. No lo bastante como para que sea trabajar.

Cruzan Estrella con el coche, por la calle principal. Juan les señala el mercado, los edificios administrativos y el modesto museo de arte. Cruzan un puente, dejan atrás el pueblo y siguen el curso del río hasta que aparece ante ellos una casa imponente en la ladera de la colina.

—Esa es la granja que os decía —dice Juan—. Ahí fue donde mis amigos encontraron trabajo. El refugio está detrás. Tiene una pinta espantosa, pero en realidad es bastante cómodo.

El refugio se compone de dos barracones alargados de acero galvanizado unidos por un pasadizo cubierto; a un lado está la caseta de los lavabos. Él aparca el coche. El único que sale a darles la bienvenida es un perro canoso de patas agarrotadas que, refrenado por su cadena, les gruñe y les enseña unos colmillos amarillentos.

Bolívar se despereza y se escabulle del coche. Inspecciona de lejos al perro desconocido y decide no hacerle caso.

El niño entra corriendo en los barracones y vuelve a salir.

—¡Tienen literas dobles! —grita—. ¿Puedo dormir en una litera de arriba? ¡Por favor!

Ahora una mujer corpulenta con delantal rojo y vestido suelto de algodón aparece procedente de la parte de atrás de la granja y se les acerca bamboleándose por el camino.

—¡Buenos días, buenos días! —les dice, levantando la voz. Examina el coche cargado—. ¿Vienen de lejos?

—Sí, de muy lejos. Nos preguntábamos si necesitaban algún jornalero más.

—Siempre nos viene bien tener a más gente. Cuantos más trabajen, más liviano es el trabajo. ¿No dicen eso los libros?

—Seríamos solo dos, mi mujer y yo. Mi amigo aquí presente tiene otras obligaciones. Este es nuestro hijo, se llama David. Y este es Bolívar. ¿Habría un sitio para Bolívar? Forma parte de la familia. No vamos a ninguna parte sin él.

—Bolívar es su nombre de verdad —dice el niño—. Es un alsaciano.

—Bolívar. Es un nombre bonito —dice la mujer—. Poco común. Seguro que tenemos algún sitio para él, siempre y cuando se porte bien, se conforme con comer sobras y no se meta en peleas ni persiga a los pollos. Ahora mismo los trabajadores están en los huertos, pero les puedo enseñar los dormitorios. El de la izquierda es el de los hombres y el de la derecha el de las mujeres. Me temo que no hay habitaciones familiares.

—Yo voy a estar en el lado de los hombres —dice el niño—. Dice Simón que puedo dormir en una litera de arriba.

—Haz lo que quieras, chico. Hay espacio de sobra. Los demás volverán…

—Simón no es mi padre de verdad y yo en realidad no me llamo David. ¿Quieres saber cómo me llamo de verdad?

La mujer echa una mirada desconcertada a Inés, que finge no verla.

—Veníamos jugando a un juego en el coche —interviene él, Simón—. Para pasar el rato. Hemos jugado a ponernos nombres nuevos.

La mujer se encoge de hombros.

—Los demás volverán pronto para el almuerzo y entonces podréis presentaros. La paga son veinte reales al día, lo mismo para los hombres que para las mujeres. Se trabaja desde que sale el sol hasta que se pone, con dos horas para descansar a mediodía. El séptimo día descansamos. Es el orden natural y es el orden que seguimos. En cuanto a la comida, nosotros os damos los ingredientes y vosotros los cocináis. ¿Os parecen bien las condiciones? ¿Creéis que os apañaréis? ¿Habéis recogido fruta antes? ¿No? Aprenderéis deprisa, no tiene mucho misterio. ¿Tenéis gorras? Vais a necesitar gorras, el sol pega bastante fuerte. ¿Qué más os puedo decir? A mí me podéis encontrar siempre en la casa grande. Me llamo Roberta.

–Roberta, encantado de conocerte. Yo soy Simón, ella es Inés y él es Juan, que nos ha hecho de guía; a él lo voy a llevar ahora en coche al pueblo.

–Bienvenidos a nuestra granja. Estoy segura de que nos llevaremos bien. Es bueno que tengáis coche propio.

–Nos ha traído desde lejos. Es un coche fiel. Es lo mejor que se le puede pedir a un coche, fidelidad.

Para cuando terminan de descargar el coche, los jornaleros ya han empezado a volver poco a poco de los huertos. Todo el mundo se presenta y les ofrecen almorzar con ellos, a Juan incluido: pan casero, queso, aceitunas y cuencos grandes de fruta. Sus compañeros son una veintena más o menos, entre ellos una familia con cinco hijos a los que David examina desde su lado de la mesa.

Antes de conducir a Juan de vuelta a Estrella, él se lleva un momento aparte a Inés.

–¿Qué te parece? –le dice en voz baja–. ¿Nos quedamos?

–El sitio se ve bien. Estoy dispuesta a quedarme aquí mientras buscamos otra cosa. Pero necesitamos un plan. No he hecho todo este viaje para terminar llevando la vida de una simple jornalera del campo.

Inés y él han discutido la cuestión antes. Si las autoridades les están yendo detrás, necesitan ser prudentes. Pero ¿acaso les están yendo detrás? ¿Tienen razones para temer que los persigan? ¿Acaso la ley tiene suficientes recursos para mandar agentes a los confines más remotos del país y detener a un niño de seis años por hacer novillos? ¿Acaso es motivo de preocupación verdadera para las autoridades de Novilla el hecho de que un niño vaya o no a la escuela, siempre y cuando no crezca analfabeto? Él, Simón, lo duda. Por otro lado, ¿y si resulta que no están persiguiendo al niño que hace novillos, sino a la pareja que, jurando falsamente que son sus padres, lo ha sacado de la escuela? Si es a Inés y a él a quienes están buscando, ¿acaso no deberían permanecer escondidos hasta que sus perseguidores, agotados, abandonen la cacería?

–Una semana –propone él–. Seamos simples jornaleros durante una semana. Entonces nos lo replantearemos.

Va con el coche a Estrella y deja a Juan en casa de unos amigos suyos que tienen una imprenta. De vuelta en la granja, se reúne con Inés y con el niño para explorar su nuevo entorno. Visitan los huertos y son iniciados en los misterios de las cizallas y el cuchillo de poda. Le dicen a David que los deje solos un rato y él desaparece, quién sabe dónde, con los demás niños. A la hora de la cena vuelve con arañazos, en los brazos y las piernas. Han estado subiéndose a los árboles, les cuenta. Inés quiere ponerle yodo en los arañazos, pero él no se deja. Se retiran a la cama temprano, igual que todos los demás, y David se va a su deseada litera de arriba.

Para cuando llega el camión de la mañana, Inés y él ya han desayunado a toda prisa. David, que todavía se está quitando las legañas, no participa de su desayuno. Ellos suben al camión junto con sus nuevos compañeros y son llevados a los viñedos; siguiendo el ejemplo de sus compañeros, Inés y él se atan unos canastos a la espalda y se ponen manos a la obra.

Mientras ellos trabajan, los niños son libres de hacer lo que quieran. Liderados por el mayor de la tribu de cinco hermanos –un niño llamado Bengi, alto, flaco y con una mata de pelo negro rizado–, corren colina arriba hasta la represa de tierra que riega los viñedos. Los patos que están nadando en ella se alejan alarmados, todos menos una pareja con polluelos demasiado inmaduros para volar, que en su intento de escapar empujan a su camada hacia la otra orilla. Pero son demasiado lentos: los niños los desvían entre gritos excitados y los obligan a volver al medio de la represa. Bengi empieza a tirarles piedras; los más pequeños lo imitan. Incapaces de volar, las aves nadan en círculos y graznan ruidosamente. Una piedra golpea al macho de colores más hermosos. El animal saca medio cuerpo del agua, se vuelve a zambullir y se aleja chapoteando con un ala rota. Bengi suelta un grito de triunfo. El diluvio de piedras y terrones se redobla.

Inés y él oyen el barullo con incertidumbre; los demás recolectores no prestan atención.

—¿Qué crees que es ese ruido? —dice Inés—. ¿Crees que le puede haber pasado algo a David?

Él deja el canasto en el suelo, sube la ladera de la colina y llega a la represa a tiempo de ver cómo David le da al chico mayor un empujón tan furioso que lo hace tambalearse y casi caer.

—¡Para! —lo oye gritar.

El chico se queda mirando con asombro a su asaltante; a continuación se da la vuelta y les tira otra piedra a los patos.

Ahora David se zambulle en el agua, con zapatos y todo, y se pone a chapotear en dirección a los patos.

—¡David! —lo llama él, Simón.

El niño no le hace caso.

En el viñedo al pie de la colina, Inés deja su canasto y echa a correr. Él no la ha visto afanarse tanto desde que la vio jugar al tenis el año pasado. Ahora va despacio, sin embargo; ha ganado peso.

El perrazo sale de la nada y pasa corriendo al lado de ella, directo como una flecha. Se zambulle en el agua y al cabo de un momento ya está al lado de David. Le agarra la camisa con los dientes y lo arrastra hasta la orilla, entre las protestas y manotazos del niño.

Llega Inés. El perro se tumba en el suelo, con las orejas caídas y los ojos clavados en ella, esperando una señal, mientras David, con la ropa empapada, se dedica a berrear y a golpearlo con los puños.

—¡Te odio, Bolívar! —chilla—. ¡Ese niño estaba tirando piedras, Inés! ¡Quería matar al pato!

Él, Simón, coge en brazos al niño entre pataleos.

—Tranquilo, tranquilo —le dice—. El pato no está muerto, ¡míralo! Solo es un chichón. Pronto se pondrá mejor. Ahora, niños, creo que tenéis que iros todos y dejar que los patos se tranquilicen y sigan con sus cosas. Y tú no digas que odias a Bolívar. Tú lo quieres, lo sabemos todos, y él te quiere a ti. Ha creído que te estabas ahogando y ha intentado salvarte.

David se escabulle de sus brazos, furioso.

—Yo iba a salvar al pato —dice—. No le he pedido a Bolívar que venga. Bolívar es tonto. Es un perro tonto. Ahora lo tienes que salvar *tú*, Simón. ¡Venga, sálvalo!

Él, Simón, se quita los zapatos y la camisa.

—Ya que insistes, lo intentaré. Pero déjame que te comente que la idea que tiene un pato de que lo salven puede ser muy distinta a la idea que tienes tú de que te salven a ti. Y puede que esa idea incluya cosas como que te dejen en paz los humanos.

Acaban de llegar unos cuantos vendimiadores más.

—Déjalo, ya voy yo —se ofrece un hombre más joven.

—No, es muy amable de tu parte, pero esto es cosa de mi hijo.

Él se quita los pantalones y se mete en calzoncillos en las aguas marrones. El perro aparece a su lado sin apenas salpicar.

—Vete, Bolívar —le dice él en voz baja—. Yo no necesito que me salves.

Apiñados en la orilla, los vendimiadores miran cómo ese caballero ya no tan joven y con un cuerpo no tan firme como en su época de estibador se dedica a hacer la voluntad de su hijo.

El agua no cubre mucho. Ni siquiera en la parte más profunda le llega por encima del pecho. Aun así, le cuesta mucho mover los pies por el lodo blando del fondo. Es completamente imposible que pueda alcanzar al pato del ala rota, que ahora chapotea por la superficie trazando círculos irregulares, ya no digamos a la madre pato, que a estas alturas ya ha llegado a la otra orilla y se ha escabullido por entre la maleza seguida de su camada.

Es Bolívar quien acaba haciéndolo en su lugar. Deslizándose a su lado como un fantasma, sin asomar más que la cabeza por encima del agua, encuentra al pato herido, le cierra las fauces como si fueran un tornillo de banco sobre el ala inerte y lo arrastra hasta la orilla. Al principio hay un frenesí de resistencia, un batir de alas y un chapoteo; luego, de golpe, el ave parece aceptar su destino. Para cuando él, Simón, ha emergido del agua, el pato ya está en brazos del joven que se ha ofrecido antes para ir en su lugar y los niños lo están inspeccionando con curiosidad.

Aunque ya está muy alto en el cielo, el sol apenas lo calienta. Se pone la ropa, temblando.

Bengi, el mismo que lanzó la piedra que ha causado todo este problema, acaricia la cabeza del pato; el animal se muestra completamente pasivo.

—Pídele perdón por lo que has hecho —le dice el joven.

—Perdón —murmura Bengi—. ¿Le podemos curar el ala? ¿Se la podemos entablillar?

El joven niega con la cabeza.

—Es una criatura silvestre —dice—. No se dejará entablillar. Está listo para morir. Lo ha aceptado. Mira. Mírale los ojos. Ya está muerto.

—Se puede quedar en mi litera —dice Bengi—. Le puedo dar de comer hasta que se mejore.

—Date la vuelta —le dice el joven.

Bengi no lo entiende.

—Date la vuelta —dice el joven.

Y él, Simón, le susurra a Inés, que está secando al niño:

—No le dejes mirar.

Ella se pega la cabeza del niño a la falda. Él se resiste, pero ella se muestra firme.

El joven agarra al pato entre las rodillas. Un movimiento rápido y ya está. La cabeza queda colgando desgarbadamente;

los ojos se le entelan. El joven le da el cadáver emplumado a Bengi.

—Ve a enterrarlo —le ordena—. Venga.

Inés suelta al niño.

—Ve con tu amigo —le dice él, Simón—. Ayúdale a enterrar al pato. Asegúrate de que lo hace como es debido.

Más tarde el niño los busca a Inés y a él mientras están trabajando en las viñas.

—¿Qué? ¿Habéis enterrado al pobre pato? —le pregunta él.

El niño niega con la cabeza.

—No hemos podido cavarle un hoyo. No teníamos pala. Bengi lo ha escondido entre las matas.

—Eso no está bien. Cuando termine mi jornada iré yo y lo enterraré. Tú me enseñas dónde está.

—¿Por qué ha hecho eso?

—¿Por qué ese joven le ha dado una muerte piadosa? Ya te lo he dicho. Porque el pato no habría podido hacer nada con el ala rota. Se habría negado a comer. Se habría dejado morir.

—No, pregunto por qué ha hecho eso Bengi.

—Estoy seguro de que no tenía mala intención. Simplemente estaba tirando piedras y una cosa ha llevado a la otra.

—¿Y las crías también se morirán?

—Claro que no. Tienen a su madre, que las cuida.

—Pero ¿quién les va a dar leche?

—Las aves no son como nosotros. No beben leche. Y en todo caso, son las madres las que dan leche, no los padres.

—¿Encontrarán a un padrino?

—No creo. No creo que haya padrinos entre las aves, igual que no hay leche. Los padrinos son una institución humana.

—Bengi no está arrepentido. Dice que lo siente, pero no lo siente de verdad.

—¿Qué te hace pensar eso?

—Que quería matar al pato.

—No estoy de acuerdo, hijo. No creo que supiera lo que estaba haciendo, al menos no del todo. Estaba tirando piedras de esa forma en que tiran piedras los chicos. No era su intención matar a nadie. Y después, cuando ha visto que el pato era una criatura hermosa y él había hecho una cosa terrible, se ha arrepentido y lo ha sentido.

—No es verdad que lo sienta. Me lo ha dicho.

—Si no lo siente todavía, lo sentirá pronto. Su conciencia no le dará descanso. Así somos los seres humanos. Si hacemos algo malo, no lo podemos disfrutar. Nuestra conciencia se encarga.

—¡Pero estaba brillando! ¡Lo he visto! ¡Estaba brillando y tirando piedras con todas sus fuerzas! ¡Quería matarlos a todos!

—No sé qué quieres decir con eso de que estaba brillando, pero aunque brillara, y aunque tirara piedras, eso no demuestra que tuviera la intención real de matarlos. No siempre podemos prever las consecuencias de nuestros actos, sobre todo cuando somos jóvenes. Y no te olvides de que se ofreció para cuidarle el ala rota al pato y para darle cobijo en su litera. ¿Qué más podía hacer? ¿Des-tirar la piedra que tiró? Eso es imposible. El pasado no se puede cambiar. Lo hecho, hecho está.

—No lo ha enterrado. Lo ha tirado entre las matas.

—Y yo lo siento, pero el pato está muerto. No lo podemos traer de vuelta. En cuanto se acabe mi jornada iremos tú y yo y lo enterraremos.

—Yo quería darle un beso, pero Bengi no me ha dejado. Me ha dicho que estaba sucio. Pero le he dado el beso de todas maneras. Me he metido en las matas y le he dado un beso.

—Muy bien, me alegro de oírlo. Le hará mucho bien saber que alguien lo quiso y lo besó después de muerto. También le hará mucho bien saber que lo han enterrado como es debido.

—Entiérralo tú. Yo no lo quiero enterrar.

—Muy bien, lo enterraré yo. Y si mañana por la mañana volvemos y la tumba está vacía y nos encontramos a la familia de patos entera nadando en la represa, padre, madre y polluelos, sin que falte nadie, entonces sabremos que los besos funcionan y que los besos lo pueden traer a uno de vuelta de la tumba. Pero si no lo vemos, si no vemos a la familia de patos...

—No quiero que vuelvan. Si vuelven, Bengi se pondrá a tirarles piedras otra vez. No está arrepentido. Solo lo está fingiendo. Yo *sé* que está fingiendo, pero tú no me crees. No me crees nunca.

No hay ni una pala ni un pico por ningún lado, de forma que él coge del camión una palanca para desmontar neumáticos. El niño lo lleva hasta las matas donde está tirado el cadáver. Las plumas ya han perdido el brillo y las hormigas le han encontrado los ojos. Él cava un agujero con la palanca en el suelo pedregoso. No es lo bastante profundo y él no puede fingir que le está dando un entierro decente, pero aun así echa al pato muerto al fondo del agujero y lo cubre. Queda asomando una pata palmeada, rígida. Él coge unas cuantas piedras y las pone sobre la tumba.

—Ahí está —le dice al niño—. Ya no puedo hacer más.

Cuando visitan el lugar a la mañana siguiente, las piedras están todas desperdigadas y el pato no está. Hay plumas por todas partes. Ellos lo buscan, pero solo encuentran la cabeza con las cuencas de los ojos vacías y una pata.

—Lo siento —dice él.

Y se aleja dando zancadas para unirse a la cuadrilla de vendimiadores.

2

Dos días más tarde se termina la vendimia; el camión ya se ha llevado las últimas cubas.

—¿Quién se va a comer todas esas uvas? —le pregunta David.

—No son para comer. Las van a prensar en un lagar y el mosto se va a convertir en vino.

—A mí no me gusta el vino —dice David—. Es amargo.

—El vino no gusta de entrada. De niños no nos gusta y de mayores nos acostumbramos a su sabor.

—Yo no me voy a acostumbrar nunca.

—Eso dices ahora. Ya veremos después.

Una vez vaciados de fruta los viñedos, los trabajadores se trasladan a los olivares, donde despliegan redes por el suelo y usan unos ganchos largos para hacer caer las aceitunas. Es un trabajo más duro que recoger uvas. Él agradece el descanso del mediodía; el calor de las largas tardes se le hace duro de aguantar, y a menudo se ve obligado a parar para beber o simplemente para recobrar fuerzas. Le cuesta creer que hace solo unos meses estaba trabajando en los muelles de estibador, cargando bultos enormes y sin apenas una gota de sudor. Ahora su espalda y sus brazos han perdido la fuerza de antaño, el corazón le late a ritmo de tortuga y le incordia el dolor de la costilla que se rompió.

De Inés, que no está acostumbrada al trabajo físico, él se esperaba quejas y rezongos. Pero no: ella trabaja a su lado el día entero, sin disfrutar pero sin decir tampoco una palabra. No le hace falta que le recuerden que fue ella quien decidió escapar de Novilla para ponerse a vivir como gitanos. Pues bueno, por fin ha averiguado cómo viven los gitanos: trabajando duro en campos ajenos, de sol a sol, a cambio de la comida y de unos pocos reales en el bolsillo.

Pero al menos el niño se lo está pasando bien, el mismo niño por cuyo bien huyeron de la ciudad. Después de un periodo breve y altivo de distanciamiento, se ha vuelto a juntar con Bengi y su tribu; incluso parece que se ha erigido en su líder. Porque ahora es él, y no Bengi, quien da las órdenes, y Bengi y los demás le obedecen dócilmente.

Bengi tiene tres hermanas menores. Las tres llevan idénticos vestidos de calicó y el pelo recogido en coletas idénticas atadas con gomas rojas idénticas, y participan en todos los juegos de los chicos. En su escuela de Novilla, David se negaba a tener nada que ver con las niñas. «Siempre están hablando en voz baja y soltando risitas —le dijo una vez a Inés—. Son tontas.» Ahora, por primera vez, está jugando con niñas y no parece que las encuentre tontas para nada. Se ha inventado un juego que consiste en subirse al tejado de un cobertizo que hay al lado del olivar y desde allí saltar sobre un montón de arena convenientemente ubicado. A veces él y la hermana más pequeña saltan cogidos de la mano, aterrizan rodando convertidos en un enredo de brazos y piernas y se ponen de pie entre risas alegres.

La niña, que se llama Florita, sigue a David como una sombra allá donde él vaya; él no hace nada para disuadirla.

Durante el descanso de mediodía, una de las recolectoras de aceitunas se burla de ella.

—Veo que tienes novio —le dice.

Florita le devuelve la mirada con cara solemne. Tal vez no conozca la palabra.

—¿Cómo se llama? ¿Cómo se llama tu novio?

Florita se ruboriza y se marcha corriendo.

Cuando las niñas saltan desde el tejado, los vestidos se les abren como pétalos de flores, revelando unas braguitas idénticas de color rosa.

Sigue habiendo uvas a montones que quedaron de la cosecha, canastos enteros. Los niños se atiborran de ellas; las manos y las caras les quedan todas pegajosas del dulce jugo. Todos menos David, que se las come de una en una, escupe las semillas y después se limpia las manos quisquillosamente.

—Está claro que los demás podrían aprender modales de él —comenta Inés.

«Mi niño —tiene ganas de añadir. Él, Simón, se da cuenta—. Qué niño tan listo y bien educado tengo. Nada que ver con esos otros pilluelos.»

—Está creciendo deprisa —admite él—. Quizá demasiado deprisa. Hay veces en que su conducta me parece demasiado... —vacila antes de elegir la palabra—, demasiado *de maestro*, demasiado autoritaria. O eso me parece a mí.

—Es un niño. Tiene un carácter fuerte.

Puede que la vida de gitanos no sea para ella, y tampoco lo es para él, pero está claro que al niño sí le gusta. Él nunca lo ha visto tan activo, tan lleno de energía. Se despierta temprano, come con voracidad y se pasa el día corriendo de un lado a otro con sus amigos. Inés intenta obligarlo a llevar una gorra, pero la gorra se pierde enseguida y ya no vuelve a aparecer. Antes era un niño un poco pálido, pero ahora está moreno como una fruta del bosque.

No es con la pequeña Florita con quien más íntima, sino con su hermana Maite. Maite tiene siete años, unos pocos meses más que él. Es la más guapa de las tres hermanas y la que tiene un temperamento más reflexivo.

Una noche el niño se sincera con Inés:

—Maite me ha pedido que le enseñe el pene.

—¿Y? —dice Inés.

—Dice que si le enseño el pene, ella me enseñará sus partes.

—Tendrías que jugar más con Bengi —le dice Inés—. No tendrías que jugar con niñas todo el tiempo.

—No estábamos jugando, estábamos hablando. Ella dice que si le meto el pene dentro de sus partes tendrá un bebé. ¿Es verdad?

—No, no es verdad —dice Inés—. A esa niña le tendrían que lavar la boca con jabón.

—Dice que Roberto va al dormitorio de las mujeres cuando están durmiendo y mete el pene dentro de las partes de su madre.

Inés le echa una mirada impotente a él, a Simón.

—A veces las cosas que hacen los adultos pueden parecer extrañas —interviene él—. Cuando seas mayor lo entenderás mejor.

—Maite dice que su madre le obliga a ponerse un globo en el pene para no tener otro bebé.

—Sí, es correcto, hay gente que lo hace.

—¿Tú te pones un globo en el pene, Simón?

Inés se levanta y se marcha.

—¿Yo, un globo? No, claro que no.

—Y si no te lo pones, ¿puede que Inés tenga un bebé?

—Hijo, estás hablando de tener relaciones sexuales, y las relaciones sexuales son para la gente casada. Inés y yo no estamos casados.

—Pero uno puede hacer relaciones sexuales aunque no esté casado.

—Es verdad, se pueden tener relaciones sexuales sin estar casados. Pero tener bebés sin estar casados no es buena idea. En general.

—¿Por qué? ¿Es porque entonces los bebés son bebés huérfanos?

—No, los bebés que nacen de madres solteras no son huérfanos. Los huérfanos son algo bastante distinto. ¿Dónde te has encontrado con esa palabra?

—En Punta Arenas. Muchos niños de Punta Arenas son huérfanos. ¿Yo soy huérfano?

—No, claro que no. Tú tienes madre. Inés es tu madre. Un huérfano es un niño que no tiene padres.

—Y si no tienen padres, ¿de dónde vienen los huérfanos?

—Un huérfano es un niño cuyos padres han muerto y lo han dejado solo en el mundo. O a veces la madre no tiene dinero para comprar comida y le da el niño a otra gente para que lo cuiden ellos. El niño o la niña. Esas son las maneras en que uno puede acabar siendo huérfano. Tú tienes a Inés. Y me tienes a mí.

–Pero Inés y tú no sois mis padres de verdad, o sea que soy huérfano.

–David, tú llegaste en barco, igual que yo, igual que la gente que nos rodea, toda la gente que no tuvo la suerte de nacer aquí. Es muy probable que Bengi, su hermano y sus hermanas también llegaran en barco. Cuando cruzas el océano en barco, todos los recuerdos se te borran y empiezas una vida completamente nueva. Así es la cosa. No hay nada antes. No hay Historia. El barco amarra en el puerto, bajamos por la pasarela y nos zambullimos en el presente. El tiempo empieza entonces. Las agujas del reloj echan a andar. Tú no eres huérfano. Y tampoco lo es Bengi.

–Bengi nació en Novilla. Me lo ha dicho. Nunca ha estado en un barco.

–Muy bien; si Bengi, su hermano y sus hermanas nacieron aquí, entonces su historia comienza aquí y no son huérfanos.

–Yo me acuerdo de antes de estar en el barco.

–Sí, ya me lo has dicho. Hay mucha gente que dice que se acuerda de la vida que tenía antes de cruzar el océano. Pero esos recuerdos tienen un problema, y como eres listo creo que ves cuál es el problema. El problema es que no tenemos forma de saber si lo que esa gente recuerda son recuerdos de verdad o recuerdos inventados. Porque a veces un recuerdo inventado puede parecer igual de real que uno de verdad, sobre todo cuando *queremos* que el recuerdo sea de verdad. Así, por ejemplo, puede que haya alguien que desearía haber sido rey o noble antes de cruzar el océano, y puede que lo desee durante tanto tiempo que acabe convenciéndose de que realmente era rey o noble. Y, sin embargo, seguramente el recuerdo no es verdadero. ¿Y por qué no? Pues porque ser rey es algo muy infrecuente. Solo una persona de cada millón es rey. Así que lo más seguro es que si alguien recuerda que fue rey, simplemente se haya inventado esa historia y luego se haya olvidado de que la inventó. Y algo parecido pasa con otros recuerdos. No tenemos forma de saber con seguridad si un recuerdo es verdadero o falso.

—Pero ¿yo salí de la barriga de Inés?

—Me estás obligando a repetirme. Yo te puedo contestar «Sí, saliste de la barriga de Inés» o bien te puedo contestar «No, no saliste de la barriga de Inés». Pero ninguna de las dos respuestas te acercará más a la verdad. ¿Por qué no? Pues porque, como todo el mundo que vino en los barcos, ni tú te acuerdas ni Inés se acuerda. Y como no podéis acordaros, lo único que tú puedes hacer, y lo único que ella puede hacer, es inventaros historias. Por ejemplo, yo te puedo contar que en mi último día de mi otra vida yo era parte de una multitud enorme que esperaba para embarcar, tan enorme que tuvieron que llamar por teléfono a todos los pilotos y capitanes de barco jubilados para decirles que fueran a los muelles a ayudar. Y podría decirte que en medio de esa multitud os vi a tu madre y a ti; os vi con mis propios ojos. Tu madre te estaba cogiendo de la mano y se la veía preocupada, sin saber adónde ir. Luego podría decir que os perdí de vista en medio del gentío. Y cuando por fin me tocó a mí subir a bordo, ¿a quién vi? Pues a ti, completamente solo, cogido a una barandilla y llamando: «Mamá, mamá, ¿dónde estás?». Así que me acerqué a ti, te cogí de la mano y te dije: «Ven, amiguito, yo te ayudo a encontrar a tu madre». Y así fue como tú y yo nos conocimos.

»Esa es una historia que podría contarte, sobre la primera vez que os vi a tu madre y a ti, tal como yo la recuerdo.

—Pero ¿es *verdad*? ¿Pasó *de verdad*?

—¿Es verdad? Pues no lo sé. Es verdad *para mí*. Cuanto más me la cuento a mí mismo, más verdad me parece. Me parece verdad que tú estabas allí, agarrado tan fuerte a la barandilla que tuve que soltarte los dedos; me parece verdad que había una multitud en los muelles, cientos de miles de personas, todas perdidas, como tú y como yo, con las manos vacías y las miradas ansiosas. Me parece verdad lo del autobús, el autobús que trajo a los muelles a los pilotos y capitanes de edad avanzada, vestidos con los uniformes de color azul marino que habían bajado de los baúles del ático, todavía con olor a naftalina. Pero tal vez me parezca verdadero de tanto que me lo he repetido a mí mismo. ¿A ti te parece verdad? ¿Tú te acuerdas de cómo te separaste de tu madre?

—No.

—No, claro que no. Pero ¿no te acuerdas porque no pasó o porque te has olvidado? Nunca lo sabremos con seguridad. Así son las cosas. Y con eso tenemos que vivir.

—Yo creo que soy huérfano.

—Y yo creo que solo lo dices porque te resulta romántico estar solo en el mundo y sin padres. Pues bueno, permíteme que te informe de que tienes a Inés, que es la mejor madre del mundo, y si tienes a la mejor madre del mundo, entonces no eres huérfano.

—Si Inés tiene un bebé, ¿será mi hermano?

—Tu hermano o tu hermana. Pero Inés no va a tener ningún bebé porque ella y yo no estamos casados.

—Si le meto el pene a Maite en sus partes y ella tiene un bebé, ¿será huérfano?

—No. Maite no va a tener ningún bebé de ninguna clase. Ella y tú sois demasiado pequeños para hacer bebés, igual que sois demasiado pequeños para entender por qué los adultos se casan y tienen relaciones sexuales. Los adultos se casan porque tienen sentimientos apasionados los unos hacia los otros, unos sentimientos que Maite y tú no tenéis. Ella y tú no podéis sentir pasión porque sois demasiado jóvenes. Acepta esto como un hecho y no me pidas que te explique por qué. La pasión no se puede explicar, solo se puede experimentar. O, para ser más precisos, se tiene que experimentar desde dentro antes de poder entenderla desde fuera. Lo que importa es que Maite y tú no debéis tener relaciones sexuales porque las relaciones sexuales sin pasión no tienen sentido.

—Pero ¿son horribles?

—No, no son horribles, solo son desaconsejables, desaconsejables y frívolas. ¿Alguna pregunta más?

—Maite dice que se quiere casar conmigo.

—¿Y tú? ¿Tú te quieres casar con Maite?

—No. Yo no me quiero casar nunca.

—Bueno, tal vez cambies de opinión cuando te lleguen las pasiones.

—¿Y os vais a casar Inés y tú?

Él no contesta. El niño va trotando hasta la puerta.

—¡Inés! —la llama—. ¿Os vais a casar Simón y tú?

—¡Chsss...! —es la respuesta airada de Inés. Ella vuelve a entrar en el dormitorio—. Basta ya de hablar. Es hora de que te vayas a la cama.

—¿Tú tienes pasiones, Inés? —pregunta el niño.

—Eso no es cosa tuya —dice Inés.

—¿Por qué nunca quieres hablar conmigo? —dice el niño—. Simón sí que habla conmigo.

—Sí que hablo contigo —dice Inés—. Pero no de cosas privadas. Ahora cepíllate los dientes.

—Yo no voy a tener pasiones —anuncia el niño.

—Eso dices ahora —dice él, Simón—. Pero cuando crezcas verás que las pasiones tienen vida propia. Ahora corre a cepillarte los dientes, y tal vez tu madre te lea un cuento antes de dormir.

3

Roberta, que el primer día ellos pensaron que era la dueña de la granja, es en realidad una empleada como ellos, contratada para supervisar a los trabajadores, darles sus raciones y pagarles el jornal. Es una persona amigable y cae bien a todos. Se interesa por las vidas personales de los trabajadores y trae chucherías para los niños: golosinas, galletas, limonada. Ellos averiguan que la granja pertenece a tres hermanas, a quienes todo el mundo conoce simplemente como las Tres Hermanas, ya ancianas y sin hijos, que reparten su tiempo entre la granja y su residencia de Estrella.

Roberta tiene una larga conversación con Inés.

—¿Qué vas a hacer con la escuela de tu hijo? —le pregunta—. Veo que es un niño listo. Sería una lástima que terminara como Bengi, que nunca ha ido a una escuela como es debido. No digo que Bengi tenga nada de malo. Es un buen chico, pero no tiene futuro. Será jornalero del campo, igual que sus padres, ¿y qué clase de vida es esa a largo plazo?

—David fue a una escuela en Novilla —dice Inés—. No le fue demasiado bien. No tuvo buenos maestros. Él es listo por naturaleza. El ritmo de la clase le pareció demasiado lento. Tuvimos que sacarlo y educarlo en casa. Y me temo que si lo metemos en una escuela aquí tendrá la misma experiencia.

La crónica que hace Inés de su relación con el sistema escolar de Novilla no es del todo fiel a la verdad. Inés y él habían acordado no decir nada de sus líos con las autoridades de Novilla; pero está claro que Inés no tiene problema en sincerarse con la mujer, así que él no interviene.

—¿Y él quiere ir a la escuela? —pregunta Roberta.

—No, no quiere, después de sus experiencias en Novilla. Es totalmente feliz aquí en la granja. Le gusta esta libertad.

—Es una vida maravillosa para un niño, pero la cosecha se termina, ya sabes. Y correr por la granja como un animal del campo no lo prepara a uno para el futuro. ¿Has pensado en un profesor particular? ¿O en una academia? Las academias no son como las escuelas normales. Tal vez a un niño como él le iría mejor una academia.

Inés no dice nada. Él, Simón, habla por primera vez.

—No tenemos dinero para un profesor particular. Y en cuanto a academias, en Novilla no había ninguna. O por lo menos nadie nos habló de ellas. ¿Qué es exactamente una academia? Porque si solo es una forma elegante de llamar a una escuela para niños problemáticos, niños que tienen ideas propias, entonces no nos interesa… ¿Verdad, Inés?

Inés dice que no con la cabeza.

—En Estrella hay dos academias —dice Roberta—. Y no son para niños problemáticos en absoluto. Una es la Academia de Canto y la otra es la Academia de Danza. También está la Escuela del Átomo, pero esa es para chicos mayores.

—A David le gusta cantar. Tiene buena voz. Pero ¿qué hacen en esas academias aparte de cantar y bailar? ¿Dan clases de verdad? ¿Y aceptan a niños tan pequeños?

—Yo no soy experta en educación, Inés. Todas las familias de Estrella que conozco llevan a sus hijos a escuelas normales. Pero estoy segura de que las academias enseñan las cosas fundamentales; ya sabéis, a leer, escribir y esas cosas. Se lo puedo preguntar a las hermanas si queréis.

—¿Y la Escuela del Átomo? —pregunta él—. ¿Qué enseñan allí?

—Enseñan cosas de átomos. Miran los átomos por un microscopio y los ven hacer lo que sea que hacen los átomos. Es lo único que sé.

Inés y él cruzan una mirada.

—Tendremos presente la posibilidad de las academias —dice él—. De momento estamos perfectamente contentos con la vida que tenemos aquí en la granja. ¿Crees que podremos quedarnos aquí cuando se haya acabado la cosecha si les ofrecemos un pequeño alquiler a las hermanas? Si no, tendremos que pasar por el lío de registrarnos en la Asistencia, buscar trabajo y un sitio donde vivir, y todavía no estamos listos para eso… ¿Verdad, Inés?

Inés dice que no con la cabeza.

—Dejadme que hable con las hermanas —dice Roberta—. Dejadme hablar con la señora Consuelo. Es la más práctica de las tres. Si ella dice que os podéis quedar en la granja, tal vez vosotros podáis llamar al señor Robles. El señor Robles da clases particulares y no cobra mucho. Lo hace por amor.

—¿Quién es el señor Robles?

—Es el ingeniero de aguas del distrito. Vive unos cuantos kilómetros valle arriba.

—Pero ¿por qué da clases particulares un ingeniero de aguas?

—Hace de todo, no solo ingeniería. Es un hombre con muchos talentos. Está escribiendo una historia de la colonización del valle.

—Una historia. No sabía que los sitios como Estrella tenían historia. Si nos das su número de teléfono, nos pondremos en contacto con el señor Robles. ¿Y te acordarás de hablar con la señora Consuelo?

—Me acordaré. Estoy segura de que no le importará que os quedéis aquí mientras buscáis algo más permanente. Debéis de estar muertos de ganas de mudaros a una casa propia.

—Pues no. Estamos contentos con las cosas tal como están. Para nosotros, vivir como gitanos sigue siendo una aventura… ¿Verdad, Inés?

Inés dice que sí con la cabeza.

—Y el niño también está feliz. Está aprendiendo cosas de la vida, aunque no vaya a la escuela. ¿Habrá trabajos en la granja que yo pueda hacer para devolveros vuestra amabilidad?

—Claro. Siempre hay trabajillos. —Roberta hace una pausa, reflexiona—. Una cosa más. Tal como estoy segura de que sabéis, estamos en año de censo. Los censadores son muy rigurosos. Visitan todas las granjas, hasta las más remotas. De forma que si estáis intentando eludir al censo, y no estoy diciendo que sea el caso, no lo vais a conseguir por el hecho de estar aquí.

—No estamos intentando eludir nada —dice él, Simón—. No somos fugitivos. Solo queremos lo mejor para nuestro hijo.

Al día siguiente, a media tarde, una camioneta se detiene frente a la granja y de ella se apea un hombre corpulento y de cara rubicunda. Roberta sale a recibirlo y lo lleva al barracón dormitorio.

—Señor Simón, señora Inés, este es el señor Robles. Os dejo a los tres para que converséis de vuestros asuntos.

La conversación es breve. Al señor Robles le encantan los niños y se lleva bien con ellos, o eso les cuenta. Estará encantado de introducir al joven David, de quien ha oído elogios fabulosos de boca de la señora Roberta, en los fundamentos de las matemáticas. Si ellos están de acuerdo, él pasará dos veces a la semana por la granja para darle clases al niño. No aceptará ningún tipo de pago. El hecho de tener contacto con una mente joven y brillante ya es recompensa suficiente. Por desgracia, él no tiene hijos. Como su mujer falleció, está solo en el mundo. Si alguno de los hijos de los demás recolectores quiere unirse a las clases de David, será bienvenido también. Y, por supuesto, señora Inés y señor Simón, los padres pueden asistir también; no hace falta decirlo.

—¿Y no le resultará aburrido a usted dar clases de aritmética elemental? —pregunta él, el señor Simón, padre.

—Claro que no —dice el señor Robles—. Para un matemático verdadero, los fundamentos de la ciencia son la parte más interesante, y transmitir esos elementos a una mente joven es la más estimulante de las empresas; estimulante y gratificante.

Inés y él transmiten el ofrecimiento del señor Robles a los pocos recolectores que quedan en la granja, pero cuando llega el momento David es el único alumno y él, Simón, el único padre que asiste.

—Sabemos qué es uno —dice el señor Robles, iniciando la clase—. Pero ¿qué es dos? Esa es la pregunta que nos ocupa hoy.

Hace un día cálido y sin viento. Están los tres sentados a la sombra de un árbol junto al barracón dormitorio, el señor Robles y el niño a ambos lados de una mesa y él discretamente apartado a un lado y con Bolívar a los pies.

Del bolsillo de su pechera el señor Robles saca dos bolígrafos y los coloca uno junto a otro sobre la mesa. De otro bolsillo saca un frasquito de cristal, deja caer dos pastillas blancas del interior y las pone junto a los bolígrafos.

—¿Qué tienen en común estos —pone la mano sobre los bolígrafos— y estas —pone la mano sobre las pastillas—, jovencito?

El niño no dice nada.

—Dejando de lado que se usen como instrumentos para escribir o como medicina, viéndolos como simples objetos, ¿hay alguna propiedad que estos —mueve los bolígrafos un poco a la derecha— y estas —mueve las pastillas un poco a la izquierda— tengan en común? ¿Alguna propiedad que haga que se parezcan?

—Que hay dos bolígrafos y dos pastillas —dice el niño.

—¡Bien! —dice el señor Robles.

—Las dos pastillas son iguales pero los dos bolígrafos no, porque uno es azul y el otro es rojo.

—Pero aun así son dos, ¿verdad? Así pues, ¿qué propiedad tienen en común las pastillas y los bolígrafos?

—Ser dos. Dos bolígrafos y dos pastillas. Pero no son dos de lo mismo.

El señor Robles le dedica a él, a Simón, una mirada irritada. Se saca otro bolígrafo y otra pastilla de los bolsillos. Ahora en la mesa hay tres bolígrafos y tres pastillas.

—¿Y qué tienen en común estos —pone una mano sobre los bolígrafos— y estas? —Pone una mano sobre las pastillas.

—Ser tres —dice el niño—. Pero no son tres de lo mismo porque los bolígrafos son distintos.

El señor Robles no hace caso del matiz.

—Y no hace falta que sean bolígrafos ni pastillas, ¿verdad? Yo podría poner naranjas en vez de bolígrafos y manzanas en vez de pastillas y la respuesta sería la misma: tres. Tres es lo que las cosas de la izquierda, las naranjas, tienen en común con las cosas de la derecha, las manzanas. Hay tres elementos en cada conjunto. Así pues, ¿qué hemos aprendido? —Y antes de que el niño pueda contestar, le informa de lo que han aprendido—. Hemos aprendido que el tres no depende de lo que haya en el conjunto, da igual que sean manzanas, naranjas, bolígrafos o pastillas. Y tres —aparta uno de los bolígrafos y una de las pastillas— no es lo mismo que dos, porque —abre la mano en la que se encuentran el bolígrafo que falta y la pastilla que falta— he restado un elemento, un solo elemento, de cada conjunto. Así pues, ¿qué hemos aprendido? Hemos aprendido el dos y el tres, y exactamente de la misma forma podemos aprender el cuatro y el cinco y así sucesivamente hasta llegar a cien, a mil, a un millón. Hemos aprendido algo de los números: el hecho de que cada número es el nombre de una propiedad que comparten ciertos conjuntos de objctos en el mundo.

—Hasta llegar a un millón de millones —dice el niño.

—Hasta llegar a un millón de millones y más allá —ratifica el señor Robles.

—Hasta llegar a las estrellas —dice el niño.

—Hasta llegar al número de estrellas —ratifica el señor Robles—, que podría muy bien ser infinito, todavía no lo sabemos con seguridad. Así pues, ¿qué hemos conseguido de momento en nuestra primera lección? Pues hemos aprendido qué es un número y también hemos aprendido una forma de contar, uno, dos, tres, etcétera; una forma de llegar de un número a otro siguiendo un orden definido. Resumamos, pues. Dime, David, ¿qué es dos?

—Dos es cuando tienes dos bolígrafos en la mesa o dos pastillas o dos manzanas o dos naranjas.

–Sí, bien, casi correcto, pero no del todo. Dos es lo que tienen en común, sean manzanas, naranjas o cualquier otro objeto.

–Pero tienen que ser cosas duras –dice el niño–. No pueden ser blandas.

–Pueden ser objetos duros o blandos. Cualquier objeto en el mundo sirve, sin excepciones, siempre y cuando haya más de uno. Esta es una idea importante. Todo objeto del mundo está sometido a la aritmética. Todo objeto del universo, de hecho.

–Pero el agua no. Ni el vómito.

–El agua no es un objeto. Un vaso de agua es un objeto, pero el agua en sí no. Otra forma de decir esto es decir que el agua no es contable. Como tampoco lo son el aire o la tierra. El aire y la tierra no son contables, pero sí que podemos contar cubos llenos de tierra o botes de aire.

–¿Y eso es bueno? –dice el niño.

El señor Robles se vuelve a guardar los bolígrafos en el bolsillo, mete las pastillas otra vez en el bote, se vuelve hacia él, Simón, y le dice:

–Volveré a venir el jueves. Entonces podremos pasar a las sumas y las restas; cómo combinamos dos conjuntos en forma de suma, o bien quitamos elementos de un conjunto para obtener la diferencia. Entretanto su hijo puede practicar contando.

–Pero yo ya sé contar –dice el niño–. Sé contar hasta un millón. Aprendí yo solo.

El señor Robles se pone de pie.

–Cualquiera puede contar hasta un millón –dice–. Lo importante es entender qué son realmente los números. Para tener un fundamento firme.

–¿Seguro que no quiere quedarse? –dice él, Simón–. Inés está haciendo té.

–Por desgracia, no tengo tiempo –dice el señor Robles, y se marcha en su camioneta en medio de una gran nube de polvo.

Inés sale con la bandeja del té.

–¿Se ha ido? –dice–. Pensaba que se quedaría a tomar el té. Ha sido una clase muy corta. ¿Cómo ha ido?

–Volverá el jueves que viene –dice el niño–. Entonces aprenderemos el cuatro. Hoy hemos aprendido el dos y el tres.

–¿No tardarás una eternidad si aprendéis un solo número cada vez? –dice Inés–. ¿No hay otra forma más rápida?

–El señor Robles quiere asegurarse de que los fundamentos son firmes –dice él, Simón–. En cuanto esos fundamentos estén bien asentados, estaremos listos para erigir nuestra edificación matemática sobre ellos.

–¿Qué es una edificación? –dice el niño.

–Una edificación es un edificio. Y esta edificación en concreto será una torre, imagino, que se elevará hasta el cielo. Levantar una torre requiere tiempo. Tenemos que ser pacientes.

–Solo necesita hacer sumas –dice Inés– para no estar en desventaja en la vida. ¿Para qué le hace falta ser un matemático?

Se hace el silencio.

–¿Tú qué piensas, David? –dice él, Simón–. ¿Quieres seguir con estas lecciones? ¿Estás aprendiendo algo?

–El cuatro ya me lo sé –dice el niño–. Me sé todos los números. Te lo dije, pero no me escuchas.

–Creo que tendríamos que cancelar esto –dice Inés–. Es una pérdida de tiempo. Podemos encontrar a otra persona que le dé clases, alguien que esté dispuesto a enseñar sumas.

Él le comunica la noticia a Roberta («¡Qué lástima! –dice ella–. Pero los padres sois vosotros, así que vosotros sabéis lo que hacéis») y telefonea al señor Robles.

–Le estamos inmensamente agradecidos, señor Robles, por su generosidad y su paciencia, pero Inés y yo pensamos que el niño necesita algo más simple y más práctico.

–Las matemáticas no son simples –dice el señor Robles.

–Las matemáticas no son simples, estoy de acuerdo, pero nosotros nunca hemos tenido intención de que David se haga matemático. Es solo que no queremos que se resienta del hecho de no ir a la escuela. Queremos que se sienta cómodo manejando números.

—Señor Simón, solo he visto a su hijo una vez, y no soy psicólogo, mi formación es en el terreno de la ingeniería, pero tengo que decirle una cosa. Sospecho que el joven David puede padecer lo que llaman un déficit cognitivo. Esto quiere decir que es deficiente en cierta capacidad mental básica, en este caso la capacidad de clasificar objetos basándose en la similitud. Esta capacidad es connatural a los seres humanos, a los seres humanos normales y corrientes, que apenas somos conscientes de tenerla. Es la capacidad de ver objetos como miembros de clases lo que hace posible el lenguaje. No necesitamos ver cada árbol como una entidad individual, que es como los ven los animales, sino que los podemos ver como ejemplos de la clase árbol. Y esto también hace posibles las matemáticas.

»¿Por qué saco el tema de la clasificación? Pues porque en ciertos casos poco frecuentes, esta facultad se encuentra debilitada o ausente. Se trata de gente que siempre tendrá dificultades con las matemáticas o con el lenguaje abstracto en general. Y sospecho que su hijo es una de esas personas.

—¿Por qué me está diciendo esto, señor Robles?

—Porque creo que tiene usted la responsabilidad hacia su hijo de seguir investigando ese trastorno, y de ajustar quizá la forma que pueda asumir su educación en adelante. Lo animo a usted a que pida cita con un psicólogo, preferiblemente con uno especializado en desórdenes cognitivos. En el Departamento de Educación le podrán dar algunos nombres.

—Que ajuste la forma de su educación. ¿Qué quiere decir con eso?

—En términos simples, quiero decir que si a su hijo siempre le van a dar problemas los números y los conceptos abstractos, entonces quizá le convenga más estudiar, por ejemplo, formación profesional, donde le podrán enseñar un oficio útil y práctico, como la fontanería o la carpintería. Eso es todo. Tomo nota de que ha decidido usted cancelar nuestras lecciones de matemáticas y estoy de acuerdo con su decisión. Me parece sabia. Les deseo un futuro feliz a usted y a su mujer. Buenas noches.

—He hablado con el señor Robles —le dice a Inés—. He cancelado las clases. Él cree que David tendría que estudiar formación profesional y aprender a ser fontanero.

Al día siguiente él cruza el valle en coche hasta la casa del señor Robles y le deja en la puerta de atrás un litro de aceite de oliva de la granja, junto con una tarjeta. «Gracias de parte de David y sus padres», dice la tarjeta.

A continuación tiene una conversación seria con el niño.

—Si te encontramos a otro profesor, alguien que te enseñe solo sumas sencillas, nada de matemáticas, ¿le escucharás? ¿Harás lo que te manda?

—Pero si escuché al señor Robles...

—Sabes perfectamente que no escuchaste al señor Robles. Lo desautorizaste. Te burlaste de él. Dijiste tonterías a propósito. El señor Robles es un hombre inteligente. Es licenciado en ingeniería por una universidad. Podrías haber aprendido de él, y en cambio decidiste hacer el tonto.

—Yo no soy tonto, el señor Robles es tonto. Yo ya sé sumar. Siete y nueve son dieciséis. Siete y dieciséis son veintitrés.

—¿Y por qué no le enseñaste que sabías sumar cuando estuvo aquí?

—Porque, como hace él las cosas, primero te tienes que hacer pequeño. Te tienes que hacer pequeño como un guisante, y después pequeño como un guisante dentro de un guisante, y luego como un guisante dentro de un guisante dentro de un guisante. Entonces puedes aprender sus números, cuando ya eres pequeño pequeño pequeño pequeño pequeño.

—¿Y por qué tienes que ser tan pequeño para aprender los números a su manera?

—Porque sus números no son números de verdad.

—Vaya, me encantaría que le hubieras explicado esto a él en vez de hacer el tonto y hacerlo enfadar y que se fuera.

4

Pasan los días y empiezan a soplar vientos invernales. Bengi y sus parientes se marchan. Roberta se ha ofrecido para llevarlos en coche a la estación de autobuses, donde tomarán un autobús hacia el norte en busca de trabajo en uno de los ranchos de los grandes llanos. Maite y sus dos hermanas, con sus atuendos idénticos, vienen a despedirse. Maite trae un regalo para David: una cajita que ha hecho con cartón duro y en la que ha pintado un delicado diseño de flores y enramadas colgantes. «Es para ti», le dice la niña. David acepta la caja con brusquedad y sin decir una palabra de agradecimiento. Maite le ofrece la mejilla para que se la bese. Él finge que no la ve. Cubierta de vergüenza, Maite se da la vuelta y echa a correr. Hasta a Inés, a quien no le cae bien la niña, le duele verla tan afligida.

—¿Por qué eres tan cruel con Maite? —le pregunta él, Simón—. ¿Qué pasa si no la vuelves a ver nunca? ¿Por qué dejas que se lleve tan mal recuerdo de ti durante el resto de su vida?

—Yo no tengo permiso para preguntarte a ti, o sea que tú no tienes permiso para preguntarme a mí —dice el niño.

—¿Preguntarte qué?

—Preguntarme por qué.

Él, Simón, niega con la cabeza, desconcertado.

Esa noche Inés encuentra la caja pintada tirada en la basura.

Esperan a tener más noticias de las academias, la Academia de Canto y la Academia de Danza, pero parece que Roberta se ha olvidado del tema. En cuanto al niño, parece estar perfectamente contento él solo, correteando por la granja ocupado en sus cosas o bien sentado en su litera y absorto en su libro. Pero Bolívar, que al principio lo acompañaba en todas sus actividades, ahora prefiere quedarse en casa durmiendo.

El niño se queja de Bolívar.

–Bolívar ya no me quiere –dice.

–Te quiere tanto como siempre –dice Inés–. Simplemente ya no es tan joven como antes. No le parece tan divertido correr todo el día como haces tú. Se cansa.

–Un año para un perro equivale a siete años para nosotros –dice él, Simón–. Bolívar ya está mayor.

–¿Cuándo se va a morir?

–Todavía falta mucho. Le quedan muchos años de vida.

–Pero ¿se va a morir?

–Sí, se va a morir. Los perros se mueren. Son mortales, igual que nosotros. Si quieres una mascota que viva más que tú, vas a tener que encontrar un elefante o una ballena.

Ese mismo día, mientras está serrando leña –una de las tareas que ha asumido–, el niño se le acerca con una idea nueva.

–Simón, ¿sabes esa máquina grande que hay en el cobertizo? ¿Podemos meter aceitunas dentro y fabricar aceite de oliva?

–Creo que no va a ser posible, hijo. Tú y yo no somos lo bastante fuertes como para hacer girar las ruedas. En los viejos tiempos usaban un buey. Uncían el buey al brazo de la muela y el animal caminaba en círculos y hacía girar las ruedas.

–¿Y luego le daban aceite de oliva para que bebiera?

–Si quería aceite de oliva se lo daban. Pero los bueyes no suelen beber aceite de oliva. No les gusta.

–¿Y el buey les daba leche?

–No, es la vaca la que da leche, no el buey. El buey no tiene nada que dar más que su fuerza. Hace girar la muela del molino de aceite o tira del arado. A cambio le damos nuestra protección. Lo protegemos de sus enemigos, de los leones y los tigres que lo quieren matar.

—¿Y quién protege a los leones y los tigres?

—Nadie. Los leones y los tigres se niegan a trabajar para nosotros, así que no los protegemos. Se tienen que proteger solos.

—¿Aquí hay tigres y leones?

—No. Su tiempo se acabó. Los leones y los tigres han desaparecido. Son cosas del pasado. Si quieres encontrar leones y tigres, vas a tener que buscarlos en los libros. Y a los bueyes también. La época de los bueyes ya prácticamente se acabó. Hoy en día tenemos máquinas que hacen el trabajo por nosotros.

—Tendrían que inventar una máquina para recolectar olivas. Así Inés y tú no tendríais que trabajar.

—Es verdad. Pero si inventaran una máquina para recolectar las olivas, entonces los recolectores como nosotros nos quedaríamos sin trabajo y por tanto sin dinero. Es un debate que viene de antiguo. Hay gente que está del lado de las máquinas y otra gente que está del lado de la recolección manual.

—A mí no me gusta el trabajo. Trabajar es aburrido.

—En ese caso tienes suerte de tener unos padres a quienes no les importa trabajar. Porque sin nosotros te morirías de hambre, y eso no te gustaría.

—No me moriría de hambre. Roberta me daría comida.

—Sí, no hay duda de eso. Te daría comida porque tiene buen corazón. Pero ¿de verdad quieres vivir así, de la caridad de los demás?

—¿Qué es la caridad?

—La caridad es la bondad de los demás, la amabilidad de los demás.

El niño le mira con expresión rara.

—No puedes depender eternamente de la amabilidad ajena —insiste él—. Tienes que dar, no solo recibir; si no, no hay ecuanimidad ni justicia. ¿Qué clase de persona quieres ser: la que da o la que recibe? ¿Cuál es mejor?

—La que recibe.

—¿En serio? ¿Lo crees de verdad? ¿No es mejor dar que recibir?

—Los leones no dan. Los tigres no dan.

—¿Y tú quieres ser un tigre?

—No quiero *ser* un tigre. Solo te lo estoy diciendo. Los tigres no son malos.

—Tampoco son buenos. Los tigres no son humanos, o sea que están al margen del bien y del mal.

—Pues tampoco quiero ser humano.

«Tampoco quiero ser humano.» Más tarde le cuenta la conversación a Inés.

—Me preocupa cuando habla así —dice—. ¿No habremos cometido una equivocación grave al sacarlo de la escuela, criarlo fuera de la sociedad y dejarlo que corra a sus anchas con otros niños?

—Le gustan los animales —dice Inés—. No quiere ser como nosotros, que nos pasamos el día sentados y preocupándonos por el futuro. Quiere ser libre.

—Creo que no se refiere a eso cuando dice que no quiere ser humano —dice él.

Pero a Inés no le interesa.

Roberta les trae un mensaje: están invitados a tomar el té con las hermanas, a las cuatro de la tarde, en la casa grande. También se espera a David.

Inés saca de la maleta su mejor vestido y los zapatos a juego. Se queja de cómo tiene el pelo.

—No he pisado una peluquería desde que nos fuimos de Novilla —dice—. Parezco una loca.

Obliga al niño a ponerse la camisa de volantes y los zapatos de botones, aunque él se queja de que le van pequeños y le hacen daño en los pies. Ella le moja el pelo y se lo alisa con el cepillo.

A las cuatro en punto se presentan en la puerta principal. Roberta los lleva por un pasillo largo hasta la parte de atrás de la casa y les hace pasar a una sala llena de mesillas, taburetes y baratijas.

–Este es el salón de invierno –dice Roberta–. Le da el sol por las tardes. Sentaos. Las hermanas llegarán enseguida. Y, por favor, ni una palabra sobre los patos. ¿Te acuerdas? Los patos que mató el otro niño.

–¿Por qué? –dice el niño.

–Porque eso las pondría tristes. Son bondadosas. Son buena gente. Quieren que la granja sea un refugio para los animales silvestres.

Mientras esperan, él examina los cuadros de las paredes: acuarelas, paisajes naturales (él reconoce la represa donde solían nadar los desdichados patos), bonitos pero pintados por un artista aficionado.

Entran dos mujeres seguidas de Roberta, que lleva la bandeja del té.

–Aquí los tienen –declara Roberta–. La señora Inés, su marido, el señor Simón, y su hijo David. Estas son la señora Valentina y la señora Consuelo.

Él calcula que las mujeres, claramente hermanas, deben de tener sesenta y tantos años; van vestidas con sobriedad y tienen el pelo canoso.

–Es un honor conocerlas, señora Valentina y señora Consuelo –dice él, haciendo una reverencia–. Permítanme que les dé las gracias por alojarnos en su hermosa finca.

–No soy su hijo –dice David con voz firme y serena.

–Oh –dice una de las hermanas con sorpresa fingida, Valentina o Consuelo, él no sabe cuál es–. Entonces ¿de quién eres hijo?

–De nadie –dice David con firmeza.

–O sea que no eres hijo de nadie, jovencito –dice Valentina o Consuelo–. Qué interesante. Una situación interesante. ¿Y cuántos años tienes?

–Seis.

–Seis. Y tengo entendido que no vas a la escuela. ¿No te gustaría ir a la escuela?

–Ya he ido a la escuela.

–¿Y?

Inés interviene.

–Lo mandamos a la escuela en el último lugar donde vivimos, pero no tenían buenos profesores, o sea que decidimos educarlo en casa. De momento.

–Les ponían exámenes a los niños –añade él, Simón–, cada mes, para medir su progreso. A David no le gustaba que lo evaluaran, así que escribía tonterías en los exámenes, y eso le causaba problemas. Nos causaba problemas a todos.

La hermana finge no oírlo.

–¿No te gustaría ir a la escuela, David, y conocer a otros niños?

–Prefiero que me eduquen en casa –dice David en tono remilgado.

La otra hermana, entretanto, ha servido el té.

–¿Tomas azúcar, Inés? –le pregunta. Inés dice que no con la cabeza–. ¿Y tú, Simón?

–¿Es té? –dice el niño–. No me gusta el té.

–Entonces no hace falta que lo tomes.

–Os estaréis preguntando, Inés y Simón –dice la primera hermana–, por qué os hemos invitado aquí. Pues bueno, Roberta nos ha estado hablando de vuestro hijo, diciéndonos que es un niño muy listo, listo y educado, y que está perdiendo el tiempo con los hijos de los recolectores cuando debería estar estudiando. Hemos hablado del tema, mis hermanas y yo, y hemos pensado en plantearos una propuesta. Y, por cierto, como os estaréis preguntando dónde está la tercera hermana, ya que soy consciente de que se nos conoce por todo el distrito como las Tres Hermanas, os cuento que por desgracia la señora Alma se encuentra indispuesta. Padece melancolía, y hoy es uno de esos días en que la melancolía la vence. Uno de sus días negros, como los llama ella. Pero está completamente de acuerdo con nuestra propuesta.

»Nuestra propuesta es que matriculéis a vuestro hijo en una de las academias privadas de Estrella. Tengo entendido que Roberta ya os ha hablado un poco de las academias: la Academia de Canto y la Academia de Danza. Nosotras recomendamos la Academia de Danza. Conocemos al director, el señor Arroyo, y a su mujer, y respondemos de ellos. Además de formar en el campo de la danza, ofrecen una educación general excelente. Nosotras, mis hermanas y yo, nos hacemos responsables de las cuotas de vuestro hijo mientras estudie allí.

–No me gusta bailar –dice David–. Me gusta cantar.

Las dos hermanas se miran un momento.

–No tenemos ningún contacto personal con la Academia de Canto –dice Valentina o Consuelo–, pero creo que no me equivoco al decir que no ofrecen educación general. Su misión es formar a los alumnos para que se conviertan en cantantes profesionales. ¿Tú quieres ser cantante profesional de mayor, David?

–No lo sé. Todavía no sé qué quiero ser.

–¿No quieres ser bombero o conductor de trenes, como otros niños?

–No. Quería ser socorrista, pero no me dejaron.

–¿Quién no te dejó?

–Simón.

–¿Y por qué se opone Simón a que seas socorrista?

Él, Simón, habla:

–No me opongo a que sea socorrista. No me opongo a ninguno de sus planes o sueños. Por lo que a mí respecta, aunque tal vez su madre piense de otra forma, puede ser socorrista, bombero, cantante o la cara de la luna, lo que él prefiera. Yo no dirijo su vida y ya ni siquiera finjo que le doy consejos. La verdad es que nos ha agotado a los dos con su testarudez, a su madre y a mí. Es como una apisonadora. Nos ha aplanado. Estamos aplanados. Ya no nos queda resistencia.

Inés se lo queda mirando con la boca abierta de asombro. David sonríe para sí mismo.

–¡Qué extraño arrebato! –dice Valentina–. Llevaba años sin oír un arrebato así. ¿Y tú, Consuelo?

–Yo llevaba años también –dice Consuelo–. ¡Qué dramatismo! Gracias, Simón. Y ahora, ¿qué decís a nuestra propuesta de matricular al joven David en la Academia de Danza?

—¿Dónde está esa academia? —pregunta Inés.

—En la ciudad, en el corazón de la ciudad, en el mismo edificio que el museo de arte. No podréis seguir viviendo en la granja, por desgracia. Queda demasiado lejos. El viaje sería demasiado largo. Tendréis que encontrar alojamiento en la ciudad. Pero de todas formas no querréis quedaros en la granja ahora que se ha terminado la época de la cosecha. Os parecería un sitio demasiado solitario y aburrido.

—Nunca nos ha resultado aburrido —dice él, Simón—. Al contrario, nos hemos fortalecido. Hemos disfrutado de cada minuto que hemos pasado aquí. De hecho, he llegado a un acuerdo con Roberta para ayudarla haciendo los trabajillos que vayan saliendo mientras nos quedamos en los barracones. Siempre hay tareas por hacer, hasta en temporada baja. Podar, por ejemplo. O limpiar.

Mira a Roberta en busca de apoyo, pero ella tiene la vista clavada a lo lejos.

—Cuando dices barracones, te refieres a los dormitorios, ¿no? —dice Valentina—. Los dormitorios están cerrados en invierno, o sea que no podéis quedaros en ellos. Pero Roberta os puede aconsejar sobre sitios adonde ir a buscar alojamiento. Y si todo lo demás falla, siempre queda la Asistencia.

Inés se levanta. Él hace lo mismo.

—No nos habéis dado una respuesta —dice Consuelo—. ¿Necesitáis tiempo para discutir la cuestión? ¿Qué te parece, jovencito? ¿No te gustaría ir a la Academia de Danza? Allí conocerías a otros niños.

—Me quiero quedar aquí —dice el niño—. No me gusta bailar.

—Por desgracia —dice la señora Valentina—, no os podéis quedar aquí. Además, como eres muy joven y no sabes cómo funciona el mundo, más allá de los prejuicios, no estás en posición de tomar decisiones sobre tu futuro. Lo que yo te sugiero —estira el brazo, le pone un dedo bajo la barbilla y le levanta la cabeza para que él tenga que mirarla directamente—, lo que yo te sugiero es que dejes que tus padres, Inés y

Simón, discutan nuestro ofrecimiento y después aceptes la decisión que ellos tomen, con espíritu de obediencia filial. ¿Entendido?

David le aguanta la mirada con serenidad.

—¿Qué es la obediencia filial? —pregunta.

5

Con su larga columnata en la fachada de piedra arenisca, el museo de arte se encuentra en el lado norte de la plaza principal de Estrella. Tal como les han indicado, pasan de largo de la entrada principal y se dirigen a una puertecita que hay en una calle lateral, bajo un letrero con floridas letras doradas —«Academia de Danza»— y una flecha que señala unas escaleras. Suben a la primera planta, cruzan unas puertas batientes y se encuentran en un estudio grande y bien iluminado, vacío salvo por un piano vertical situado en el rincón.

Entra una mujer alta, esbelta y toda vestida de negro.

—¿Puedo ayudarles? —les pregunta.

—Me gustaría hablar con alguien sobre la posibilidad de matricular a mi hijo —dice Inés.

—¿Matricular a su hijo en…?

—Matricularlo en su Academia. Tengo entendido que la señora Valentina ha hablado del tema con el director. Mi hijo se llama David. Ella nos aseguró que ofrecen ustedes una educación general a los niños que se matriculan en su Academia. Que no solo bailan, vamos. —Pronuncia la palabra «bailan» con cierto desdén—. Es la educación general lo que nos interesa, más que la danza.

—La señora Valentina nos ha hablado de su hijo, ciertamente. Pero ya se lo he dejado claro a ella y también se lo tengo que dejar claro a usted, señora: esto no es una escuela normal, ni tampoco un sustituto de una escuela normal. Es una academia dedicada a la formación del alma por medio de la música y la danza. Si lo que usted busca es una educación normal para su hijo, la podrán ayudar mejor en el sistema escolar público. «La formación del alma.» Él le toca el brazo a Inés.

—Si me permite —dice él, dirigiéndose a la pálida joven, tan pálida que parece que no tenga sangre; «alabastro» es la palabra que le viene a la cabeza; aun así es hermosa, impresionantemente hermosa; tal vez sea eso lo que ha provocado la hostilidad de Inés, la belleza, como si una estatua hubiera cobrado vida y se hubiera escapado del museo—. Si me permite... Somos forasteros en Estrella, acabamos de llegar. Hemos estado trabajando en la granja propiedad de la señora Valentina y sus hermanas, de forma temporal, mientras nos ubicamos. Las hermanas han tenido la amabilidad de interesarse por David y han ofrecido su ayuda financiera para que él pueda asistir a esta Academia. Ellas hablan muy bien de la Academia. Dicen que se sabe que ustedes proporcionan una excelente educación global, y que su director, el señor Arroyo, es un educador muy respetado. ¿Podemos concertar una cita para ver al señor Arroyo?

—El señor Arroyo, mi marido, no está disponible. Esta semana no estamos abiertos. Las clases se reanudan el lunes, después de las vacaciones. Pero si quieren ustedes hablar de los aspectos prácticos, pueden hablar conmigo. En primer lugar, ¿su hijo vendría como interno?

—¿Interno? No nos han dicho que tenían internado.

—Tenemos un número limitado de plazas para internos.

—No, David viviría en casa, ¿verdad, Inés?

Inés asiente con la cabeza.

—Muy bien. Lo siguiente, el calzado. ¿Su hijo tiene zapatillas de baile? ¿No? Pues necesitará zapatillas de baile. Les apuntaré la dirección de la tienda donde las pueden comprar. También le va a hacer falta ropa más ligera y cómoda. Es importante que el cuerpo esté libre.

—Zapatillas de baile. Nos encargaremos de eso. Hace un momento ha hablado usted del alma y de la formación del alma. ¿En qué dirección forman ustedes el alma?

—En la dirección del bien. De la obediencia al bien. ¿Por qué lo pregunta?

—Por nada en particular. ¿Y el resto del temario, además de la danza? ¿Hay libros que necesitamos comprar?

Hay algo inquietante en el aspecto de la mujer, algo que él todavía no ha podido determinar. Pero ahora reconoce qué es. No tiene cejas. Se ha depilado las cejas o se las ha afeitado; o tal vez nunca le crecieron. Por debajo del pelo rubio y más bien ralo, enérgicamente recogido hacia atrás, tiene una extensión de frente desnuda tan ancha como su mano. Los ojos, de un azul más oscuro que el del cielo, aguantan la mirada de él con tranquilidad y firmeza. «Ella ve mi interior —piensa él—; ve lo que hay detrás de esta conversación.» Y no es tan joven como él había creído de entrada. ¿Treinta? ¿Treinta y cinco?

—¿Libros? —Ella hace un gesto despectivo con la mano—. Los libros vendrán más tarde. Todo a su debido tiempo.

—¿Y las aulas? —dice Inés—. ¿Puedo ver las aulas?

—Esta es la única aula. —La mujer recorre el estudio con la mirada—. Aquí es donde bailan los niños. —Da un paso hacia Inés y le coge la mano—. Señora, tiene que entenderlo: esto es una academia de danza. La danza es lo primero. Todo lo demás es secundario. Todo lo demás viene después.

Inés se pone visiblemente rígida cuando la mujer la toca. Él sabe demasiado bien cómo Inés se resiste al contacto con otros seres humanos, o incluso lo elude.

La señora Arroyo se dirige al niño.

—David. ¿Es así como te llamas?

Él espera el habitual desafío, la habitual negación («No es mi nombre de verdad»). Pero no: el niño levanta la cara para mirarla como si fuera una flor abriéndose.

—Bienvenido, David, a nuestra Academia. Estoy segura de que te va a gustar. Yo soy la señora Arroyo y seré quien se haga cargo de ti. A ver, ¿has oído lo que les he dicho a tus padres de las zapatillas de baile y de no llevar ropa ajustada?

—Sí.

—Bien. Pues te espero el lunes por la mañana a las ocho en punto sin falta. Es cuando empieza el nuevo trimestre. Ven aquí. Toca el suelo. Es maravilloso, ¿verdad? Lo pusieron especialmente para la danza; está hecho de tablones de madera de unos cedros que crecen en las cimas de las montañas, y lo han hecho carpinteros, verdaderos artesanos, para que sea tan liso como permiten los medios humanos. Lo enceramos todas las semanas hasta que brilla y cada día lo vuelven a pulir los pies de los alumnos. ¡Qué liso y qué cálido! ¿Notas la calidez?

El niño asiente con la cabeza. Él nunca lo ha visto tan receptivo; tan receptivo, confiado y niño.

—Ahora me despido, David. Te veremos el lunes, con tus zapatillas nuevas. Adiós, señora. Adiós, señor.

Las puertas batientes se cierran detrás de ellos.

—Qué alta es la señora Arroyo, ¿no? —le dice él al niño—. Alta y elegante, como una bailarina de verdad. ¿Te cae bien?

—Sí.

—Entonces ¿está decidido? ¿Vas a ir a su escuela?

—Sí.

—¿Y podemos decirle a Roberta y a las tres hermanas que nuestra misión ha tenido éxito?

—Sí.

—¿Qué te parece a ti, Inés? ¿Nuestra misión ha tenido éxito?

—Te diré qué me parece cuando haya visto qué clase de educación dan.

Se encuentran la salida a la calle bloqueada por un hombre plantado de espaldas a ellos. Lleva un uniforme gris arrugado, tiene una gorra echada hacia atrás sobre la cabeza y está fumando un cigarrillo.

—Perdone —dice él (Simón).

El hombre, obviamente perdido en sus ensoñaciones, experimenta un sobresalto, recobra la compostura y los deja pasar con una floritura extravagante del brazo:

—Señora y señores…

Cuando pasan por su lado, quedan envueltos en una nube de humo de tabaco y de olor a ropa sucia.

Ya en la calle, se detienen un momento para orientarse y el hombre de gris les dice:

—Señor, ¿están ustedes buscando el museo?

Él se gira para mirarlo.

—No. Hemos venido a visitar la Academia de Danza.

—¡Ah, la Academia de Ana Magdalena! —Habla con voz grave, voz de bajo auténtico. Tira el cigarrillo a un lado y se les acerca más—. A ver si lo adivino: ¡te vas a matricular en la Academia, jovencito, para convertirte en un bailarín famoso! Espero que algún día encuentres tiempo para venir a bailar para mí. —Le enseña unos dientes amarillos en una sonrisa enorme de la que no se escapa nada—. ¡Bienvenido! Si asistes a la Academia me vas a ver mucho, así que permíteme que me presente. Soy Dmitri. Trabajo en el museo en calidad de conserje principal; ¡ese es mi título, mira qué grandilocuente! ¿Y qué hace un conserje principal? Pues un conserje principal tiene el deber de vigilar las pinturas y esculturas, de protegerlas del polvo y los enemigos naturales, de cerrar las salas con llave para que estén a salvo por las noches y de por las mañanas. En calidad de conserje principal estoy aquí todos los días, menos los sábados, de forma que, como es natural, conozco a todos los chicos de la Academia, y a sus padres también. —Se dirige a él, a Simón—. ¿Qué les ha parecido la estimable Ana Magdalena? ¿Les ha impresionado?

Él cruza una mirada con Inés.

—Hemos hablado con la señora Arroyo, pero todavía no hay nada decidido —dice—. Tenemos que sopesar nuestras opciones.

Dmitri, el liberador de estatuas y pinturas, frunce el ceño.

—Uy, no hace falta. No hace falta sopesar nada. Seréis tontos si rechazáis la Academia. Os arrepentiréis para el resto de vuestras vidas. El señor Arroyo es un maestro, un verdadero maestro. No hay otra palabra. Es un honor tenerlo aquí en Estrella, que nunca ha sido una gran cuidad, enseñando a nuestros chicos y chicas el arte de la danza. Si yo estuviera en la posición de vuestro hijo, clamaría día y noche para que me dejaran entrar en su Academia. Ya podéis olvidaros de las demás opciones, da igual cuáles sean.

Él no está seguro de que le caiga bien este tal Dmitri, con su ropa maloliente y su pelo grasiento. Ciertamente no le gusta que le suelte arengas en público (es media mañana y las calles están llenas de gente).

—Bueno —dice—, eso lo tenemos que decidir nosotros, ¿verdad, Inés? Y ahora nos tenemos que marchar. Adiós.

Coge al niño de la mano y se van.

En el coche, el niño habla por primera vez.

—¿Por qué no os cae bien?

—¿El guarda del museo? No es cuestión de que nos caiga bien o mal. Es un desconocido. No nos conoce y no conoce nuestras circunstancias. No debería meter las narices en nuestros asuntos.

—No os cae bien porque tiene barba.

—Eso es una tontería.

—No tiene barba —dice Inés—. No es lo mismo llevar una barba bonita y bien arreglada que descuidar tu aspecto. Ese hombre no se afeita, no se lava y no lleva ropa limpia. No es un buen ejemplo para los niños.

—¿Y quién es un buen ejemplo para los niños? ¿Simón es un buen ejemplo?

Nadie dice nada.

—¿Tú eres un buen ejemplo, Simón? —insiste el niño.

Como Inés no sale en su defensa, él se tiene que defender solo.

—Lo intento —dice—. Intento ser un buen ejemplo. Si no lo consigo, no es por no intentarlo. Confío en haber sido, en líneas generales, un buen ejemplo. Pero eso lo tienes que juzgar tú.

—No eres mi padre.

—No, es verdad. Pero eso no me descalifica, ¿verdad?, para servir de ejemplo.

El niño no contesta. De hecho, pierde interés, desconecta, se queda abstraído y mirando por la ventanilla (están pasando por una serie de vecindarios completamente tétricos, manzana tras manzana de casitas parecidas a cajas de zapatos). Se hace un largo silencio.

—Dmitri suena a cimitarra —dice el niño de repente—. Para cortarte la cabeza. —Una pausa—. A mí me cae bien aunque a vosotros no. Y quiero ir a la Academia.

—Dmitri no tiene nada que ver con la Academia —dice Inés—. No es más que un portero. Si quieres ir a la Academia, si ya lo has decidido, puedes ir. Pero en cuanto empiecen a quejarse de que eres demasiado listo para ellos y quieran mandarte a psicólogos y psiquiatras, te saco de allí inmediatamente.

—Para bailar no hace falta ser listo —dice el niño—. ¿Cuándo vamos a comprar mis zapatillas de baile?

—Pues ahora. Simón nos llevará en coche ahora mismo a la zapatería, a la dirección que nos ha dado la señora.

—¿A ella también la odiáis? —dice el niño.

Ahora le toca a Inés mirar por la ventanilla.

—A mí me cae bien —dice el niño—. Es guapa. Es más guapa que tú.

—Tienes que aprender a juzgar a la gente por sus cualidades interiores —dice él, Simón—. No solo por si son guapas o no. O por si tienen barba.

—¿Qué son las cualidades interiores?

—Las cualidades interiores son cualidades como la amabilidad y la sinceridad, y el sentido de la justicia. Seguro que has leído sobre ellas en el *Quijote*. Hay muchas cualidades interiores, más de las que se me ocurren de memoria, hay que ser filósofo para conocer la lista entera, pero ser guapa no es una cualidad interior. Y tu madre es igual de guapa que la señora Arroyo, pero de forma distinta.

—La señora Arroyo es amable.

—Sí, estoy de acuerdo, parece amable. Parece que le caes bien.

—O sea que tiene cualidades interiores.

—Sí, David, no solo es guapa, sino también amable. Pero la belleza y la amabilidad no están conectadas. Ser guapa es algo accidental, una cuestión de suerte. Podemos nacer guapos o podemos nacer feos, no lo decidimos nosotros. Ser amable, en cambio, no es ningún accidente. No nacemos amables. Hay que aprender a serlo. Nos hacemos amables. Esa es la diferencia.

—Dmitri también tiene cualidades interiores.

—Es muy posible que Dmitri tenga cualidades interiores. Es muy posible que yo me haya precipitado al juzgarlo, lo admito. Simplemente hoy no he observado ninguna de sus cualidades interiores. No estaban a la vista.

—Dmitri es amable. ¿Qué quiere decir «estimable»? ¿Por qué la ha llamado «la estimable Ana Magdalena»?

—Estimable. Seguro que te has encontrado esa palabra en el *Quijote*. Estimar a alguien es respetar a ese alguien y honrarlo. Sin embargo, Dmitri estaba usando la palabra con ironía. Estaba haciendo una especie de broma. «Estimable» es una palabra que suele aplicarse a gente mayor, no a alguien de la edad de la señora Arroyo. Por ejemplo, si yo te llamara «estimable joven David», sonaría raro.

—«Estimable viejo Simón» también suena raro.

—Si tú lo dices…

Resulta que las zapatillas de baile solo se venden en dos colores, dorado y plateado. Y el niño rechaza los dos.

—¿Son para la Academia del señor Arroyo? —pregunta el dependiente.

—Sí.

—Todos los niños de la Academia van equipados con nuestras zapatillas —dice el dependiente—. Todos las llevan o doradas o plateadas, sin excepción. Si te presentas allí llevando zapatillas negras o blancas, jovencito, te van a mirar muy raro.

El dependiente es un hombre alto, encorvado y con un bigote tan fino que parece dibujado a carboncillo sobre su labio.

—¿Has oído al señor, David? —dice él, Simón—. Tienes que elegir entre doradas o plateadas o bailar en calcetines. ¿Cuáles quieres, pues?

—Las doradas —dice el niño.

—Las doradas, pues —le dice al dependiente—. ¿Cuánto valen?

—Cuarenta y nueve reales —dice el dependiente—. Que se las pruebe para ver si son su talla.

Él le echa un vistazo a Inés. Inés niega con la cabeza.

—Cuarenta y nueve reales por unas zapatillas de niño —dice ella—. ¿Cómo puede pedir usted ese precio?

—Están hechas de piel de cabrito. No son zapatillas ordinarias. Están diseñadas para bailarines. Tienen un refuerzo incorporado para el puente del pie.

—Cuarenta reales —dice Inés.

El hombre dice que no con la cabeza.

—Muy bien, cuarenta y nueve —dice él, Simón.

El hombre sienta al chico, le quita los zapatos y le pone las zapatillas de baile. Le quedan perfectas. Él le paga al hombre sus cuarenta y nueve reales. El hombre guarda las zapatillas en la caja y se la da a Inés. Abandonan la tienda en silencio.

—¿Las puedo llevar yo? —dice el niño—. ¿Han costado mucho dinero?

—Mucho dinero para ser unas zapatillas —dice Inés.

—Pero ¿eso es mucho dinero o no?

Él espera a que ella conteste, pero ella no dice nada.

—No se puede hablar de mucho dinero sin más —dice él con paciencia—. Cuarenta y nueve reales es mucho dinero para unas zapatillas. Por otro lado, cuarenta y nueve reales no serían mucho dinero para comprar un coche o una casa. Aquí en Estrella el agua no cuesta casi nada, pero si estuvieras en el desierto, muriéndote de sed, darías todo lo que tienes por un sorbo de agua.

—¿Por qué? —dice el niño.

—¿Por qué? Pues porque seguir con vida es más importante que todo lo demás.

—¿Y por qué seguir con vida es más importante que todo lo demás?

Él está a punto de contestar, a punto de ofrecer la réplica correcta, paciente y didáctica, cuando nota que se le está acumulando algo dentro. ¿Rabia? No. ¿Irritación? No: más que eso. ¿Desesperación? Tal vez: desesperación en una de sus formas menores. ¿Por qué? Porque a él le gustaría creer que está guiando al niño por el laberinto de la vida moral a base de responderle de forma correcta y paciente a sus incesantes «por qué». Pero ¿dónde está la prueba de que el niño absorba su orientación o incluso escuche lo que él dice?

Él se detiene en medio de la acera llena de gente. Inés y el niño se paran también y se lo quedan mirando, desconcertados.

—Piénsalo así —dice él—. Vamos caminando fatigosamente por el desierto, Inés, tú y yo. Tú me dices que tienes sed y yo te ofrezco un vaso de agua. Pero en vez de bebértela, la derramas en la arena. Tú dices que tienes sed de respuestas. «¿Por qué esto? ¿Por qué aquello?» Y yo, como soy paciente, y como te quiero, me dedico a darte las respuestas, pero tú te dedicas a derramarlas en la arena. Pero hoy finalmente ya me he cansado de ofrecerte agua. «¿Por qué es importante seguir con vida?» Si la vida no te parece importante, allá tú.

Inés se lleva una mano a la boca, consternada. El niño, por su parte, hace una mueca ceñuda.

—Dices que me quieres, pero no me quieres —dice—. Solo lo finges.

—Te ofrezco las mejores respuestas que tengo y tú las tiras como si fueras una criatura. No te sorprendas si a veces pierdo la paciencia contigo.

—Siempre estás diciendo eso. Siempre estás diciendo que soy una criatura.

—Lo eres, y a veces también una criatura tonta.

Se ha parado a escucharlos una mujer de mediana edad que lleva una cesta de la compra colgando del brazo. La mujer le dice algo en voz baja a Inés, pero esta no lo oye. Inés niega con la cabeza apresuradamente.

—Venga, vámonos de aquí —dice Inés—, antes de que venga la policía y se nos lleve.

—¿Por qué se nos va a llevar la policía? —dice el niño.

—Porque Simón se está comportando como un loco y nosotros estamos aquí escuchando sus tonterías. Porque está alterando el orden público.

6

Llega el lunes y le cae a él la tarea de llevar al niño a su nueva escuela. Llegan bastante antes de las ocho. Las puertas del estudio están abiertas pero el estudio en sí está vacío. Él se sienta en el taburete del piano y esperan los dos juntos.

Se abre una puerta al fondo de la sala y entra la señora Arroyo, vestida de negro igual que la última vez. Sin prestarle atención a él, cruza la sala majestuosamente, se detiene ante el niño y le coge las manos.

—Bienvenido, David —dice—. Veo que has traído un libro. ¿Me lo quieres enseñar?

El niño le ofrece su *Quijote*. Ella lo examina con el ceño fruncido, lo hojea y se lo devuelve.

—¿Y tienes tus zapatillas de baile?

El niño saca las zapatillas de la bolsa de algodón.

—Bien. ¿Sabes cómo llamamos al oro y la plata? Los llamamos los metales nobles. Al hierro y al cobre los llamamos los metales esclavos. Los metales nobles están por encima y los esclavos por debajo. Igual que hay metales nobles y metales esclavos, hay números nobles y números esclavos. Aquí aprenderás a bailar con los números nobles.

—No son de oro de verdad —dice el niño—. Solo de color oro.

—Solo de color oro, pero los colores tienen significado.

—Yo me voy —dice él, Simón—. Volveré a recogerte esta tarde. —Le da un beso al niño en la coronilla—. Adiós, hijo. Adiós, señora.

Como tiene tiempo que matar, entra en el museo de arte. Las paredes no están muy llenas de obras. *Barranco color zafiro al atardecer. Composición I. Composición II. El bebedor.* Los nombres de los artistas no le suenan de nada.

—Buenos días, señor —dice una voz familiar—. ¿Qué impresión le causamos?

Es Dmitri, sin gorra y tan desaliñado que podría muy bien acabar de levantarse de la cama.

—Interesante —contesta él—. No soy ningún experto. ¿Existe una escuela de pintura propia de Estrella? ¿Un estilo de Estrella?

Dmitri no hace caso de la pregunta.

—He visto cómo traía usted a su hijo. Es un gran día para él, el primer día con los Arroyo.

—Sí.

—Y debe de haber tenido usted la ocasión de hablar con la señora Arroyo, Ana Magdalena. ¡Qué gran bailarina! ¡Qué elegancia! La desgracia es que no tiene hijos propios. Quiere tenerlos, pero no puede. Y eso le causa dolor, le causa angustia. No lo parece, cuando uno la mira, que esté angustiada, ¿verdad? Parece que sea uno de esos ángeles serenos que se alimentan de néctar. Un sorbito de vez en cuando nada más, gracias. Pero están los hijos del señor Arroyo, de su primer matrimonio, con los que ella hace de madre. Y los internos, claro. Cuánto amor que dar. ¿Ha conocido ya al señor Arroyo? ¿No? ¿Todavía no? Un gran hombre, un verdadero idealista; vive solo para su música. Ya lo verá usted. Por desgracia, no siempre tiene los pies en el suelo, ya me entiende usted. Vive en las nubes. Así que es Ana Magdalena quien tiene que hacer todo el trabajo duro, guiar a los jovencitos en sus danzas, dar de comer a los internos, llevar la casa y encargarse de los asuntos de la Academia. ¡Y ella lo hace todo! ¡Espléndido! ¡Sin una palabra de queja! ¡Sin inmutarse! Una mujer entre un millón. Todo el mundo la admira.

—¿Y todas esas cosas están en el mismo edificio: la Academia de Danza, el internado y la casa de los Arroyo?

—Uy, hay espacio de sobra. La Academia ocupa todo el piso de arriba. ¿De dónde es usted, señor, de dónde son usted y su familia?

—De Novilla. Vivimos en Novilla hasta hace poco y luego nos mudamos al norte.

—Novilla. Nunca he estado. Vine directamente a Estrella y aquí me quedé.

—¿Y lleva desde entonces trabajando en el museo?

—No, no, no. He tenido tantos trabajos que no me acuerdo de todos. Es mi naturaleza: una naturaleza inquieta. Empecé de mozo de carga en el mercado de productos agrícolas. Luego estuve una temporada construyendo carreteras, pero no me gustó. Pasé mucho tiempo trabajando en el hospital. Era terrible. Unos horarios terribles. Pero conmovedor también, ¡tremendas las cosas que se ven! Y por fin llegó el día en que me cambió la vida. No exagero. Me cambió para bien. Yo estaba en la plaza, haciendo mis cosas, cuando ella pasó por mi lado. Yo no me podía creer lo que estaba viendo. Creí que era una aparición. Qué hermosa. Era de otro mundo. Me levanté de un salto y la seguí; la seguí como un perro. Me pasé semanas rondando la Academia, solo para acertar a verla de vez en cuando. Por supuesto, ella no me prestó ninguna atención. ¿Por qué iba a hacerlo? Con lo feo que soy. Luego vi que se anunciaba una plaza vacante en el museo, de limpiador, el escalafón más bajo, y resumiendo empecé a trabajar aquí y llevo aquí desde entonces. Primero me ascendieron a conserje y después a conserje principal. Por mi diligencia y mi puntualidad.

—No sé si lo entiendo. ¿Habla usted de la señora Arroyo?

—De Ana Magdalena. A quien venero. No me avergüenza confesarlo. ¿No haría usted lo mismo si venerara a una mujer, seguirla hasta los confines de la tierra?

—Este museo no es precisamente los confines de la tierra. ¿Y qué le parece al señor Arroyo que venere usted a su mujer?

—El señor Arroyo es un idealista, como le he dicho. Tiene la mente en otra parte, en la esfera celestial, donde giran los números.

Él ya se ha hartado de esta conversación. No ha pedido que este tipo se ponga a hacerle confidencias.

—Debo irme, tengo cosas que hacer —dice.

—Pensaba que quería ver usted la escuela de pintores de Estrella.

—Otro día.

Todavía faltan varias horas para que terminen las clases. Él compra un periódico, se sienta en un café de la plaza y se pide una taza de café. En portada hay una fotografía de una pareja de ancianos posando con una cucurbitácea gigante de su huerto. Pesa catorce kilos, dice la noticia, lo cual bate el récord anterior por casi un kilo de diferencia. En la página dos, una noticia de sucesos anuncia el robo de una cortadora de césped de un cobertizo (que no estaba cerrado con llave) y un acto de vandalismo en unos lavabos públicos (el destrozo de una pila de lavarse las manos). Ocupan un lugar prominente las deliberaciones del consejo municipal y sus diversos subcomités: el subcomité de servicios públicos, el subcomité de carreteras y puentes, el subcomité de finanzas y el subcomité a cargo de organizar el inminente festival de teatro. Luego están las páginas de deportes, que cubren las horas previas a un punto álgido de la temporada de fútbol, el choque inminente entre Aragonza y Valle del Norte.

A continuación examina las columnas de ofertas de empleo. Peón de albañil. Mampostero. Electricista. Contable. ¿Qué está buscando él? Un trabajo descansado, quizá. Jardinero. Por supuesto, no hay demanda de estibadores.

Paga su café.

—¿Hay Oficina de Reubicación en la ciudad? —le pregunta a la camarera.

—Claro —dice ella, y le explica cómo llegar.

El centro de reubicación de Estrella no es ni mucho menos tan majestuoso como el de Novilla; es una oficina diminuta situada en una callecita lateral. Tras el mostrador está sentado un joven de cara pálida, aspecto más bien funerario y barba desaliñada.

—Buenos días —dice él, Simón—. Soy un recién llegado a Estrella. Durante el último mes aproximadamente he trabajado en el valle haciendo trabajos temporales; sobre todo recolectando fruta. Ahora estoy buscando algo más permanente, preferentemente en la ciudad.

El empleado coge una bandeja con tarjetas y la deja sobre su mostrador.

—Parece que haya muchas, pero la mayoría de las tarjetas no valen —le confía—. El problema es que la gente no nos lo comunica cuando un puesto queda cubierto. ¿Qué le parece esto: Tintorería Óptima? ¿Tiene usted conocimientos de limpieza en seco?

—Para nada, pero apuntaré la dirección. ¿Tiene usted algo que sea más físico? Trabajo al aire libre quizá…

El empleado no hace caso de su pregunta.

—De reponedor en una ferretería. ¿Le interesa? No hace falta experiencia, solo que se te den bien los números. ¿Se le dan bien a usted los números?

—No soy matemático, pero sé contar.

—Como le he dicho, no le puedo prometer que el puesto siga vacante. ¿Ve lo descolorida que está la tinta? —Levanta la tarjeta para acercarla a la luz—. Eso le demuestra lo vieja que es la tarjeta. ¿Qué le parece esta? De mecanógrafo en un bufete de abogados. ¿Sabe escribir a máquina? ¿No? Pues aquí tiene otra: de limpiador en el museo de arte.

—Ese puesto ya está ocupado. He conocido al hombre que está allí.

—¿Se ha planteado hacer formación? Puede que sea su mejor opción: matricularse en un curso que le enseñe a usted una profesión nueva. Mientras cursa formación, puede seguir cobrando el subsidio de desempleo.

—Me lo pensaré —dice él.

No menciona el hecho de que no se ha inscrito para cobrar la prestación de desempleo.

Se acercan las tres en punto. Él inicia el camino de regreso a la Academia. En la puerta se encuentra con Dmitri.

—¿Viene a buscar a su hijo? —dice Dmitri—. Siempre me aseguro de estar aquí cuando salen los chavalines. ¡Libres al fin! ¡Qué excitados y llenos de alegría! Ojalá pudiera sentir yo esa alegría una vez más, aunque fuera un momento. No recuerdo nada de mi infancia, ya sabe, ni un solo momento. Un vacío absoluto. Y lamento esa pérdida. La infancia es algo que te da unos fundamentos. Te da unas raíces en el mundo. Yo soy como un árbol que ha sido arrancado de raíz por la tormenta de la vida. ¿Me entiende usted? Su hijo tiene suerte de estar teniendo una infancia. ¿Y qué me dice de usted? ¿Tuvo infancia?

Él niega con la cabeza.

—No, llegué ya plenamente formado. Me echaron un vistazo y me registraron como hombre de mediana edad. Ni infancia ni juventud ni recuerdos. Todo borrado.

—Bueno, no sirve de nada lamentarse. Por lo menos tenemos el privilegio de mezclarnos con los jóvenes. Tal vez se nos pegue parte de su polvo de ángel. ¡Atención! Se acabó el bailar por hoy. Ahora estarán dando las gracias. Siempre terminan el día con una oración de agradecimiento.

Ahora escuchan los dos juntos. Se oye un suave murmullo de fondo que se apaga gradualmente. A continuación las puertas de la Academia se abren de golpe y las criaturas bajan las escaleras con estrépito, niñas y niños, rubios y morenos.

—¡Dmitri, Dmitri! —gritan, y en un momento Dmitri se ve rodeado. Se mete las manos en los bolsillos, saca varios puñados de golosinas y las tira al aire. Los niños se abalanzan sobre ellas—. ¡Dmitri!

El último en salir, calzado con sus zapatillas doradas y cogido de la mano de la señora Arroyo, es David. Va cabizbajo y desacostumbradamente apagado.

—Adiós, David —dice la señora Arroyo—. Te veremos por la mañana.

El niño no contesta. Cuando llegan al coche, se mete en el asiento de atrás. Al cabo de un minuto ya está durmiendo y no se despierta hasta que llegan a la granja.

Inés lo está esperando con bocadillos y chocolate a la taza. El niño come y bebe.

—¿Cómo te ha ido? —le pregunta ella por fin. Él no contesta—. ¿Has bailado? —Él asiente con la cabeza, abstraído—. ¿Nos enseñarás luego cómo has bailado?

En vez de contestar, el niño se mete en su litera y se encoge en posición fetal.

—Pero ¿qué pasa? —le dice Inés en voz baja a él, a Simón—. ¿Ha pasado algo?

Él intenta tranquilizarla.

—Está un poco aturdido, nada más. Se ha pasado el día entre gente desconocida.

Después de cenar, el niño se muestra más comunicativo.

—Ana Magdalena nos ha enseñado los números —les cuenta—. Nos ha enseñado el Dos y el Tres, y tú estabas equivocado, Simón, y el señor Robles también, estabais los dos equivocados, los números *están* en el cielo. Es allí donde viven, junto con las estrellas. Y hay que llamarlos para que bajen aquí.

—¿Eso te lo ha explicado la señora Arroyo?

—Sí, nos ha enseñado a llamar al Dos y al Tres. Al Uno no se lo puede llamar. El Uno tiene que venir él solo.

—¿Quieres enseñarnos cómo se llama a esos números? —dice Inés.

El niño dice que no con la cabeza.

—Hace falta bailar. Hace falta música.

—¿Y si enciendo la radio? —sugiere él, Simón—. A lo mejor encontramos música para bailar.

—No. Tiene que ser una música especial.

—¿Y qué más ha pasado hoy?

—Ana Magdalena nos ha dado galletas con leche. Y pasas.

—Me ha contado Dmitri que decís una oración al final del día. ¿A quién le rezáis?

—No es una oración. Ana Magdalena hace sonar el arco y nosotros tenemos que ponernos en armonía con él.

—¿Qué es el arco?

—No lo sé. Ana Magdalena no nos deja verlo; dice que es secreto.

—Qué misterioso. La próxima vez que la vea se lo preguntaré. Pero, bueno, parece que has tenido un buen día. Y todo gracias a que, por la pura bondad de sus corazones, la señora Alma, la señora Consuelo y la señora Valentina se interesaron por ti. ¡Una academia de danza donde enseñan a llamar a los números que viven con las estrellas! ¡Y donde una guapa señora te da galletas con leche de sus propias manos! ¡Qué suerte tenemos de haber terminado aquí, en Estrella! ¿No te parece? ¿No te sientes afortunado? ¿No te sientes bendecido?

El niño asiente con la cabeza.

—Yo me siento así. Creo que debemos de ser la familia más afortunada del mundo. Ahora es hora de cepillarte los dientes, irte a la cama y dormir bien esta noche para que por la mañana vuelvas a estar listo para bailar.

Las jornadas adoptan un patrón nuevo. A las seis y media él despierta al niño y le da el desayuno. A las siete ya están en el coche. En las carreteras hay poco tráfico; él siempre lo deja en la Academia bastante antes de las ocho. Luego aparca el coche en la plaza y se pasa las siete horas siguiente buscando trabajo de forma inconstante, o bien visitando apartamentos, o —más a menudo— simplemente sentado en un café y leyendo el periódico, hasta que llega la hora de recoger al niño y llevarlo a casa.

El niño contesta con brevedad y a regañadientes las preguntas que le hacen Inés y él sobre sus jornadas en la escuela. Sí, le cae bien el señor Arroyo. Sí, están aprendiendo canciones. No, no han hecho clases de lectura. No, no hacen sumas. Acerca de ese misterioso arco que la señora Arroyo hace sonar al final de la jornada, el niño se niega a decir nada.

—¿Por qué siempre me estáis preguntando por lo que he hecho durante el día? —dice él—. Yo nunca os pregunto qué hacéis. Y, en cualquier caso, vosotros no entendéis.

—¿Qué es lo que no entendemos? —dice Inés.

—No entendéis nada.

Después de esto, dejan de interrogarlo. Ya nos contará qué hace cuando llegue el momento, se dicen a sí mismos.

Una noche, él, Simón, entra sin pensarlo en el dormitorio de las mujeres. Inés, de rodillas en el suelo, levanta la vista con expresión contrariada. El niño, vestido solo con unos calzoncillos y sus zapatillas doradas de danza, se queda paralizado en mitad de un movimiento.

—¡Vete, Simón! —exclama el niño—. ¡No te está permitido mirar!

—¿Por qué? ¿Qué es lo que no puedo mirar?

—Está practicando algo complicado —dice Inés—. Necesita concentrarse. Vete. Cierra la puerta.

Sorprendido y perplejo, él se retira, pero se queda esperando junto a la puerta y escuchando. No se oye nada en absoluto.

Más tarde, cuando el niño ya está dormido, él interroga a Inés.

—¿Qué estaba pasando, y por qué era demasiado privado para que yo lo viera?

—Estaba ensayando sus pasos de baile nuevos.

—Pero ¿qué tiene eso de secreto?

—Él cree que no lo vas a entender. Cree que te vas a burlar de él.

—Teniendo en cuenta que lo estamos mandando a una academia de danza, ¿por qué me iba a burlar de que baile?

—Él dice que tú no entiendes los números. Que eres hostil. Hostil a los números.

Ella le enseña una tabla que el niño ha llevado a casa: una serie de triángulos intersectados, con numerales marcando los ápices. Él no entiende nada.

—Él dice que es así como aprenden los números —dice Inés—. Por medio de la danza.

A la mañana siguiente, de camino a la Academia, él saca el tema.

—Inés me ha enseñado tu tabla de bailes —dice él—. ¿Para qué son los números? ¿Son las posiciones de los pies?

—Son las estrellas —dice el niño—. Es astrología. Cuando estás bailando cierras los ojos y puedes ver las estrellas con la mente.

—¿Y qué pasa con el ritmo? ¿El señor Arroyo no marca el ritmo mientras bailáis?

—No. Solo bailamos. Bailar y contar son lo mismo.

—De forma que el señor Arroyo se dedica simplemente a tocar y vosotros a bailar. Eso no se parece a ninguna clase de baile que yo haya visto nunca. Voy a preguntarle al señor Arroyo si puedo estar presente en una de sus clases.

—No puedes. No está permitido. El señor Arroyo dice que no se le permite a nadie.

—Entonces ¿cuándo te voy a ver bailar?

—Puedes verme ahora.

Él echa un vistazo al niño. El niño está quieto en su asiento, con los ojos cerrados y una pequeña sonrisa en los labios.

—Eso no es bailar. No puedes bailar sentado en un coche.

—Sí que puedo. Mira. Estoy bailando otra vez.

Él niega con la cabeza, estupefacto. Llegan a la Academia. De las sombras del umbral emerge Dmitri. Le alborota al niño el pelo pulcramente peinado.

—¿Listo para el nuevo día?

7.

A Inés nunca le ha gustado levantarse temprano. Sin embargo, después de tres semanas en la granja sin gran cosa que hacer más que charlar con Roberta y esperar a que vuelva el niño, un lunes por la mañana se despierta lo bastante temprano como para acompañarlos en el trayecto a la ciudad. Su primer destino es una peluquería. Luego, sintiéndose más ella misma, para en una tienda de ropa femenina y se compra un vestido nuevo. Charlando con la cajera, se entera de que están buscando a una vendedora. Ella se dirige sin pensarlo a la propietaria y esta le ofrece el puesto.

De pronto se vuelve urgente la necesidad de mudarse de la granja a la ciudad. Inés se hace cargo de la búsqueda de alojamiento y en cuestión de días ya ha encontrado un apartamento. El apartamento en sí es anodino y el vecindario es tétrico, pero está lo bastante cerca del centro de la ciudad para ir andando y tiene un parque cerca donde Bolívar puede hacer ejercicio.

De forma que hacen las maletas. Él, Simón, sale a los campos por última vez. Es el atardecer, la hora mágica. Los pájaros parlotean en los árboles mientras se preparan para la noche. De lejos llega el campanilleo de los cencerros de las ovejas. ¿Acaso hacen bien, se pregunta, en abandonar este lugar bucólico que tan bien los ha tratado?

Se despiden.

—Esperamos veros de vuelta para la cosecha —dice Roberta.

—Prometido —dice él, Simón.

A la señora Consuelo (la señora Valentina está ocupada y la señora Alma está luchando contra sus demonios) le dice:

—No sé cómo expresarle lo agradecidos que les estamos a sus hermanas y a usted por su enorme generosidad.

Y la señora Consuelo responde:

—No es nada. En otra vida ustedes harían lo mismo por nosotras. Adiós, joven David. Ya tenemos ganas de ver tu nombre escrito con luces de neón.

La primera noche en su nueva casa tienen que dormir en el suelo, porque los muebles que pidieron todavía no han llegado. Por la mañana compran unos cuantos utensilios básicos de cocina. No les queda mucho dinero.

Él, Simón, coge un trabajo por horas como repartidor de material publicitario por las casas. Junto con el trabajo viene una bicicleta, un artilugio pesado y chirriante con una cesta grande atornillada encima de la rueda delantera. Él es uno de los cuatro repartidores del equipo (con los otros tres no se cruza apenas nunca); la zona que le corresponde es el cuadrante nordeste de la ciudad. Durante las horas de escuela él serpentea por las calles de su cuadrante embutiendo folletos en buzones: clases de piano, curas para la calvicie, servicios de poda de setos, reparaciones eléctricas (precios competitivos). Es, hasta cierto punto, un trabajo interesante, saludable y nada desagradable (aunque tiene que empujar la bicicleta por las cuestas más empinadas). Es una forma de conocer mejor la ciudad y también de conocer gente y hacer contactos. Los cacareos de un gallo lo llevan al patio trasero de un tipo que tiene aves de corral; el hombre se compromete a suministrarle una gallina todas las semanas, por cinco reales; por un real más se la matará y se la desplumará.

Pero el invierno ya se cierne sobre ellos, y él les tiene miedo a los días de lluvia. Aunque va equipado con una amplia capa impermeable y un gorro marinero del mismo material, a pesar de todo la lluvia encuentra la forma de calarlo. Frío y empapado, a veces siente la tentación de tirar sus panfletos y devolver la bicicleta al almacén. Le tienta la posibilidad, pero no cede a ella. ¿Por qué no? No está seguro. Tal vez porque siente cierta deuda hacia la ciudad que le ha ofrecido una vida nueva, pese a que no ve claro cómo una ciudad –que es algo que carece de sentimientos y de sensaciones– puede beneficiarse del reparto entre su ciudadanía de folletos publicitarios de cuberterías de veinticuatro piezas presentadas en elegantes estuches y a precios superbajos.

Él se acuerda de los Arroyo, marido y mujer, a cuyo mantenimiento está contribuyendo en una pequeña medida a base de pedalear de un lado para otro bajo la lluvia. Aunque todavía no ha tenido la oportunidad de repartir folletos de su Academia, lo que la pareja ofrece –bailar con las estrellas a modo de sustituto de aprenderse las tablas de multiplicar– no es esencialmente distinto a lo que ofrece esa loción que devuelve milagrosamente a la vida los folículos capilares o ese cinturón que vibra y disuelve milagrosamente la grasa corporal molécula a molécula. Igual que Inés y que él, los Arroyo debieron de llegar a Estrella apenas con lo puesto; también ellos debieron de pasar la noche durmiendo encima de periódicos o algo equivalente; también ellos debieron de malvivir hasta que su Academia se puso en marcha. Tal vez el señor Arroyo, igual que él, tuvo que pasar una temporada metiendo folletos en buzones; tal vez Ana Magdalena, con su tez de alabastro, tuvo que ponerse de rodillas y fregar suelos. Una ciudad surcada por las trayectorias de los inmigrantes: si estos no vivieran de la esperanza, si no tuvieran su pizca infinitesimal de esperanza que añadir a la gran suma, ¿dónde estaría Estrella?

David lleva a casa un Aviso para los Padres. Va a celebrarse una velada de puertas abiertas en la Academia. El señor y la señora Arroyo explicarán a los padres la filosofía educativa que hay detrás de la Academia y los alumnos interpretarán una danza, después de la cual se servirá un refrigerio. Se anima a los padres a que traigan a cualquier amigo que sienta interés. El acto empezará a las siete.

Cuando llega la tarde señalada, el público es decepcionantemente escaso, apenas una veintena de personas. De las sillas que se han desplegado, muchas se quedan vacías. Inés y él se sientan en primera fila y oyen a los jóvenes intérpretes susurrar y soltar risitas detrás del telón que oculta el otro extremo del estudio.

Con un vestido de noche oscuro y un chal sobre los hombros desnudos, la señora Arroyo emerge. Se pasa un largo momento plantada en silencio ante el público. A él le vuelve a impresionar su pose, su belleza serena.

Por fin ella habla.

—Bienvenidos, todos, y gracias por venir en esta velada de frío y lluvia. Esta noche les voy a hablar un poco de la Academia y de lo que mi marido y yo confiamos en darles a nuestros estudiantes. Para eso será necesario hacerles un breve esbozo de la filosofía que hay detrás de la Academia. A quienes ya estén familiarizados con ella, les ruego que tengan paciencia.

»Tal como sabemos, desde el día en que llegamos a esta vida dejamos atrás nuestra existencia anterior. La olvidamos. Pero no del todo. Sobreviven ciertos restos de nuestra existencia anterior: no recuerdos en el sentido habitual de la palabra, sino algo que podemos denominar sombras de recuerdos. Luego, a medida que nos acostumbramos a nuestra nueva vida, incluso esas sombras se disipan, hasta que olvidamos del todo nuestros orígenes y aceptamos que la única vida que hay es la que ven nuestros ojos.

»El niño, sin embargo, el niño pequeño, sigue conservando impresiones profundas de una vida anterior, recuerdos sombríos que no tiene palabras para expresar. Y no tiene palabras porque, junto con ese mundo que hemos perdido, hemos perdido también el lenguaje adecuado para evocarlo. Lo único que queda de ese lenguaje primordial es un puñado de palabras, que yo llamo palabras trascendentales, entre las cuales destacan los nombres de los números: "uno", "dos", "tres".

»"Uno-dos-tres": ¿acaso es un simple cántico que aprendemos en la escuela, ese cántico automático que llamamos "contar"? ¿O bien existe una manera de ver a través del cántico y percibir lo que hay detrás y más allá de él, a saber: el reino de los números en sí; de los nobles números y sus auxiliares, tantos que ni se pueden contar, tantos como estrellas hay, unos números nacidos de uniones entre números nobles? Nosotros, mi marido, yo misma y quienes nos ayudan, creemos que sí existe esa manera. Nuestra Academia está dedicada a guiar a las almas de nuestros alumnos hacia ese reino y a ponerlos en sincronía con el gran movimiento subyacente del universo, o, tal como nosotros preferimos llamarlo, la danza del universo.

»A fin de hacer bajar los números del sitio donde residen, de permitirles que se manifiesten en medio de nosotros y de darles cuerpo, recurrimos a la danza. Sí, aquí en la Academia danzamos; no de forma tosca, carnal y desordenada, sino con el cuerpo y el alma unidos, para dar vida a los números. Cuando la música penetra en nosotros y nos mueve a danzar, esos números dejan de ser simples ideas, simples espectros, y se hacen reales.

»La música evoca su danza y la danza evoca su música: ninguna de ambas cosas viene antes que la otra. Por eso nos consideramos academia de música en la misma medida que academia de danza.

»Si lo que les estoy contando esta noche les resulta poco claro, queridos padres y madres y queridos amigos de la Academia, eso únicamente demuestra lo ineficaces que son las palabras; por eso bailamos. Durante la danza llamamos a los números para que bajen de su residencia entre las altivas estrellas. Nos rendimos a ellos con la danza, y mientras danzamos, por su gracia, ellos viven entre nosotros.

»Algunos de ustedes, lo veo por sus miradas, se mantienen escépticos. "¿Qué son esos números de los que está hablando esta mujer y que supuestamente viven entre las estrellas?", murmuran para sus adentros. "¿Acaso no uso yo números todos los días cuando hago negocios o compro en la tienda de comestibles? ¿Acaso los números no son nuestros humildes sirvientes?"

»Y yo les contesto: esos números que tienen ustedes en mente, los que usamos cuando compramos y vendemos cosas, no son números verdaderos, sino meros simulacros. Son lo que yo llamo números-hormiga. Como sabemos, las hormigas no tienen memoria. Nacen del polvo y mueren en el polvo. Esta noche, en la segunda parte del espectáculo, verán ustedes a nuestros estudiantes más jóvenes representando el papel de las hormigas y ejecutando esas operaciones de hormigas que denominamos aritmética inferior, la aritmética que usamos para la contabilidad doméstica y esas cosas.

Hormigas. Aritmética inferior. Él se gira hacia Inés.

—¿Tú entiendes algo de esto? —le dice en voz baja.

Pero Inés está mirando fijamente a Ana Magdalena, con los labios apretados y los ojos entornados, y se niega a contestarle.

Con el rabillo del ojo acierta a ver a Dmitri, medio escondido en las sombras del umbral. ¿Qué interés puede tener Dmitri en la danza de los números? Dmitri el oso… Pero, por supuesto, lo que le interesa a Dmitri es la persona de la oradora.

—Las hormigas son por naturaleza criaturas que obedecen la ley —está diciendo Ana Magdalena—. Y las leyes que obedecen son las de la suma y la resta. No hacen nada más que eso, día tras día, durante cada instante que pasan despiertas: cumplir con su ley doble y mecánica.

»En nuestra Academia no enseñamos la ley de la hormiga. Sé que a algunos de ustedes les preocupa esto; el hecho de que no enseñemos a sus hijos a jugar a cosas de hormigas, a sumar unos números con otros y todo eso. Confío en que entiendan ustedes por qué. Es porque no queremos convertir a sus hijos en hormigas.

»Pero ya basta. Gracias por su atención. Por favor, den la bienvenida a nuestros intérpretes.

Ella hace una señal y se aparta a un lado. Dmitri, vestido con su uniforme del museo, que por una vez está pulcramente abotonado, se adelanta unos pasos y abre los dos telones, primero el de la izquierda y después el de la derecha. En ese mismo momento llegan desde las alturas las notas amortiguadas de un órgano de tubos.

En el escenario se revela una figura solitaria, un chico de unos once o doce años, vestido con zapatillas doradas y una toga blanca que le deja un hombro al desnudo. Con los brazos en alto, el chico echa un vistazo a lo lejos. Mientras el organista, que solo puede ser el señor Arroyo, toca una serie de florituras, él mantiene esa pose. Luego, siguiendo el ritmo de la música, inicia su danza. La danza consiste en deslizarse de punta a punta del escenario, a veces despacio y a veces deprisa, a punto de detenerse en cada punta pero sin llegar a detenerse del todo. El patrón de la danza, la relación de cada punto con el siguiente, está poco claro; los movimientos del chico son gráciles pero carecen de variedad. Él, Simón, pronto pierde interés y se concentra en la música.

Las notas altas del órgano suenan a lata y las bajas carecen de resonancia. Aun así, la música en sí lo posee. La calma desciende sobre él; siente que algo en su interior —¿en el alma?— adopta el ritmo de la música y se mueve al compás de ella. Entra en un ligero trance.

La música se vuelve más compleja y después otra vez simple. Él abre los ojos. En el escenario ha aparecido un segundo bailarín, tan parecido al primero que debe de ser su hermano menor. También él se dedica a deslizarse de un punto invisible al siguiente. De vez en cuando las trayectorias de ambos se cruzan, pero nunca parece que haya ningún peligro de que choquen. Está claro que lo han ensayado tantas veces que se saben de memoria los movimientos del otro; pese a todo, parece haber algo más, cierta lógica que dicta sus itinerarios, una lógica que él no puede entender del todo, aunque se siente muy a punto de conseguirlo.

La música toca a su fin. Los dos bailarines llegan a sus posiciones extremas y regresan a sus poses estáticas. Dmitri cierra primero el telón izquierdo y después el derecho. Se oyen unos aplausos desiguales del público, a los que él se une. También Inés aplaude.

Ana Magdalena vuelve a salir al frente del escenario. Ahora se la ve radiante, como resultado —él está dispuesto a creer— de la danza, o de la música, o de la unión de danza y música; ciertamente, él también se siente radiante.

—Lo que acaban ustedes de ver son el Número Tres y el Número Dos, bailados por dos de nuestros estudiantes más veteranos. Para cerrar el espectáculo de esta velada, nuestros estudiantes más jóvenes interpretarán la danza de las hormigas de la que les hablé antes.

Dmitri abre las cortinas. Frente a ellos, en formación de columna, hay ocho criaturas, niños y niñas, vestidos con camisetas, pantalones cortos y gorros verdes con antenas bamboleantes destinadas a denotar su naturaleza de hormigas. David está al frente de la columna.

El señor Arroyo, al órgano, toca una marcha, poniendo énfasis en su ritmo mecánico. Las hormigas se ponen a dar zancadas a derecha e izquierda, adelante y atrás, hasta cambiar de formación: de columna de a ocho a matriz de cuatro filas en dos columnas. Mantienen las posiciones durante cuatro tiempos, desfilando sin moverse del sitio; luego cambian de formación y adoptan una nueva matriz de dos filas en cuatro columnas. Mantienen la formación, desfilando; luego se transforman en una fila única de a ocho. Mantienen la formación, desfilando; por fin rompen filas de golpe y, mientras la música abandona su ritmo staccato y se convierte en una simple sucesión de acordes estridentes y discordantes, se ponen a revolotear por el escenario con los brazos desplegados como si fueran alas, a punto de chocarse los unos con los otros (y en un caso llegando a chocar y cayendo al suelo en medio de un paroxismo de risillas). Por fin se reanuda el ritmo firme de la marcha y las hormigas vuelven a formar rápidamente su columna de a ocho original.

Dmitri cierra las cortinas y se queda allí, sonriente. Los congregados aplauden vigorosamente. La música no se detiene. Dmitri abre de golpe las cortinas para revelar que la columna de insectos sigue desfilando. Se redoblan los aplausos.

—¿Qué te parece? —le dice él a Inés.

—¿Qué me parece? Me parece que, mientras él sea feliz, todo lo demás no importa.

—Estoy de acuerdo. Pero ¿qué te ha parecido el discurso? ¿Qué te ha parecido…?

David los interrumpe corriendo hacia ellos, ruborizado y excitado, con las antenas bamboleantes todavía puestas.

—¿Me habéis visto? —pregunta en tono imperioso.

—Claro que te hemos visto —dice Inés—. Nos has hecho sentir muy orgullosos. Eras el líder de las hormigas.

—Sí que era el líder, pero las hormigas no son buenas, solo desfilan. Ana Magdalena me ha dicho que la próxima vez podré hacer un baile de verdad. Aunque para eso tengo que ensayar mucho.

—Eso está bien. ¿Cuándo será esa próxima vez?

—En el concierto siguiente. ¿Puedo comer un trozo de pastel?

—Tanto como quieras. No hace falta preguntar. El pastel es para todos.

Él mira a su alrededor, buscando al señor Arroyo. Tiene curiosidad por conocerlo, por averiguar si él también cree en un reino superior donde habitan los números, o si únicamente toca el órgano y deja todas las cuestiones trascendentales a su mujer. Pero al señor Arroyo no se lo ve por ningún lado: los hombres que hay dispersos por la sala son a todas luces padres como él.

Inés está conversando con una de las madres. Ahora le hace señales para que se acerque.

—Simón, esta es la señora Hernández. Su hijo también hacía de hormiga. Señora, este es mi amigo Simón.

Amigo. Una palabra que Inés no había usado antes. ¿Eso es él ahora? ¿En eso se ha convertido?

—Isabella —dice la señora Hernández—. Por favor, llámeme Isabella.

—Inés —dice Inés.

—Estaba felicitando a Inés por vuestro hijo. Tiene mucha confianza como intérprete, ¿verdad?

—Es un niño muy seguro de sí mismo —dice él, Simón—. Siempre ha sido así. Como puede imaginar usted, no es fácil enseñarle.

Isabella lo mira con perplejidad.

—Es muy seguro de sí mismo, pero esa confianza no siempre está bien fundamentada —continúa él, empezando a perder el hilo—. Cree tener unas capacidades que en realidad no tiene. Todavía es muy pequeño.

—David aprendió a leer él solo —dice Inés—. Puede leer el *Quijote*.

—En versión condensada para niños —dice él—. Pero sí, es cierto; aprendió a leer él solo, sin ayuda de nadie.

—Aquí en la Academia no ven con muy buenos ojos la lectura —dice Isabella—. Dicen que la lectura puede venir más tarde. Mientras son jóvenes, solo danza, música y danza. Aun así, Ana Magdalena es muy persuasiva, ¿verdad? Habla muy bien. ¿No os lo ha parecido?

—¿Y eso del reino elevado del que los números descienden hasta nosotros, el sagrado Número Dos y el sagrado Número Tres, lo ha entendido usted? —dice él.

Un niño pequeño que debe de ser el hijo de Isabella se les acerca caminando furtivamente, con un círculo de chocolate alrededor de los labios. Ella encuentra un pañuelo de papel y le limpia la boca, a lo cual él se somete pacientemente.

—Vamos a quitarte estas orejas de mentira y a devolvérselas a Ana Magdalena —dice—. No puedes volver a casa con pinta de insecto.

La velada toca a su fin. Ana Magdalena está en la puerta, despidiéndose de los padres. Él le estrecha la fría mano.

—Por favor, transmítale mi agradecimiento al señor Arroyo —dice él—. Lamento que no hayamos tenido oportunidad de conocerlo. Es un buen músico.

Ana Magdalena asiente con la cabeza. Por un instante sus ojos azules se clavan en los de él. «Ella ve mi interior —piensa él con un sobresalto—. Ve mi interior y no le caigo bien.»

Eso le duele. Es algo a lo que no está acostumbrado, caer mal, y menos todavía caer mal sin razón alguna. Pero tal vez no sea un desagrado personal. Tal vez a la mujer le caigan mal los padres de todos sus alumnos, por el hecho de ser rivales de su autoridad. O tal vez simplemente le caigan mal los hombres, todos salvo el invisible Arroyo.

Pero, bueno, si él le cae mal a ella, entonces ella también le cae mal a él. Esto le sorprende: no le pasa a menudo que le caiga mal una mujer, sobre todo si es hermosa. Y esta mujer es hermosa, de eso no cabe duda; tiene una de esas bellezas que aguantan perfectamente el escrutinio de cerca: rasgos perfectos, piel perfecta, figura perfecta, porte perfecto. Es hermosa, y aun así le repele. Puede que esté casada, pero aun así él la asocia con la luna, y su fría luz, con una castidad cruel y persecutoria. ¿Acaso es sabio dejar a su hijo —a cualquier niño y ciertamente a cualquier niña— en manos de una mujer así? ¿Y si al final de curso el niño emerge de sus garras igual de frío y persecutorio que ella? Porque ese es el juicio que él hace de ella; de su religión, de sus estrellas y de su estética geométrica de la danza. Exangüe, asexuada, sin vida.

El niño se ha quedado dormido en el asiento de atrás del coche, con el estómago lleno de pastel y limonada. Aun así, él no se atreve a contarle a Inés lo que piensa: aun profundamente dormido, el niño parece oír todo lo que pasa a su alrededor. De forma que se muerde la lengua hasta que el niño está bien arropado en su cama.

—Inés, ¿estás segura de que hemos hecho lo correcto? —dice él—. ¿No deberíamos buscar otra escuela que sea un poco menos… extrema?

Inés no dice nada.

—Yo no he entendido nada de esa charla que ha dado la señora —insiste él—. Y lo que he entendido me ha parecido un poco loco. Esa mujer no es una profesora, es una predicadora.

Su marido y ella se han inventado una religión y ahora están buscando conversos. David es demasiado joven y demasiado impresionable para estar expuesto a esa clase de cosas.

Inés habla por fin.

—Cuando yo era maestra, teníamos al señor C, el cartero que silbaba, y a G, el gato que ronroneaba, y a T, el tren que hace sonar la sirena. Cada letra tenía una personalidad y un sonido propios. Nos inventamos palabras a base de poner una letra detrás de otra. Así es como se enseña a los niños pequeños a leer y escribir.

—¿Eras maestra?

—Solíamos dar clases en La Residencia para los hijos del personal doméstico.

—Nunca me lo has contado.

—Todas las letras del alfabeto tenían su personalidad. Y ahora ella, Ana Magdalena, también les está dando personalidades a los números. Uno, dos, tres. Haciendo que cobren vida. Así es como se enseña a los niños pequeños. No es religión. Me voy a la cama. Buenas noches.

Cinco de los alumnos de la Academia son internos y el resto son estudiantes de día. Los internos se alojan con los Arroyo porque vienen de distritos de la provincia que quedan demasiado lejos para hacer el trayecto en coche a diario. Estos cinco, junto con el joven ujier y los dos hijos del señor Arroyo, comen sentados a la mesa los almuerzos que les prepara Ana Magdalena. Los estudiantes externos se traen el almuerzo de casa. Todas las noches Inés le prepara a David la fiambrera del día siguiente y se la deja en la nevera: bocadillos, un plátano o una manzana y algún que otro dulce, como una chocolatina o una galleta.

Una noche, mientras ella le está preparando la fiambrera, David dice:

—En la escuela hay chicas que no comen carne. Dicen que es una crueldad. ¿Es una crueldad, Inés?

—Si no comes carne, no te pondrás fuerte. No crecerás.

—Pero ¿es una crueldad?

—No, no es una crueldad. Los animales no sienten nada cuando los sacrifican. No tienen sentimientos de la misma forma que nosotros.

—Le pregunté al señor Arroyo si es una crueldad y él me dijo que no, porque los animales no pueden hacer silogismos. ¿Qué significa «silogismos»?

Inés no sabe qué decir. Él, Simón, interviene.

—Creo que lo que quiere decir es que los animales no piensan lógicamente, como nosotros. No pueden hacer deducciones lógicas. No entienden que los están mandando al matadero por mucho que todas las pruebas señalen en esa dirección; de forma que no pasan miedo.

—Pero ¿les duele?

—¿El sacrificio? No, si el matarife sabe hacer su trabajo, no. Igual que a ti no te duele ir al médico, si el médico sabe hacer su trabajo.

—Entonces no es una crueldad, ¿verdad?

—No, no es particularmente cruel. Un buey grande y fuerte apenas lo nota. Para el buey es como un pinchacito de nada. Y luego ya no sienten nada.

—Pero ¿por qué tienen que morir?

—¿Por qué? Pues porque son como nosotros. Nosotros somos mortales y ellos también, y los seres mortales tienen que morir. Eso es lo que tenía en mente el señor Arroyo cuando hizo su chiste sobre los silogismos.

El niño niega con la cabeza con gesto impaciente.

—¿Por qué tienen que morir para darnos su carne?

—Porque eso es lo que pasa cuando descuartizas a un animal: que se muere. Si le cortas la cola a un lagarto, le crece otra nueva. Pero el buey no es como el lagarto. Si le cortas la cola al buey, no le crece otra nueva. Si le cortas una pata, se desangra. David, no quiero que te preocupes por estas cosas. Los bueyes son criaturas buenas. Nos desean cosas buenas. En su idioma dicen: «Si el joven David necesita comerse mi carne para crecer fuerte y sano, yo se la doy de buen grado». ¿No es así, Inés?

Inés dice que sí con la cabeza.

—Entonces ¿por qué no nos comemos a otras personas?

—Porque es asqueroso —dice Inés—. Por eso.

8

Como en el pasado Inés nunca ha mostrado mucho interés por la moda, él no espera que ella dure mucho tiempo trabajando en Modas Modernas. Pero se equivoca. Ella disfruta de su éxito como vendedora, sobre todo con la clientela de más edad, que agradece la paciencia que ella les demuestra. Ahora deja de lado la ropa que se trajo de Novilla y empieza a llevar prendas más en boga que compra a precios rebajados o bien toma prestadas de la tienda.

Con Claudia, la propietaria, que tiene su misma edad, entabla amistad rápidamente. Almuerzan juntas en un café que hay a la vuelta de la esquina o bien se compran bocadillos y se los comen en el almacén, donde Claudia se desahoga hablando de su hijo, que ha empezado a ir con malas compañías y está a punto de dejar los estudios; también le habla en términos menos concretos de su descarriado marido. Inés no menciona si ella también se desahoga allí; al menos no se lo menciona a él, a Simón.

A fin de abastecerse para la nueva temporada, Claudia hace una expedición a Novilla y deja a Inés a cargo de la tienda. Su repentino ascenso despierta las iras de la cajera, Inocencia, que ha estado en Modas Modernas desde la inauguración de la tienda. El regreso de Claudia supone un alivio para todas.

Él, Simón, escucha por las noches las historias que le cuenta Inés sobre las idas y venidas de la moda, sobre las clientas problemáticas o quisquillosas de la tienda o bien sobre su rivalidad no deseada con Inocencia. Inés no muestra curiosidad alguna por las escasas aventuras que le sobrevienen a él durante sus repartos.

En el siguiente viaje a Novilla, Claudia invita a Inés a acompañarla. Inés le pregunta a él, a Simón, qué le parece. ¿Debería ir? ¿Y si la policía la reconoce y la detiene? Él se burla de sus miedos. En la escala de la atrocidad, el crimen de ser cómplices de un niño que no quiere ir a la escuela debe de estar al final del todo. Seguramente el expediente de David ya habrá sido sepultado bajo montañas de otros expedientes; y aunque no sea el caso, está claro que la policía tiene cosas mejores que hacer que peinar las calles en busca de padres negligentes.

De forma que Inés acepta la invitación de Claudia. Las dos toman el tren nocturno que va a Novilla y se pasan el día en un almacén de distribuidores situado en la zona industrial de la ciudad, haciendo su selección. Durante una pausa, Inés llama por teléfono a La Residencia y habla con su hermano Diego. Sin preámbulos, Diego le exige que le devuelva el coche (*su* coche, lo llama). Inés se niega, pero le ofrece pagarle la mitad de lo que vale si él le deja quedárselo. Él le pide dos tercios, pero ella se planta y él acaba capitulando.

A continuación Inés le pide que le deje hablar con su otro hermano, Stefano. Stefano ya no vive en La Residencia, la informa Diego. Se ha ido a vivir a la ciudad con su novia, que está esperando un bebé.

Mientras Inés se encuentra fuera de la ciudad, o bien anda ocupada en su trabajo en Modas Modernas, recae en él la responsabilidad de atender a las necesidades de David. Además de acompañarlo a la Academia por las mañanas y llevarlo a casa por las tardes, ha asumido la tarea de hacerle las comidas. Su dominio del arte de la cocina es rudimentario, pero por suerte el niño tiene tanta hambre últimamente que se come lo que le pongan delante. Engulle porciones enormes de puré de patatas con guisantes, y espera con anhelo el pollo asado de los fines de semana.

Está creciendo deprisa. Nunca será alto, pero tiene unas extremidades bien formadas y rebosa energía. Al acabarse las clases corre a unirse a los partidos de fútbol que montan los demás chicos de su bloque de apartamentos. Aunque es el más pequeño, su determinación y su dureza le granjean el respeto de los chicos mayores y más grandes. Puede que su estilo al correr —hombros encorvados, cabeza gacha y codos pegados a los costados— sea excéntrico, pero tiene los pies rápidos y cuesta derribarlo.

Al principio él, Simón, solía tener a Bolívar sujeto con una correa mientras el niño jugaba, por miedo a que el perro se metiera corriendo en el campo y atacara a cualquiera que estuviera amenazando a su joven amo. Pero Bolívar aprende deprisa que correr detrás de la pelota no es más que un juego, un juego humano. Ahora se contenta con sentarse en la banda, indiferente a la pelota, disfrutando de la ligera calidez del sol y de la rica mezcla de olores que trae el aire.

De acuerdo con Inés, Bolívar tiene siete años, pero él, Simón, se pregunta si no será mayor. Es obvio que está en la fase final de la vida, la fase de declive. Ha empezado a ganar peso; aunque es un macho intacto, parece haber perdido interés en las perras. También se ha vuelto menos accesible. Los demás perros recelan de él. Solo necesita levantar la cabeza y dedicarles un gruñido apagado para hacer que se escabullan.

Él, Simón, es el único espectador de los desastrosos partidos de fútbol de las tardes, unos partidos cuya acción se ve continuamente interrumpida por las disputas entre jugadores. Un día una delegación de chicos mayores se le acerca y le pregunta si quiere hacer de árbitro. Él rechaza el ofrecimiento:

—Soy demasiado mayor y no estoy en forma —dice.

Eso no es del todo cierto; pero cuando lo piensa más tarde, se alegra de haber dicho que no y sospecha que David también se alegra.

Se pregunta quién pensarán los chicos del bloque de apartamentos que es él: ¿el padre de David? ¿Su abuelo? ¿Un tío? ¿Qué historia les habrá contado David? ¿Les habrá dicho quizá que el hombre que los mira jugar comparte casa con su madre y con él pero duerme solo? ¿Acaso David está orgulloso de él, o se avergüenza de él, o está orgulloso y se avergüenza al mismo tiempo? ¿O bien un niño de seis años, casi siete, es demasiado pequeño para tener sentimientos ambivalentes?

Al menos los chicos respetan al perro. El primer día que él llegó con el perro, se congregaron todos en círculo a su alrededor.

—Se llama Bolívar —anunció David—. Es un alsaciano. No muerde.

Bolívar el alsaciano se dedicó a escrutar tranquilamente la lejanía, dejando que los niños lo reverenciaran.

En el apartamento él, Simón, se comporta más como un inquilino que como un miembro propiamente dicho de la familia. Se encarga de que su habitación esté siempre limpia y ordenada. No deja sus cosas de aseo en el cuarto de baño ni su chaqueta en el perchero de la entrada. Tampoco sabe cómo Inés le explica a Claudia —ni al mundo en general— el rol que tiene él, Simón, en su vida. Ciertamente él nunca la ha oído llamarlo su marido; si ella prefiere presentarlo como un caballero al que han alquilado una habitación, él no tiene problema en seguirle la corriente.

Inés es una mujer difícil. Aun así, él descubre en su interior que cada vez la admira más, y cada vez le tiene más afecto. ¡Quién se habría imaginado que ella abandonaría La Residencia, y la vida fácil que tenía allí, y se entregaría con tanta devoción a los destinos de aquella criatura obstinada!

—¿Somos una familia, Inés, tú y yo? —pregunta el niño.

—Claro que somos una familia —contesta él con diligencia—. Las familias pueden tener muchas formas. Nosotros somos una de esas formas que puede adoptar una familia.

—Pero ¿tenemos que ser una familia?

Él ha tomado la decisión de no sucumbir a la irritación, de tomarse las preguntas del niño en serio por muy ociosas que sean.

—Si quisiéramos, podríamos ser menos familia. Yo me podría ir de casa y alojarme solo y veros solo de vez en cuando. O bien Inés podría enamorarse y casarse y llevarte a vivir con su nuevo marido. Pero esos son caminos que ninguno de nosotros quiere tomar.

–Bolívar no tiene familia.

–La familia de Bolívar somos nosotros. Nosotros cuidamos de Bolívar y él cuida de nosotros. Pero no, tienes razón. Bolívar no tiene familia, familia de perros. Tenía una cuando era pequeño, pero luego creció y descubrió que ya no la necesitaba. Bolívar prefiere vivir solo y conocer a otros perros en la calle, sin compromisos. Tú también puedes tomar una decisión parecida cuando crezcas: vivir solo y sin familia. Pero mientras seas pequeño, necesitas que nosotros te cuidemos. Así que tu familia somos nosotros: Inés, Bolívar y yo.

«Si quisiéramos, podríamos ser menos familia.» Dos días después de esta conversación, el niño anuncia, sin venir a cuento de nada, que quiere ser interno en la Academia.

Él, Simón, intenta disuadirle.

–¿Por qué te quieres mudar a la Academia teniendo una vida tan agradable aquí? –le dice–. Inés te añoraría muchísimo. Y yo también te añoraría.

–Inés no me va a añorar. Inés no me ha reconocido nunca.

–Claro que te ha reconocido.

–Ella dice que no.

–Inés te quiere. Te lleva en el corazón.

–Pero no me ha reconocido. El señor Arroyo sí me reconoce.

–Si te vas con el señor Arroyo dejarás de tener habitación propia. Tendrás que dormir en un dormitorio comunitario con los demás niños. Cuando te sientas solo en plena noche no tendrás a nadie a quien acudir para que te reconforte. Está claro que el señor Arroyo y Ana Magdalena no van a permitir que te metas en su cama. No tendrás a nadie con quien jugar al fútbol por las tardes. Para cenar te pondrán zanahorias y coliflor, dos cosas que odias, en vez de puré de patatas con salsa de carne. ¿Y qué pasa con Bolívar? Bolívar no sabrá qué ha pasado. «¿Dónde está mi joven amo?», dirá. «¿Por qué me ha abandonado?»

—Bolívar me puede visitar —dice el chico—. Lo puedes traer tú.

—Ir al internado es una decisión importante. ¿Podemos dejarlo para el próximo trimestre y darnos un poco de tiempo para pensarlo bien?

—No, yo quiero ir al internado ahora.

Él habla con Inés.

—No sé qué le debe de haber prometido Ana Magdalena —dice él—. A mí me parece mala idea. Es demasiado pequeño para irse de casa.

Para su sorpresa, Inés discrepa.

—Déjalo que vaya. Enseguida estará suplicando que le dejen volver a casa. Así aprenderá la lección.

Es lo último que él se habría esperado de ella: que les fuera a entregar a su precioso hijo a los Arroyo.

—Será caro —dice él—. Al menos hablémoslo con las hermanas, a ver qué les parece. A fin de cuentas, es su dinero.

Aunque no los han invitado nunca a la residencia que tienen las hermanas en Estrella, ellos sí que se han cuidado de mantenerse en contacto con Roberta y de hacer alguna que otra visita a la granja cuando las hermanas están allí, para demostrarles que no se han olvidado de su generosidad. Durante esas visitas David suele hablar mucho de la Academia, cosa rara en él. Las hermanas lo han oído dar explicaciones sobre los números nobles y los números auxiliares y lo han visto ejecutar algunos de los movimientos de las danzas más simples, el Dos y el Tres, unas danzas que si se hacen con precisión pueden llamar a sus respectivos números nobles para que desciendan de entre las estrellas. A ellas les ha encandilado su elegancia física y les ha impresionado la gravedad con que el niño expone las inusuales enseñanzas de la Academia. Pero en esta nueva visita el niño hace frente a un desafío de otra clase: explicarles por qué quiere irse de casa a vivir con los Arroyo.

—¿Estás seguro de que el señor y la señora Arroyo tendrán sitio para ti? —le pregunta Consuelo—. Según tengo entendido, y corrígeme si me equivoco, Inés, solo son ellos dos, y tienen una dotación considerable de internos, además de hijos propios. ¿Qué tienes en contra de vivir en casa con tus padres?

—Que no me entienden —dice el niño.

Consuelo y Valentina cruzan una mirada.

—«Mis padres no me entienden» —dice Consuelo en tono pensativo—. ¿Dónde he oído antes esas palabras? Dime una cosa, jovencito, si no te importa: ¿por qué es tan importante que tus padres te entiendan? ¿Acaso no basta con que sean buenos padres?

—Simón no entiende los números —dice el niño.

—Yo tampoco entiendo de números. Esas cosas se las dejo a Roberta.

El niño no dice nada.

—¿Te has pensado esto detenidamente, David? —pregunta Valentina—. ¿Es una decisión firme? ¿Estás seguro de que después de pasar una semana con los Arroyo no cambiarás de opinión y pedirás volver a casa?

—No voy a cambiar de opinión.

—Muy bien —dice Consuelo. Les lanza una mirada a Valentina y a Alma—. Puedes cumplir con tu deseo de ser interno en la Academia. Ya hablaremos del precio con la señora Arroyo. Pero eso que dices de tus padres, que no te entienden, nos duele. Pedir que no solo sean buenos padres sino que además te entiendan me parece mucho pedir. Yo te aseguro que no te entiendo.

—Ni yo —dice Valentina.

Alma guarda silencio.

—¿No vas a darles las gracias a la señora Consuelo, la señora Valentina y la señora Alma? —dice Inés.

—Gracias —dice el niño.

A la mañana siguiente, en vez de ir a Modas Modernas, Inés los acompaña a la Academia.

—David dice que quiere estar de interno aquí —le dice ella a Ana Magdalena—. No sé quién le ha metido la idea en la cabeza y tampoco le estoy pidiendo a usted que me lo diga. Solo quiero saber una cosa: ¿tiene usted sitio para él?

—¿Es verdad eso, David? ¿Te quieres quedar de interno con nosotros?

—Sí —dice el niño.

—¿Y usted se opone a esto, señora? —dice Ana Magdalena—. Si se opone, ¿por qué no lo dice y ya está?

Se está dirigiendo a Inés, pero es él, Simón, quien responde.

—No nos oponemos a este nuevo deseo suyo por la simple razón de que no tenemos fuerzas —dice—. Con nosotros David siempre termina saliéndose con la suya. Esa es la clase de familia que somos: un amo y dos sirvientes.

A Inés no le hace gracia esto. Ni a Ana Magdalena tampoco. Pero David sonríe con serenidad.

—A las chicas les gusta la seguridad —dice Ana Magdalena—. Pero para los chicos es distinto. Para los chicos, o para algunos, irse de casa es una gran aventura. Sin embargo, David, tengo que avisarte: si te vienes a vivir con nosotros ya no serás el amo. En nuestra casa el amo es el señor Arroyo y los chicos y chicas hacen caso de lo que él dice. ¿Lo aceptas?

—Sí —dice el niño.

—Pero solo entre semana —dice Inés—. Los fines de semana se viene a casa.

—Les haré una lista de cosas que le tienen que poner en la maleta —dice Ana Magdalena—. Y no se preocupen. Si veo que se siente solo y tiene morriña de sus padres, los llamaré. Alyosha también lo tendrá vigilado. Alyosha nota esas cosas.

—Alyosha —dice él, Simón—. ¿Quién es Alyosha?

—Alyosha es el hombre que se encarga de los internos —dice Inés—. Ya te lo dije. ¿No me escuchaste o qué?

—Alyosha es el joven que nos ayuda —dice Ana Magdalena—. Él viene de la Academia, o sea que conoce nuestra forma de hacer las cosas. Los internos son su responsabilidad especial. Come siempre con ellos y tiene un cuarto propio anexo al dormitorio comunitario. Es muy sensible, muy afable y muy comprensivo. Ya se lo presentaré a usted.

La transición de estudiante de día a interno resulta ser de lo más simple. Inés compra una maleta pequeña en la que meten unas cuantas cosas de aseo y unas mudas de ropa. El niño añade el *Quijote*. A la mañana siguiente David le da un escueto beso de despedida a Inés y se aleja dando zancadas por la calle con él, Simón, que le sigue llevándole la maleta.

Como siempre, Dmitri espera en la puerta.

—Ajá, así que el señorito viene a tomar residencia —dice Dmitri, cogiéndole la maleta—. Un gran día, está claro. Un día para cantar, bailar y sacrificar el becerro más gordo.

—Adiós, hijo —dice él, Simón—. Pórtate bien y te veo el viernes.

—Ya me porto bien —dice el niño—. Me porto bien siempre.

Él se queda mirando cómo Dmitri y el niño desaparecen escaleras arriba. Luego, sin pensarlo, sube detrás de ellos. Llega al estudio a tiempo de vislumbrar al niño adentrándose al trote en las profundidades del apartamento, cogido de la mano de Ana Magdalena. Una sensación de pérdida lo envuelve como una niebla. Le vienen lágrimas a los ojos y trata en vano de esconderlas.

Dmitri le rodea los hombros con el brazo para consolarlo.

—Tranquilícese —le dice.

En vez de tranquilizarse, rompe a sollozar. Dmitri lo atrae hacia su pecho; él no ofrece resistencia. Sucumbe a un sollozo enorme, luego a otro y por fin a un tercero, inhalando con sus hipidos temblorosos los olores a humo de tabaco y sarga. «Lo estoy dejando ir —piensa—. Lo estoy dejando ir, y eso es inexcusable en un padre.»

En casa, esa noche, le cuenta a Inés el episodio, un episodio que, ahora que han pasado unas horas, le resulta cada vez más extraño. Más que extraño: grotesco.

—No sé qué me ha pasado —dice—. A fin de cuentas, no se lo han llevado para meterlo en la cárcel. Si se siente solo, o si no se lleva bien con el tal Alyosha, puede estar en casa en media hora, como dice Ana Magdalena. Pero entonces ¿por qué me he hundido de esa forma? ¡Y delante de Dmitri, nada menos! ¡De Dmitri!

Pero Inés tiene la mente en otra parte.

—Le tendría que haber puesto en la maleta el pijama de invierno —dice—. Si te lo doy a ti, ¿se lo puedes llevar mañana? A la mañana siguiente él le entrega a Dmitri el pijama metido en una bolsa de papel marrón con el nombre de David escrito.

—Ropa de invierno, de parte de Inés —dice—. No se la des a David, es demasiado despistado. Dásela a Ana Magdalena, o mejor todavía, dásela al joven que cuida de los internos.

—Alyosha. Se la daré sin falta.

—Inés está preocupada por que David pueda pasar frío por las noches. Es su naturaleza, preocuparse. Por cierto, te pido perdón por el espectáculo que di ayer. No sé qué me pasó.

—Fue amor —dice Dmitri—. Quieres a ese chico. Te rompió el corazón ver que te daba la espalda así.

—¿Me daba la espalda? No lo entiendes. David no nos está dando la espalda. Ni mucho menos. Alojarse en la Academia es una cosa temporal, un capricho que le ha dado, un experimento. Cuando se aburra o esté descontento, volverá a casa.

—A los padres y las madres siempre les rompe el corazón que sus polluelos abandonen el nido —dice Dmitri—. Es natural. Tú eres un sentimental, lo veo. Yo también lo soy, a pesar de mi aspecto tosco. No hace falta avergonzarse. Es nuestra naturaleza, la tuya y la mía. Nacimos así. Somos unos blandos. —Sonríe—. No como la tal Inés. Un corazón de cuero.

—No tienes ni idea de lo que estás diciendo —dice él en tono envarado—. No ha habido nunca una madre más devota que Inés.

—Un corazón de cuero —repite Dmitri—. Si no me crees, espera y verás.

Él alarga la ronda en bicicleta de la jornada tanto como puede, pedaleando despacio y demorándose en las esquinas. La velada se extiende ante él, interminable como un desierto. Encuentra un bar y se pide un vino de paja, el tosco vino al que se aficionó en la granja. Para cuando sale ya se siente agradablemente embotado. Sin embargo, la tristeza opresiva regresa. «¡Necesito encontrar algo que hacer! —se dice a sí mismo—. ¡No se puede vivir así, a base de matar el tiempo!»

«Un corazón de cuero.» Si alguien tiene un corazón de cuero es David, no Inés. El amor de Inés por el niño es incuestionable, igual que el de él. Pero ¿acaso es bueno para el niño que, por amor, cedan tan fácilmente a sus deseos? Tal vez en las instituciones de la sociedad resida una sabiduría ciega. Tal vez, en vez de tratar al niño como si fuera un principito, deberían llevarlo de vuelta a la escuela pública y permitir que los profesores de allí lo domestiquen y lo conviertan en un animal social.

Regresa al apartamento con dolor de cabeza, se encierra en su habitación y se queda dormido. Cuando se despierta ya está anocheciendo e Inés ha llegado a casa.

—Lo siento —dice él—. Estaba agotado. No he hecho la cena.

—Ya he cenado —dice Inés.

9

En las semanas siguientes, la fragilidad de su situación doméstica se hace cada vez más obvia. Para decirlo en términos simples, ahora que el niño no está, ya no hay razón para que Inés y él sigan viviendo juntos. No tienen nada que decirse; no tienen apenas nada en común. Inés llena los silencios con cotilleos sobre Modas Modernas que él apenas escucha. Cuando no está haciendo los repartos en bicicleta, él se queda en su habitación, leyendo el periódico o dormitando. No hace la compra y no cocina. Inés empieza a volver tarde a casa; él supone que está con Claudia, aunque ella no le da información alguna. Solo durante las visitas del niño en los fines de semana hay cierta apariencia de vida familiar.

Luego, un viernes, él llega a la Academia para recoger al niño y se encuentra las puertas cerradas con llave. Después de buscarlo durante mucho rato, encuentra a Dmitri en el museo.

—¿Dónde está David? —le pregunta en tono imperioso—. ¿Dónde están los niños? ¿Dónde están los Arroyo?

—Se han ido a nadar —dice Dmitri—. ¿No te lo han dicho? Se han ido de viaje al lago Calderón. Es un premio para los internos, ahora que ya no hace frío. A mí también me habría gustado ir, pero tengo mis obligaciones, por desgracia.

—¿Y cuándo vuelven?

—Si el tiempo no empeora, el domingo por la tarde.

—¡El domingo!

—El domingo. No te preocupes. Tu chaval se lo pasará en grande.

—¡Pero si no sabe nadar!

—El lago Calderón es la balsa más apacible del mundo entero. Nadie se ha ahogado nunca en él.

Esta es la noticia que está esperando a Inés cuando ella llega a casa: que el niño se ha ido de excursión al lago Calderón y que no lo van a ver en todo el fin de semana.

—¿Y dónde está el lago Calderón? —pregunta ella en tono imperioso.

—A dos horas en coche al norte de Estrella. Dice Dmitri que el lago Calderón es una experiencia educativa que no hay que perderse. Van a llevar a los niños en unas barcas con el fondo de cristal para que vean la vida subacuática.

—Dmitri. O sea que ahora Dmitri es experto en educación.

—Podemos ir en coche al lago Calderón a primera hora de la mañana, si quieres. Solo para asegurarnos de que todo está en orden. Así saludamos a David y si está descontento nos lo traemos de vuelta.

Y eso es lo que hacen. Van en coche al lago Calderón, con Bolívar dormitando en el asiento de atrás. No hay nubes en el cielo y el día promete ser caluroso. Pasan de largo la salida de la autopista y hasta mediodía no encuentran el pequeño asentamiento junto al lago, con su casa de huéspedes y una sola tienda que vende helado, sandalias de plástico y equipamiento de pesca y cebos.

—Estoy buscando el sitio adonde van las escuelas de excursión —le dice él a la chica de detrás del mostrador.

—El centro recreativo. Siga la carretera que bordea el lago. Está un kilómetro más adelante.

El centro recreativo es un edificio bajo y de grandes dimensiones que da a una playa de arena. En la playa se entretienen varias veintenas de personas, hombres y mujeres, todos desnudos. Ni siquiera de lejos tiene problemas para reconocer a Ana Magdalena.

—Dmitri no me dijo nada de esto… del nudismo —le dice a Inés—. ¿Qué hacemos?

—Bueno, yo te aseguro que no me pienso quitar la ropa —responde ella.

Inés es una mujer atractiva. No tiene razón alguna para avergonzarse de su cuerpo. Lo que no dice es: «No me pienso quitar la ropa delante de ti».

—Pues déjame que vaya yo —dice él.

Mientras el perro, ahora suelto, se va dando brincos hacia la playa, él se retira al asiento de atrás y se despoja de su ropa.

Avanzando cautelosamente sobre las piedras, llega a la playa de arena en el momento en que está tocando tierra una barca llena de niños. Un joven con una mata de pelo oscuro como ala de cuervo aguanta la barca mientras los niños se bajan de ella saltando, chapotean en el agua poco profunda, chillan jovialmente y ríen, desnudos, David entre ellos. Ahora el niño lo reconoce con un sobresalto.

—¡Simón! —lo llama, y se le acerca corriendo—. ¡Adivina lo que hemos visto, Simón! ¡Hemos visto una anguila que se estaba comiendo a una anguila bebé, la cabeza de la anguila bebé le asomaba de la boca a la anguila grande, ha sido la monda, tendrías que haberlo visto! Y hemos visto peces, muchos peces. Y cangrejos. Y ya está. ¿Dónde está Inés?

—Inés está esperando en el coche. No se encuentra bien, le duele la cabeza. Hemos venido a ver qué planes tienes. ¿Quieres venirte a casa con nosotros o prefieres quedarte aquí?

—Quiero quedarme. ¿Se puede quedar también Bolívar?

—Me temo que no. Bolívar no está acostumbrado a los sitios nuevos. Puede alejarse y perderse.

—No se perderá. Yo cuidaré de él.

—No lo sé. Lo voy a hablar con Bolívar y a ver qué quiere hacer.

—Muy bien.

Y sin decir una palabra más, el niño da media vuelta y echa a correr detrás de sus amigos.

Al niño no se le hace extraño que él, Simón, esté aquí plantado y desnudo. Y, ciertamente, la vergüenza de él se está evaporando a marchas forzadas entre esta gente desnuda de todas las edades. Aun así, es consciente de que todavía no ha mirado directamente a Ana Magdalena. ¿Por qué? ¿Por qué solo es consciente de estar desnudo ante ella? No es que tenga pulsiones sexuales hacia ella. Simplemente es que él no está a su altura, ni sexualmente ni en ningún otro sentido. Aun así, siente que si la mirara directamente, algo le saldría disparado de los ojos, algo parecido a una flecha, duro como el acero e inconfundible, algo que él no se puede permitir.

Él no está a la altura de ella: de eso está seguro. Si a ella le vendaran los ojos y la pusieran en exposición, como una de las estatuas del museo de Dmitri o como un animal en una jaula del zoo, él podría pasarse horas enteras mirándola, embargado de admiración por la perfección con que ella representa a cierta forma de criatura. Pero esa no es toda la historia, ni mucho menos. No es solo que ella sea joven y esté llena de vida, mientras que él es viejo y está consumido. No es solo que ella esté, por así decirlo, labrada en mármol mientras que él está, por así decirlo, hecho de arcilla. ¿Por qué le ha venido inmediatamente a la cabeza esa expresión: «no está a su altura»? ¿Cuál es esa diferencia fundamental entre ambos que él siente pero no consigue identificar?

Una voz habla detrás de él, la voz de ella:

—Señor Simón.

Él se gira y levanta la vista de mala gana.

Ana Magdalena tiene los hombros salpicados de arena y los pechos sonrosados y tostados por el sol; en la entrepierna le crece una mata de vello de color castaño clarísimo, tan fino que apenas se ve.

—¿Ha venido usted solo? —dice ella.

Hombros altos y cintura larga. Piernas largas y de musculatura firme, piernas de bailarina.

—No. Inés está esperando en el coche. Estábamos preocupados por David. Nadie nos dijo nada de esta excursión.

Ella frunce el ceño.

—Pero si mandamos una nota a todas las familias. ¿No la recibieron?

—Yo no sé nada de ninguna nota. En cualquier caso, bien está lo que bien acaba. Parece que los niños se lo están pasando bien. ¿Cuándo los llevarán ustedes de vuelta?

—Todavía no lo hemos decidido. Si sigue haciendo buen tiempo, puede que nos quedemos el fin de semana entero. ¿Conoce usted a mi marido? Juan, este es el señor Simón, el padre de David.

El señor Arroyo, profesor de música y director de la Academia de Danza: no es así como él esperaba conocerlo, desnudos los dos. Un hombre de envergadura grande, no exactamente corpulento, pero tampoco joven: ya le empieza a colgar un poco la carne de la garganta, el pecho y el vientre. Su tez, la de su cuerpo entero, incluida la calva, es de un rojo ladrillo uniforme, como si el sol fuera su elemento natural. Debe de haber sido idea suya, hacer esta excursión a la playa.

Se estrechan la mano.

—¿El perro es de usted? —dice el señor Arroyo, señalando.

—Sí.

—Qué hermosura de animal.

Su voz es grave y natural. Los dos juntos contemplan a la hermosura de animal. Bolívar se dedica a escrutar por encima del agua sin prestarles atención. Un par de spaniels se le acercan con cautela y se turnan para olerle los genitales; él no se digna oler los de ellos.

—Tal como le estaba contando a su esposa —dice él, Simón—, como resultado de algún fallo de comunicación, no nos llegó aviso previo de esta excursión. Pensábamos que David vendría a casa a pasar el fin de semana, como de costumbre. Por eso hemos venido. Estábamos un poco ansiosos. Pero veo que todo está bien, así que ya nos marchamos.

El señor Arroyo se lo queda mirando con algo que parece ser una mueca burlona del labio. No dice: «¿Un fallo de comunicación? Explíquese, por favor». No dice: «Siento que haya tenido que venir usted para nada». No dice: «¿Quiere usted quedarse a almorzar?». No dice nada. Ningún comentario educado.

Hasta sus párpados son del color de la carne asada. Y luego están los ojos azules, más claros que los de su mujer.

Él recobra la compostura.

—Si no le importa la pregunta, ¿cómo le va a David con sus estudios?

La voluminosa cabeza asiente una, dos y tres veces. Ahora los labios esbozan una sonrisa discernible.

—Su hijo tiene… ¿cómo llamarlo? Una seguridad en sí mismo nada habitual en alguien tan pequeño. No le dan miedo las aventuras; las aventuras de la mente.

—No, no tiene miedo. Y canta bien. Yo no soy músico, pero lo oigo.

El señor Arroyo levanta una mano y descarta sus palabras con un ademán lánguido.

—Ha hecho usted un buen trabajo —le dice—. Es usted quien ha asumido la responsabilidad de criarlo, ¿verdad? Eso me ha dicho él.

A él se le llena de orgullo el corazón. Así pues, eso es lo que el niño le cuenta a la gente: ¡que ha sido él, Simón, quien lo ha criado!

—David ha tenido una educación variada, por decirlo de alguna forma. Dice usted que tiene seguridad en sí mismo. Es cierto. A veces es más que simple seguridad. Puede ser bastante testarudo. Y a algunos de sus maestros eso no les ha sentado bien. En cambio, siente todo el respeto del mundo hacia la señora Arroyo y hacia usted.

—Bueno, si ese es el caso, tendremos que hacernos merecedores de ese respeto.

Sin que él se dé cuenta, la señora Arroyo, Ana Magdalena, se ha escabullido. Ahora reaparece en su campo de visión, alejándose por la orilla, alta, elegante y con un corro de niños desnudos retozando a su alrededor.

—Tengo que irme —dice él—. Adiós. —Y luego añade—: Los números, el dos, el tres y todo eso… He estado intentando entender su sistema. Escuché con atención la charla que dio la señora Arroyo y le hago preguntas a David, pero confieso que sigo teniendo dificultades.

El señor Arroyo enarca una ceja y espera.

—Contar no desempeña un gran papel en mi vida —continúa él—. O sea, cuento manzanas y naranjas como todo el mundo. Cuento dinero. Sumo y resto. Esa aritmética de hormigas de la que habló su mujer. Pero la danza del dos, la danza del tres, lo de los números nobles y los números auxiliares, lo de llamar a las estrellas para que bajen, todo eso no lo entiendo. ¿Alguna vez llegan más allá del dos y del tres en sus enseñanzas? ¿Acaso los niños llegan a estudiar las matemáticas propiamente dichas, la x, la y y la z? ¿O eso es para más adelante?

El señor Arroyo guarda silencio. El sol de mediodía los golpea.

—¿Puede darme usted alguna pista, algo a lo que agarrarme? —dice él—. Quiero entenderlo. De verdad. De verdad que quiero entenderlo.

El señor Arroyo habla.

—Quiere usted entenderlo. Y acude a mí como si yo fuera el sabio de Estrella, el hombre que tiene todas las respuestas. Pues no lo soy. No tengo respuestas para usted. Pero permítame que le diga algo sobre las respuestas en general. En mi opinión, pregunta y respuesta van juntas igual que cielo y tierra o igual que hombre y mujer. Un hombre sale al mundo y lo recorre en busca de la respuesta a su única y enorme pregunta: «¿Qué es lo que me falta?». Y un día, si tiene suerte, encuentra su respuesta: la mujer. Hombre y mujer van juntos, son *una misma cosa*, recurramos a esa expresión, y de esa mismidad, de su unión, sale una criatura. La criatura crece hasta que un día le viene la misma pregunta: «¿Qué es lo que me falta?», y así se reanuda el ciclo. Y el ciclo se reanuda porque la respuesta ya está contenida en la pregunta, como una criatura sin nacer.

—¿Por tanto?

—Por tanto, si deseamos escapar del ciclo, tal vez deberíamos estar recorriendo el mundo en busca no de la respuesta verdadera sino de la pregunta verdadera. Tal vez sea eso lo que nos falta.

—¿Y cómo me ayuda eso, señor, a entender las danzas que le enseñan ustedes a mi hijo, las danzas, las estrellas que esas danzas supuestamente hacen bajar y el lugar que ocupan esas danzas en su educación?

—Sí, las estrellas… Las estrellas nos siguen desconcertando, incluso a los viejos como usted y como yo. «¿Quiénes son? ¿Qué nos dicen? ¿Qué leyes rigen sus vidas?» Para un niño es más fácil. Al niño no le hace falta pensar, porque puede bailar. Mientras los adultos nos quedamos paralizados, contemplando el abismo que se abre entre nosotros y las estrellas, «¡Menudo abismo! ¿Cómo lo vamos a atravesar?», el niño se limita a cruzarlo bailando.

—David no es así. Los vacíos lo llenan de ansiedad. A veces lo paralizan. Yo lo he visto. Es un fenómeno común entre niños. Un síndrome.

El señor Arroyo no hace caso de sus palabras.

—La danza no es una cuestión de belleza. Si yo quisiera crear figuras hermosas, usaría marionetas en vez de niños. Las marionetas pueden flotar y deslizarse de una forma en que los seres humanos no pueden. Pueden trazar patrones muy complejos en el aire. Pero no pueden bailar. No tienen alma. Es el alma la que le da elegancia a la danza, la que sigue el ritmo, cada paso animado por el paso siguiente y por el siguiente.

»En cuanto a las estrellas, las estrellas tienen danzas propias, pero su lógica está fuera de nuestro entendimiento, igual que sus ritmos. Esa es nuestra tragedia. Luego están las estrellas errantes, aquellas que no siguen la danza, como niños a los que no les gusta la aritmética. "Las estrellas errantes, niños que ignoran la aritmética", como escribió el poeta. A las estrellas les está permitido pensar lo impensable, esos pensamientos que están fuera del alcance de usted y del mío: los pensamientos *previos a la eternidad* y *posteriores a la eternidad*, los pensamientos que van *de la nada al uno* y *del uno a la nada*, y así sucesivamente. Los mortales no tenemos ninguna danza que vaya *de la nada al uno.* Así pues, regresando a la pregunta de usted sobre la misteriosa *x*, y sobre si nuestros alumnos de la Academia aprenderán alguna vez la respuesta a esa *x*, mi respuesta es: lamentablemente, no lo sé.

Él espera algo más, pero no hay más. El señor Arroyo ya ha dicho lo que tenía que decir. Ahora le toca a él. Pero él, Simón, está perdido. No tiene nada que ofrecer.

—Quédese tranquilo —dice el señor Arroyo—. No ha venido usted aquí para averiguar lo de la *x*, sino porque estaba preocupado por el bienestar de su hijo. Puede irse tranquilo. El niño está bien. Igual que a los demás niños, al joven David no le interesa la *x*. Lo que quiere es estar en el mundo, experimentar esa sensación de estar vivo que le resulta tan nueva y excitante. Ahora tengo que irme a echarle una mano a mi mujer. Adiós, señor Simón.

Él encuentra el camino de vuelta al coche. Inés no está dentro. Se viste a toda prisa y silba para hacer venir a Bolívar.

—¡Inés! —dice, dirigiéndose al perro—. ¿Dónde está Inés? ¡Encuentra a Inés!

El perro lo lleva hasta Inés, que está sentada cerca de allí, a la sombra de un árbol, sobre un pequeño montículo con vistas al lago.

—¿Dónde está David? —dice ella—. Pensaba que se venía a casa con nosotros.

—David se lo está pasando bien y quiere estar con sus amigos.

—¿Y cuándo lo volveremos a ver?

—Depende del tiempo que haga. Si sigue haciendo buen tiempo, se quedarán todo el fin de semana. No te apures, Inés. Está en buenas manos. Y contento. ¿No es eso lo que importa?

—Entonces ¿nos volvemos a Estrella? —Inés se levanta y se sacude la tierra del vestido—. Me sorprende tu actitud. ¿No te pone triste todo esto? Primero exige marcharse de casa y ahora ni siquiera quiere pasar el fin de semana con nosotros.

—Habría pasado tarde o temprano. Tiene una naturaleza independiente.

—Tú lo llamas independencia, pero a mí me parece que está completamente controlado por los Arroyo. Te he visto charlar con el señor Arroyo. ¿De qué habéis hablado?

—Me ha estado explicando su filosofía. La filosofía de la Academia. Lo de los números y las estrellas. Lo de hacer bajar las estrellas y todo eso.

—¿Así lo llamas, filosofía?

—No, yo no lo llamo filosofía. En privado lo llamo estupideces. En privado lo llamo un montón de chorradas místicas.

—Entonces ¿por qué no nos ponemos serios y sacamos a David de su Academia?

—¿Lo sacamos y adónde lo mandamos? ¿A la Academia de Canto, donde tendrán su propia filosofía absurda que vender? «Toma aire. Vacía la mente. Sé uno con el cosmos.» ¿A las escuelas de la ciudad? «Siéntate quieto. Recita conmigo: uno y uno, dos. Dos y uno, tres.» Puede que los Arroyo no digan más que tonterías, pero al menos son tonterías inofensivas. Y David es feliz ahí. Le caen bien los Arroyo. Le cae bien Ana Magdalena.

—Sí, Ana Magdalena... Supongo que te has enamorado de ella. Puedes confesarlo, no me reiré.

—¿Enamorado? No, ni mucho menos.

—Pero te resulta atractiva.

—Me resulta hermosa, de la misma forma en que lo es una diosa, pero atractiva no. Sería... ¿cómo decirlo? Sería irreverente sentirse atraído por ella. Tal vez incluso peligroso. Ella podría fulminarme.

—¡Fulminarte! Entonces deberías tomar precauciones. Ponerte armadura. Llevar escudo. Me dijiste que el hombre del museo, Dmitri, está prendado de ella. ¿Le has avisado de que lo puede fulminar también a él?

—Pues no. No soy amigo de Dmitri. No nos hacemos confidencias.

—Y el joven, ¿quién es?

—¿El joven que ha salido en la barca con los niños? Es Alyosha, el ujier, el que cuida de los internos. Parece agradable.

—Parece que te resulta fácil estar desnudo ante desconocidos.

—Sorprendentemente fácil, Inés. Sorprendentemente fácil. Uno vuelve a ser un animal. Los animales no están desnudos, simplemente son ellos mismos.

—Me he fijado en que tú y tu peligrosa diosa habéis sido vosotros mismos juntos. Debe de haber sido excitante.

—No te burles de mí.

—No me estoy burlando de ti. Pero ¿por qué no puedes ser sincero conmigo? Cualquiera puede ver que te has enamorado de ella, igual que Dmitri. ¿Por qué no lo admites en vez de andarte con rodeos?

—Porque no es verdad. Dmitri y yo somos personas distintas.

—Dmitri y tú sois hombres. No necesito saber más.

10

El viaje al lago marca una nueva fase en el enfriamiento de las relaciones entre Inés y él. Poco después, ella le informa de que se va a tomar una semana de vacaciones para pasar unos días en Novilla con sus hermanos. Echa de menos a sus hermanos y se está planteando invitarlos a Estrella.

—Tus hermanos y yo nunca nos hemos llevado bien —dice él—. Sobre todo Diego. Si se van a quedar aquí contigo, tal vez yo debería irme a otra parte.

Inés no protesta.

—Dame tiempo para encontrar un sitio —dice él—. Prefiero no comunicárselo a David todavía. ¿Estás de acuerdo?

—Todos los días hay parejas que se divorcian y los niños salen adelante —dice Inés—. David me tendrá a mí y te tendrá a ti, simplemente no viviremos juntos.

A estas alturas él ya conoce el nordeste de la ciudad como si fuera la palma de su mano. No tiene dificultad alguna para encontrar una habitación allí, en casa de una pareja de edad avanzada. No hay demasiadas comodidades y la electricidad suele experimentar cortes impredecibles, pero la habitación es barata, tiene entrada propia y está cerca del centro de la ciudad. Mientras Inés está en el trabajo, él recoge sus pertenencias del apartamento y se instala en su nueva casa.

Aunque Inés y él montan una farsa de cordialidad conyugal delante del niño, no consiguen engañarlo ni un momento.

—¿Dónde están tus cosas, Simón? —pregunta él en tono imperioso; de forma que él, Simón, se ve obligado a recono-

cer que, de momento, se ha mudado para dejar sitio a Diego
y tal vez también a Stefano.

—¿Diego va a ser mi tío o mi padre? —pregunta el niño.

—Será tu tío, igual que siempre.

—¿Y tú?

—Yo seré lo mismo que siempre. Yo no cambio. Las cosas
cambian a mi alrededor, pero yo sigo igual. Ya lo verás.

Si al niño lo aflige la ruptura entre Inés y él, Simón, no lo
demuestra en absoluto. Al contrario, se muestra de lo más animado y no para de contarles historias de su vida en la Academia. Ana Magdalena tiene una máquina de hacer gofres, y todas
las mañanas les hace gofres a los internos. «¡Tienes que com-
prarte una máquina de hacer gofres, Inés, es brutal!» Alyosha se
encarga ahora de leerles las historias para irse a dormir, y les está
leyendo la historia de tres hermanos que tienen la misión de
encontrar la espada Madragil, que también es brutal. Detrás del
museo, Ana Magdalena tiene un huerto y un corral con conejos, pollos y un cordero. Uno de los conejos es malo y no para
de escarbar bajo la verja para escaparse. Una vez lo encontraron
escondido en el sótano del museo. Su favorito de entre los animales es el cordero, que se llama Jeremías. Jeremías no tiene
madre, o sea que necesita beber leche de vaca de un biberón
con tetina de goma. Dmitri les deja aguantarle el biberón a
Jeremías.

—¿Dmitri?

Resulta que Dmitri es el encargado de cuidar a los animales de la Academia, así como de llevar la leña del sótano para
el horno y de limpiar los baños después de que los niños se
duchen.

—Yo creía que Dmitri trabajaba para el museo. ¿La gente
del museo sabe que también está contratado en la Academia?

—Dmitri no quiere dinero. Lo hace por Ana Magdalena.
Haría lo que fuera por ella, porque la ama y la venera.

—La ama y la venera: ¿eso lo dice él?

—Sí.

—Qué amable por su parte. Es admirable. Lo que me preocupa es que Dmitri pueda estar realizando esos servicios por amor y veneración durante unas horas en que el museo le paga para que vigile los cuadros. Pero basta de hablar de Dmitri. ¿Qué más nos puedes contar? ¿Te gusta ser interno? ¿Tomaste la decisión correcta?

—Sí. Cuando tengo pesadillas, despierto a Alyosha y él me deja dormir en su cama.

—¿Y tú eres el único que va a dormir a la cama de Alyosha? —pregunta Inés.

—No, cualquiera que tenga pesadillas puede dormir con Alyosha. Lo dice él mismo.

—¿Y Alyosha? ¿En qué cama duerme Alyosha cuando es él quien tiene pesadillas?

Al niño no le hace gracia el comentario.

—¿Y qué tal la danza? —pregunta él, Simón—. ¿Cómo te va con la danza?

—Ana Magdalena dice que yo soy el que mejor baila de todos.

—Muy bien. ¿Cuándo te podré convencer para que bailes para mí?

—Nunca, porque no crees en la danza.

«No crees en la danza.» ¿En qué necesita creer para que el niño le haga un baile? ¿En el galimatías de las estrellas?

Comen juntos —Inés ha hecho la cena— y a él le llega la hora de irse.

—Buenas noches, hijo. Vendré por la mañana. Podemos sacar a pasear a Bolívar. Tal vez haya un partido de fútbol en el parque.

—Ana Magdalena dice que si eres bailarín no puedes jugar al fútbol. Dice que puedes hacerte un esguince.

—Ana Magdalena sabe de muchas cosas, pero de fútbol no. Eres un chico fuerte. No te vas a hacer daño jugando al fútbol.

—Ana Magdalena dice que no puedo.

—Muy bien, pues no te obligaré a jugar al fútbol. Pero, por favor, explícame una cosa. A mí no me obedeces nunca y a

Inés casi nunca. En cambio, siempre haces todo lo que te dice Ana Magdalena. ¿Cómo es eso?

No hay respuesta.

Él regresa a su habitación caminando pesadamente y de mal humor. Hubo un tiempo en que el niño se entregaba en cuerpo y alma a Inés, o por lo menos a la visión que tenía Inés de él como pequeño principito escondido; ese tiempo, sin embargo, parece haberse acabado. A Inés debe de resultarle descorazonador verse suplantada por la señora Arroyo. En cuanto a él, ¿qué lugar queda para él en la vida del niño? Tal vez debería seguir el ejemplo de Bolívar. Bolívar ya prácticamente ha completado su transición al crepúsculo de su vida de perro. Le ha salido panza; a veces, cuando se acuesta para dormir, suelta un pequeño suspiro de tristeza. Sin embargo, si Inés fuera lo bastante insensible como para llevar un cachorro a la casa —un cachorro destinado a crecer y ocupar el lugar de su actual guardián— Bolívar cerraría las fauces en torno al pescuezo de su joven rival y lo zarandearía hasta partirle el cuello. Tal vez debería convertirse en esa clase de padre: ocioso, egoísta y peligroso. Tal vez entonces el niño lo respetaría.

Inés emprende el viaje prometido a Novilla; de momento el niño vuelve a ser responsabilidad de él. El viernes por la tarde él lo está esperando delante de la Academia. Suena el timbre y los alumnos salen en manada, pero no hay ni rastro de David.

Él sube las escaleras. El estudio está vacío. Pasado el estudio, un pasillo a oscuras conduce a una serie de habitaciones sin amueblar y con las paredes revestidas de paneles de madera oscura. Atraviesa un espacio en penumbra, un comedor tal vez, con mesas alargadas y de aspecto destartalado y un aparador donde está amontonada la vajilla, y se encuentra a sí mismo al pie de otro tramo de escaleras. De arriba le llega el murmullo de una voz masculina. Él sube las escaleras y llama con los nudillos a una puerta cerrada. La voz hace una pausa y por fin dice:

—Adelante.

Se encuentra en una sala espaciosa e iluminada con clara-boyas que es, obviamente, el dormitorio de los internos. Ana Magdalena y Alyosha están sentados uno junto al otro en una de las camas. A su alrededor hay congregada una docena de niños. Él reconoce a los dos hijos de los Arroyo, los que bailaron en el concierto, pero David no está.

—Perdón por interrumpir —dice—. Estoy buscando a mi hijo.

—David está en su clase de música —dice Ana Magdalena—. Estará libre a las cuatro en punto. ¿Quiere esperarlo? Puede unirse a nosotros. Alyosha nos está leyendo una historia. Alyosha, niños, este es el señor Simón, el padre de David.

—¿No molesto? —dice él.

—No molesta usted —dice Ana Magdalena—. Siéntese. Joaquín, cuéntale al señor Simón lo que ha pasado hasta ahora.

«No molesta usted. Siéntese.» En la voz de Ana Magdalena y en todo su porte hay una cordialidad inesperada. ¿Acaso el cambio se ha producido porque estuvieron desnudos juntos? ¿Acaso era eso lo único que hacía falta?

Habla Joaquín, el hijo mayor de los Arroyo.

—Pues hay un pescador, un pescador pobre, y un día atrapa un pez y le abre la barriga y dentro encuentra un anillo de oro. Frota el anillo y…

—Para sacarle brillo. —Es su hermano menor quien lo interrumpe—. Frota el anillo para sacarle brillo.

—Frota el anillo para sacarle brillo y aparece un genio y el genio dice: «Cada vez que frotes el anillo mágico apareceré y te concederé un deseo; tienes tres deseos, así que ¿cuál es el primero?». Y ya está.

—Todopoderoso —dice Ana Magdalena—. Recordad: el genio dice que es todopoderoso y que puede conceder cualquier deseo. Sigue leyendo, Alyosha.

Él nunca ha observado a Alyosha como es debido. El joven tiene un pelo negro fino y bastante bonito que se peina hacia atrás desde las sienes y una tez delicada de chica. No parece que se afeite. Ahora baja la mirada de ojos oscuros y pestañas largas y lee con voz sorprendentemente resonante.

–Como no se creía las palabras del genio, el pescador decidió ponerlo a prueba. «Deseo tener cien peces que llevar al mercado para venderlos», dijo.

»Y al instante una ola enorme rompió contra la playa y dejó cien peces a sus pies, expirando entre brincos y sacudidas.

»"¿Cuál es tu segundo deseo?", preguntó el genio.

»Envalentonado, el pescador contestó. "Deseo una joven hermosa que se case conmigo".

»Y al instante apareció, arrodillada ante el pescador, una joven tan hermosa que lo dejó sin aliento. "Soy tuya, mi señor", dijo la joven.

»"¿Y cuál es tu último deseo?", dijo el genio.

»"Deseo ser el rey del mundo", dijo el pescador.

»Y al instante el pescador se encontró vestido con una túnica de brocado de oro y una corona de oro en la cabeza. Apareció también un elefante, que lo levantó con su trompa y lo sentó en un trono que llevaba sobre el lomo. "Se te ha concedido tu último deseo. Ya eres el rey del mundo", dijo el genio. "Adiós." Y desapareció en medio de una nube de humo.

»Ya estaba atardeciendo. En la playa no quedaba nadie más que el pescador, su hermosa prometida, el elefante y los cien peces moribundos. "Vamos ahora a mi aldea", dijo el pescador con su voz más regia. "¡Adelante!" Pero el elefante no se movió. "¡Adelante!", gritó aún más fuerte el pescador; pero el elefante siguió sin hacerle caso. "¡Tú, chica!", gritó el rey. "Coge un palo y azota al elefante para que camine!" Obediente, la chica cogió un palo y golpeó al elefante hasta que este empezó a andar.

»Llegaron a la aldea del pescador cuando ya se estaba poniendo el sol. Sus vecinos se congregaron a su alrededor, maravillándose ante el elefante, la hermosa joven y el pescador mismo, que ahora iba sentado en su trono con la corona en la cabeza. "¡Mirad, soy el rey del mundo, y esta es mi reina!", dijo el pescador. "Para demostraros mi generosidad, por la mañana podréis daros un banquete con cien peces." Los aldeanos se regocijaron y ayudaron al rey a bajarse de su elefante. El rey se retiró a su humilde morada, donde pasó la noche en brazos de su hermosa prometida.

»Nada más salir el sol, los aldeanos salieron hacia la playa en busca de los cien peces. Cuando llegaron, sin embargo, no encontraron nada más que raspas, porque durante la noche los lobos y los osos habían bajado a la playa y se habían dado un festín. Así que los aldeanos volvieron diciendo: "Oh, rey, los lobos y los osos han devorado a los peces, pesca más peces para nosotros, que tenemos hambre".

»El pescador se sacó el anillo de oro de los pliegues de la túnica. Lo frotó una y otra vez, pero no apareció ningún genio.

»Entonces los aldeanos se pusieron furiosos y dijeron: "¿Qué clase de rey eres, que no nos puedes alimentar?".

»"Soy el rey del mundo entero", replicó el pescador coronado rey. "Si os negáis a reconocerme, me marcharé." Se dirigió entonces a su esposa de una noche. "Trae al elefante", le ordenó. "Nos vamos de esta aldea de ingratos."

»Pero durante la noche el elefante se había marchado, con trono y todo, y ahora nadie sabía dónde encontrarlo.

»"¡Ven!", le dijo el pescador a su esposa. "Nos vamos caminando."

»Pero su esposa se negó. "Las reinas no caminan", dijo con un mohín. "Quiero ir como una reina, montada en un palafrén blanco y con un séquito de doncellas que me precedan tañendo panderetas."

Se abre la puerta y Dmitri entra de puntillas en la sala, seguido de David. Alyosha hace una pausa en su lectura.

—Ven, David —dice Ana Magdalena—. Alyosha nos está leyendo la historia del pescador que quería ser rey.

David se sienta al lado de ella, mientras que Dmitri se queda en la puerta, en cuclillas, con la gorra en las manos. Ana Magdalena frunce el ceño y le hace una señal brusca con la mano, como ordenándole que se marche, pero él no hace caso.

–Continúa, Alyosha –dice Ana Magdalena–, y escuchad con atención, niños, porque cuando Alyosha termine, os voy a preguntar qué podemos aprender de la historia del pescador.

–Yo ya sé la respuesta –dice David–. Ya me he leído la historia, por mi cuenta.

–Puede que tú ya hayas leído la historia, David, pero los demás no –dice Ana Magdalena–. Continúa, Alyosha.

–«Eres mi esposa y me vas a obedecer», dijo el pescador. »La chica echó la cabeza hacia atrás con gesto altivo. "Soy una reina. Yo no camino, voy en palafrén", repitió.

–¿Qué es un palafrén, Alyosha? –pregunta uno de los niños.

–Un palafrén es un caballo –dice David–. ¿Verdad que sí, Alyosha?

Alyosha dice que sí con la cabeza.

–«Voy en palafrén.»

»Sin decir palabra, el rey dio la espalda a su esposa y se alejó dando zancadas. Siguió andando durante muchas millas y por fin llegó a otra aldea. Los aldeanos se congregaron a su alrededor, maravillándose ante su corona y su túnica de brocado.

»"Miradme, soy el rey del mundo", les dijo el pescador. "Traedme comida, que tengo hambre."

»"Te traeremos comida", respondieron los aldeanos. "Pero si eres un rey, como dices, ¿dónde está tu séquito?"

»"No me hace falta séquito para ser rey", dijo el pescador. "¿No veis la corona que llevo en la cabeza? Haced lo que os digo. Traedme un banquete."

»Pero los aldeanos se rieron de él. En vez de traerle un banquete, le quitaron la corona de un golpe y le arrancaron la túnica de brocado, dejándolo con su humilde atuendo de pescador. "¡Menudo farsante!", exclamaron los aldeanos. "¡Eres un simple pescador! ¡No eres mejor que nosotros! ¡Vuélvete a tu pueblo!" Y lo golpearon con bastones hasta que se fue corriendo. Y así termina la historia del pescador que quiso ser rey.

—Y así termina la historia —repite Ana Magdalena—. Una historia interesante, ¿verdad, niños? ¿Qué creéis que se puede aprender de ella?

—Yo lo sé —dice David, y le dedica a él, a Simón, una sonrisita de perfil, como diciéndole: «¿Ves lo listo que soy en la Academia?».

—Puede que lo sepas, David, pero es porque ya habías leído la historia —dice Ana Magdalena—. Démosles una oportunidad a los demás niños.

—¿Qué le pasó al elefante? —pregunta el menor de los hermanos Arroyo.

—Alyosha, ¿qué le pasó al elefante? —dice Ana Magdalena.

—Al elefante se lo llevó volando un torbellino enorme y luego lo volvió a dejar en la selva donde había nacido; allí vivió feliz durante el resto de sus días —dice Alyosha tranquilamente.

El joven la mira un momento a los ojos. A él se le ocurre por primera vez que tal vez haya algo entre ellos, entre la esposa pura como el alabastro del director y el joven y apuesto ujier.

—¿Qué podemos aprender de la historia del pescador? —repite Ana Magdalena—. ¿El pescador era un buen hombre o un mal hombre?

—Un mal hombre —dice el hijo pequeño de los Arroyo—. Pegó al elefante.

—No fue él quien pegó al elefante, fue la esposa —dice el hijo mayor de los Arroyo, Joaquín.

—Pero porque se lo mandó él.

—El pescador era malo porque era egoísta —dice Joaquín—. Cuando el genio le concedió los tres deseos, solo pensó en sí mismo. Tendría que haber pensado en los demás.

—Así pues, ¿qué aprendemos de la historia del pescador? —dice Ana Magdalena.

—Que no tenemos que ser egoístas.

—¿Estamos todos de acuerdo, niños? —dice Ana Magdalena—. ¿Estamos de acuerdo con Joaquín en que la historia nos advierte de los peligros de ser egoístas y nos avisa de que si somos demasiado egoístas nuestros vecinos nos terminarán echando al desierto? David, ¿querías decir algo?

—Que los aldeanos se equivocaban —dice David.

Mira a su alrededor, levantando el mentón con gesto desafiante.

—Explícate —dice Ana Magdalena—. Da tus razones. ¿Por qué se equivocaban los aldeanos?

—Porque era un rey. Se tendrían que haber postrado ante él.

De Dmitri, que está en cuclillas en la puerta, viene un ruido de aplausos lentos.

—Bravo, David —dice Dmitri—. Has hablado como un maestro.

Ana Magdalena mira a Dmitri con el ceño fruncido.

—¿No tienes obligaciones? —le dice.

—¿Mis obligaciones hacia las estatuas? Las estatuas están muertas, todas sin excepción, se pueden cuidar solas.

—No era un rey de verdad —dice Joaquín, que parece estar ganando confianza en sí mismo—. Era un pescador que fingía ser rey. Lo dice la historia.

—Era rey —dice David—. El genio lo hizo rey. Y el genio era todopoderoso.

Los dos niños se fulminan con la mirada. Alyosha interviene.

—¿Cómo se convierte uno en rey? —pregunta—. Esa es la verdadera pregunta, ¿no? ¿Cómo se convierte una persona cualquiera en rey? ¿Hace falta conocer a un genio? ¿Hace falta abrir la tripa de un pez y encontrar un anillo mágico?

—Primero hay que ser príncipe —dice Joaquín—. No se puede ser rey sin haber sido príncipe antes.

—Sí se puede —dice David—. El pescador tenía tres deseos, y ese fue el tercero. El genio lo hizo rey del mundo.

Nuevamente llegan unos aplausos lentos y resonantes de Dmitri. Ana Magdalena finge que no lo oye.

—Entonces ¿qué crees *tú* que podemos aprender de la historia, David? —le pregunta ella.

El niño respira hondo, como si estuviera a punto de hablar, y luego niega repentinamente con la cabeza.

—¿Qué? —repite Ana Magdalena.

—No lo sé. No lo veo.

—Es hora de irnos, David —dice él, poniéndose de pie—. Gracias por la lectura, Alyosha. Gracias, señora.

Es la primera vez que el niño visita el cuarto diminuto donde vive él, Simón. No hace ningún comentario al respecto y se limita a beberse su zumo de naranja y comerse sus galletas. Luego, con Bolívar pisándoles los talones, salen a dar un paseo y a explorar el vecindario. No es un vecindario interesante; no hay más que una calle tras otra de edificios de fachada estrecha. Es viernes por la noche, sin embargo, y la gente que regresa a sus casas después de trabajar toda la semana echa vistazos curiosos al niño y a su perro enorme de ojos fríos y amarillos.

—Este es mi territorio —dice él, Simón—. Aquí es donde reparto mis mensajes, por todas las calles de esta zona. No es un trabajo magnífico, pero tampoco lo era hacer de estibador. Cada uno de nosotros encuentra el nivel que le va mejor, y este es mi nivel.

Se detienen en un cruce. Bolívar los adelanta con paso lento y se pone a cruzar la calle. Un ciclista fornido se ve obligado a virar bruscamente para esquivarlo y les echa un vistazo iracundo por encima del hombro.

—¡Bolívar! —exclama el niño.

Bolívar regresa perezosamente a su lado.

—Bolívar se comporta como si fuera un rey —dice él, Simón—. Se comporta como si hubiera conocido a un genio. Cree que todo el mundo le tiene que ceder el paso. Debería pensárselo mejor. Tal vez ya haya gastado sus tres deseos. O tal vez su genio no era más que puro humo.

—Bolívar es el rey de los perros —dice el niño.

—Ser el rey de los perros no lo va a salvar de que lo atropelle un coche. El rey de los perros sigue siendo un perro a fin de cuentas.

Por la razón que sea, el niño no se muestra tan animado como de costumbre. Sentado a la mesa, ante el puré de patatas, la salsa de carne y los guisantes de su cena, se le cierran los párpados. Se retira a su cama del sofá sin protestar.

—Que duermas bien —le susurra él, Simón, besándolo en la frente.

—Me estoy haciendo muy muy muy pequeño —dice el niño con voz ronca y medio dormida—. Me estoy haciendo muy muy muy pequeño y cayendo.

—Déjate caer —le susurra él—. Yo estoy aquí para vigilarte.

—¿Soy un fantasma, Simón?

—No, no eres ningún fantasma, eres real. Tú eres real y yo soy real. Ahora duérmete.

Por la mañana se le ve más alegre.

—¿Qué vamos a hacer hoy? —dice—. ¿Podemos ir al lago? Quiero salir con la barca otra vez.

—Hoy no. Podemos hacer una excursión al lago cuando estén aquí Diego y Stefano y les estemos enseñando la región. ¿Qué te parece un partido de fútbol? Voy a comprar un periódico, a ver quién juega hoy.

—No quiero ver fútbol. Es aburrido. ¿Podemos ir al museo?

—Muy bien. Pero ¿de verdad es el museo lo que quieres visitar o es a Dmitri? ¿Por qué te cae tan bien Dmitri? ¿Es porque te da golosinas?

—Habla conmigo. Me cuenta cosas.

—¿Te cuenta historias?

—Sí.

—Dmitri es un hombre muy solo. Siempre está buscando a gente a quien contarle historias. Es un poco patético. Tendría que buscarse una novia.

—Está enamorado de Ana Magdalena.

—Sí, me lo ha contado, se lo cuenta a todo el mundo que le quiera escuchar. A Ana Magdalena le debe de resultar embarazoso.

—Tiene fotografías de mujeres sin ropa.

—Bueno, no me sorprende. Es algo que hacen los hombres cuando están solos, o algunos hombres. Coleccionan fotos de mujeres bonitas y se imaginan cómo sería estar con ellas.

Dmitri se siente solo y no sabe qué hacer con su soledad, así que cuando no está siguiendo a la señora Arroyo como si fuera un perrito se dedica a mirar fotos. No lo podemos culpar, pero no debería enseñarte esas fotos a ti. No está bien, y si Inés se entera, se enfadará. Ya hablaré yo con él. ¿Se las enseña también a otros niños?

El niño asiente con la cabeza.

–¿Qué más me puedes decir? ¿De qué habláis tú y él?

–De la otra vida. Él dice que en la otra vida él estará con Ana Magdalena.

–¿Y eso es todo?

–Y que yo puedo estar con ellos en la otra vida.

–¿Tú y quién más?

–Solo yo.

–Hablaré con él, seguro. Y también con Ana Magdalena. No estoy contento con Dmitri. Creo que no deberías verlo tan a menudo. Acábate el desayuno, anda.

–Dmitri dice que tiene lujuria. ¿Qué es lujuria?

–La lujuria es un problema que afecta a los adultos, hijo, normalmente a hombres adultos como Dmitri que pasan demasiado tiempo solos sin esposa ni novia. Es una especie de dolor, como un dolor de cabeza o un dolor de estómago. Y les hace tener fantasías. Les hace imaginarse cosas que no son ciertas.

–¿Y Dmitri sufre lujuria por Ana Magdalena?

–David, Ana Magdalena es una mujer casada. Ya tiene un marido al que amar. Puede ser amiga de Dmitri, pero no puede amarlo. Dmitri necesita a una mujer que lo ame por sí mismo. En cuanto encuentre a una mujer que lo ame se le curarán todos los males. Ya no necesitará mirar fotos, ni tampoco contarle a todo el que pasa cuánto adora a la mujer del piso de arriba. Pero estoy seguro de que él te está agradecido por escuchar sus historias y por ser un buen amigo. Estoy seguro de que eso le ha ayudado.

–A otro niño le dijo que se va a suicidar. Que se va a pegar un tiro en la cabeza.

—¿A qué niño?

—A otro.

—No me lo creo. El niño lo debe de haber entendido mal. Dmitri no se va a suicidar. Además, no tiene pistola. El lunes por la mañana, cuando te lleve a la escuela, tendré una charla con Dmitri y le preguntaré qué le pasa y qué podemos hacer para ayudarle. Tal vez cuando vayamos todos al lago podemos invitarlo a que venga con nosotros. ¿Quieres?

—Sí.

—Hasta entonces, no quiero que veas a Dmitri en privado. ¿Lo entiendes? ¿Entiendes lo que te estoy diciendo?

El niño no dice nada y le rehúye la mirada.

—David, ¿entiendes lo que te estoy diciendo? Esto es un asunto serio. No conoces a Dmitri. No sabes por qué te usa de confidente. No sabes lo que está pasando en su corazón.

—Estaba llorando. Yo lo vi. Estaba escondido en el trastero y llorando.

—¿Qué trastero?

—Donde guarda las escobas y esas cosas.

—¿Y te dijo por qué estaba llorando?

—No.

—Bueno, cuando hay algo que nos pesa en el corazón a menudo nos sienta bien llorar. Seguramente Dmitri lleva una carga en el corazón, y ahora que ha llorado esa carga se ha aligerado. Hablaré con él. Me enteraré de qué le pasa. Llegaré al fondo del asunto.

11

Él hace honor a su palabra. El lunes por la mañana, después de dejar a David en su clase, va a buscar a Dmitri. Lo encuentra en una de las salas de exposiciones, de pie sobre una silla, usando un plumero largo para quitarle el polvo a un cuadro enmarcado que cuelga en la parte superior de la pared. La pintura muestra a un hombre y a una mujer vestidos con ropa negra y bastante formal sobre la hierba de un entorno boscoso, con un mantel de pícnic desplegado ante ellos y un rebaño de vacas pastando plácidamente de fondo.

—¿Tienes un momento, Dmitri? —dice él.

Dmitri baja de la silla y lo mira.

—Me ha comentado David que has estado invitando a los niños de la Academia a tu habitación. También me ha dicho que les has estado enseñando fotos de mujeres desnudas. Si esto es cierto, quiero que dejes de hacerlo inmediatamente. Si no, habrá consecuencias graves para ti, que no necesito explicarte. ¿Me entiendes?

Dmitri se echa la gorra hacia atrás.

—¿Crees que estoy violando los bonitos y jóvenes cuerpos de esos niños? ¿Me estás acusando de eso?

—No te estoy acusando de nada. Estoy seguro de que tus relaciones con los niños son intachables. Pero los niños se imaginan cosas, exageran las cosas, hablan entre ellos y hablan con sus padres. Todo este asunto podría ponerse feo. Seguro que te das cuenta.

Entra en la sala de exposiciones una pareja joven, los primeros visitantes del día. Dmitri devuelve la silla a su sitio en el rincón y se sienta en ella, sosteniendo el plumero enhiesto como si fuera una lanza.

—Intachables —dice en voz baja—. ¿Y me lo dices a la cara: «intachables»? Debes de estar de broma, Simón. ¿Es así como te llamas, Simón?

La pareja joven les echa un vistazo, susurran entre ellos y abandonan la sala.

—El año que viene, Simón, celebraré mis cuarenta y cinco años de vida. Ayer era un muchacho, y hoy, en un abrir y cerrar de ojos, tengo cuarenta y cuatro años, bigote, una panza bien grande, la rodilla mal y todo lo demás que acompaña a los cuarenta y cuatro años. ¿De verdad crees que se puede llegar a una edad tan avanzada y seguir siendo «intachable»? ¿Dirías eso de ti mismo? ¿Es tu conducta intachable?

—Por favor, Dmitri, déjate de discursos. He venido a pedirte algo, a pedírtelo con educación. Deja de invitar a los niños de la Academia a tu habitación. Deja de enseñarles fotos obscenas. Y deja de hablarles de su maestra, la señora Arroyo, y de tus sentimientos hacia ella. Ellos no lo entienden.

—¿Y si no dejo de hacerlo?

—Si no lo dejas, informaré de esto a la dirección del museo y perderás tu trabajo. Así de simple.

—Así de simple… En esta vida no hay nada simple, Simón, ya deberías saberlo. Déjame que te hable de este trabajo que tengo. Antes de venir al museo yo trabajaba en el hospital. No de médico, lo aclaro de entrada, siempre fui tonto, nunca aprobé los exámenes ni se me dio bien aprender de los libros. Dmitri el buey estúpido. No, no era médico, era camillero, hacía los trabajos que no quería hacer nadie más. Me pasé siete años, con interrupciones, trabajando de camillero. Ya te lo conté, no sé si te acuerdas. No me arrepiento de aquellos años. Vi mucha vida, mucha vida y mucha muerte. Tanta muerte que al final tuve que dejarlo, ya no podía con ello. Así que cogí este trabajo, donde no hay nada que hacer más que pasarse el día sentado, esperando a que suene el timbre que marca la hora de cerrar. Si no fuera por la Academia del piso de arriba, si no fuera por Ana Magdalena, me habría muerto de aburrimiento hace mucho tiempo.

»¿Por qué crees que charlo con tu hijo, Simón, y con los demás chavales? ¿Por qué crees que juego con ellos y les compro golosinas? ¿Es porque quiero corromperlos? ¿Es porque quiero violarlos? No. Puedes creerlo o no, pero juego con ellos con la esperanza de que se me pegue una parte de esa fragancia y esa inocencia que tienen, y así no acabar convertido en un viejo solitario y huraño, sentado en un rincón como una araña, que no hace bien a nadie, superfluo y no deseado. Porque ¿para qué sirvo estando solo, y para qué sirves tú estando solo...? ¡Sí, tú, Simón! ¿Para qué servimos estando solos, esos viejos solos, cansados y gastados que somos? ¿Por qué no nos encerramos en el lavabo y nos pegamos un tiro en la cabeza? ¿No estás de acuerdo?

—Con cuarenta y cuatro años no se es viejo, Dmitri. Estás en la flor de la vida. No tienes por qué rondar los pasillos de la academia de danza de los Arroyo. Podrías casarte y tener hijos propios.

—Podría. Sí que podría. ¿Y crees que no quiero? Pero hay un problema, Simón, hay un problema. El problema es la señora Arroyo. Estoy «encaprichado» de ella. ¿Conoces esa palabra, «encaprichado»? ¿No? La encontrarás en los libros. Colado por ella. Lo sabes tú, lo sabe ella y lo sabe todo el mundo, no es ningún secreto. Lo sabe hasta el señor Arroyo, que la mayor parte del tiempo está en las nubes. Estoy colado por la señora Arroyo, loco por ella, no hay otra forma de decirlo. Tú me dices: «Olvídate de ella y busca en otra parte». Pero no me voy a olvidar. Soy demasiado tonto; demasiado tonto, demasiado simple, demasiado a la antigua usanza y demasiado fiel. Como un perro. No me da vergüenza decirlo. Soy el perro de Ana Magdalena. Lamo el suelo que ella ha pisado. De rodillas. Y ahora quieres que la abandone, sin más, que la abandone y encuentre a una sustituta. «Caballero responsable, trabajo fijo, entrado en años, busca viuda respetable con vistas al matrimonio. Escribir al apartado 123, incluir fotografía.»

»No funcionaría, Simón. Porque la mujer a la que amo no es la mujer del apartado 123, sino Ana Magdalena Arroyo. ¿Qué clase de marido sería yo para la del apartado 123, qué clase de padre sería, llevando en mi corazón a Ana Magdalena? Y esos niños que me deseas, esos hijos propios: ¿crees que me amarían, unos niños engendrados desde las entrañas de la indiferencia? Por supuesto que no. Me odiarían y me despreciarían, que es exactamente lo que yo me merecería. ¿Quién necesita a un padre de corazón ausente?

»Así pues, gracias por tu meditado y considerado consejo, pero por desgracia no lo puedo seguir. En las grandes decisiones de la vida sigo a mi corazón. ¿Por qué? Porque el corazón siempre tiene razón y la cabeza siempre se equivoca. ¿Lo entiendes?

Él empieza a entender por qué a David le cautiva este hombre. Está claro que hay un elemento de afectación en todo su discurso de amor extravagante y no correspondido, así como una modalidad perversa de jactancia. Y de burla: ya desde el principio a él le ha dado la sensación de que Dmitri lo ha elegido a él para hacerle estas confidencias porque lo percibe como un eunuco o un selenita, alguien que no conoce las pasiones humanas. Aun así, su interpretación resulta conmovedora. ¡Qué sincero, qué magnífico y qué *auténtico* le debe de parecer Dmitri a un niño de la edad de David, comparado con un palo viejo y reseco como él!

—Sí, Dmitri, lo entiendo. Te expresas con claridad, con claridad meridiana. Pero déjame que te hable claro también yo. Tus relaciones con la señora Arroyo son asunto tuyo y no mío. La señora Arroyo es una mujer adulta, puede cuidar de sí misma. Pero los niños son harina de otro costal. Los Arroyo dirigen una escuela, no un orfanato. No puedes tomar a sus estudiantes y adoptarlos para tener una familia propia. *No son tus hijos*, Dmitri, igual que la señora Arroyo no es tu mujer. Quiero que dejes de invitar a David a tu habitación, a mi hijo, al hijo de cuyo bienestar yo soy responsable, y de enseñarle fotos obscenas. Ni a mi hijo ni a ningún otro. Si no le pones fin a esto, me encargaré de que te despidan. Eso es todo.

−¿Amenazas, Simón? ¿Estás profiriendo amenazas? −Dmitri se levanta de su silla, sin soltar el plumero−. ¿Tú, un forastero venido de ninguna parte, me estás amenazando? ¿Crees que yo no tengo poder aquí? −Abre los labios en una sonrisa que deja al descubierto sus dientes amarillentos. Le agita ligeramente el plumero ante la cara−. ¿Crees que no tengo amigos en puestos importantes?

Él, Simón, da un paso atrás.

−Lo que yo crea a ti te da igual −dice en tono frío−. Ya he dicho lo que tenía que decir. Buenos días.

Esa noche arranca a llover. Y llueve todo el día, sin interrupción ni promesa de interrupción. Los mensajeros no pueden salir a hacer su ronda con las bicicletas. Así que él se queda en su habitación, matando el tiempo, escuchando música por la radio y dormitando, mientras el agua de una gotera del techo va llenando lentamente un cubo.

El tercer día de lluvias, la puerta de su habitación se abre de golpe y aparece ante él David, con la ropa empapada y el pelo pegado al cráneo.

−Me he escapado −anuncia−. Me he escapado de la Academia.

−¡Te has escapado de la Academia! Ven, cierra la puerta, quítate esa ropa mojada, debes de estar helado. Yo creía que te gustaba la Academia. ¿Ha pasado algo?

Mientras habla, se dedica a atender al niño, desvistiéndolo y envolviéndolo en una toalla.

−Ana Magdalena se ha ido. Y Dmitri también. Se han ido los dos.

−Estoy seguro de que hay una explicación. ¿Saben que estás aquí? ¿Lo sabe el señor Arroyo? ¿Lo sabe Alyosha?

El niño dice que no con la cabeza.

—Estarán preocupados por ti. Déjame que te prepare algo caliente para beber y luego voy a telefonearles para decirles que estás bien.

Él se pone el impermeable amarillo y el gorro marinero del mismo color y sale al chaparrón. Llama a la Academia desde la cabina telefónica de la esquina, pero no contesta nadie.

Vuelve a su habitación.

—No contesta nadie —dice—. Voy a tener que ir en persona. Espérame aquí. Y por favor, por favor, no te escapes.

Esta vez va en bicicleta. Tarda quince minutos, bajo el diluvio. Llega empapado hasta los huesos. El estudio está vacío, pero en el cavernoso comedor encuentra a los compañeros de internado de David sentados a una de las mesas alargadas y a Alyosha leyéndoles. Alyosha se interrumpe y se lo queda mirando con expresión interrogativa.

—Perdón por interrumpir —dice—. He llamado por teléfono, pero no han contestado. Vengo a decirles que David está bien. Está en casa conmigo.

Alyosha se ruboriza.

—Lo siento. He estado intentando tenerlos a todos juntos, pero a veces me despisto. Pensaba que David estaba arriba.

—No, está conmigo. Ha mencionado que Ana Magdalena se había ido.

—Sí, Ana Magdalena está fuera. Hemos parado las clases hasta que vuelva.

—¿Y cuándo vuelve?

Alyosha se encoge de hombros, impotente.

Él pedalea de regreso a la casita.

—Alyosha dice que han hecho un parón en las clases —le cuenta al niño—. Dice que Ana Magdalena volverá pronto. Que no se ha escapado. Lo que me contaste es absurdo.

—No es absurdo. Ana Magdalena se ha escapado con Dmitri. Van a ser gitanos.

—¿Quién te ha dicho eso?

—Dmitri.

–Dmitri es un soñador. Siempre ha soñado con escaparse con Ana Magdalena. Ana Magdalena no está interesada en él.

–¡Nunca me escuchas! Se han escapado. Van a vivir una vida nueva. Ya no quiero volver a la Academia. Quiero ir con Ana Magdalena y Dmitri.

–¿Quieres abandonar a Inés para estar con Ana Magdalena?

–Ana Magdalena me quiere. Dmitri me quiere. Inés no me quiere.

–¡Claro que Inés te quiere! Se muere de ganas de volver de Novilla para poder estar contigo otra vez. Dmitri, en cambio, no quiere a nadie. Es incapaz de amar.

–Quiere a Ana Magdalena.

–Siente pasión por Ana Magdalena. Es distinto. La pasión es egoísta. El amor es generoso. Inés te quiere de forma generosa. Y yo también.

–Estar con Inés es aburrido. Y estar contigo también. ¿Cuándo va a dejar de llover? Odio la lluvia.

–Siento que estés tan aburrido. En cuanto a la lluvia, por desgracia no soy el emperador de los cielos, así que no puedo hacer nada para detenerla.

Estrella tiene dos emisoras de radio. Él cambia a la segunda emisora justo cuando el locutor está informando del cierre de la feria agrícola por culpa del mal tiempo «impropio de esta época del año». La noticia va seguida de un largo recitado de líneas de autobuses cuyo servicio se ha visto restringido y de escuelas que han suspendido las clases. También las dos academias de Estrella han decidido cerrar sus puertas, la Academia de Canto y la Academia de Danza.

–Ya te lo he dicho –dice el niño–. No puedo volver nunca a la Academia. La odio.

–Hace un mes te encantaba la Academia. Ahora la odias. Tal vez, David, te haya llegado el momento de descubrir que no solo existen dos sentimientos en el mundo, el amor y el odio, sino que hay muchos otros. Si decides odiar la Academia y darle la espalda, pronto terminarás en una de las escuelas públicas, donde tus maestros no te leerán historias de genios y de elefantes, sino que te obligarán a hacer sumas todo el día, a dividir sesenta y tres entre nueve, a dividir setenta y dos entre seis. Eres un chico con suerte, David, con suerte y muy consentido. Creo que deberías darte cuenta.

Una vez que ha dicho lo que tenía que decir, sale a la calle bajo la lluvia y llama a la Academia. Esta vez Alyosha sí que le contesta al teléfono.

—¡Alyosha! Vuelvo a ser Simón. Acabo de oír por la radio que la Academia va a estar cerrada hasta que deje de llover. ¿Por qué no me lo has dicho? Ponme con el señor Arroyo.

Hay un largo silencio.

—El señor Arroyo está ocupado —dice por fin Alyosha—. No puede atender al teléfono.

—El señor Arroyo, el director de tu Academia, está demasiado ocupado para hablar con los padres. La señora Arroyo ha abandonado sus obligaciones y nadie la encuentra. ¿Qué está pasando?

Silencio. Una joven que está fuera de la cabina lo mira con cara exasperada, articula unas palabras y se da unos golpecitos en el reloj de pulsera. Lleva un paraguas, pero es más bien endeble y no le sirve de protección contra las fuertes ráfagas de lluvia que la están azotando.

—Alyosha, escúchame. Vamos a volver, David y yo. Vamos a volver ahora mismo. No cierres la puerta con llave. Adiós.

Él ya ha renunciado a no mojarse. Ahora van los dos juntos a la Academia, el niño sentado en el cuadro de la vieja y pesada bicicleta, asomando por debajo del impermeable amarillo, chillando de placer y levantando los pies mientras surcan las cortinas de agua. Los semáforos no funcionan y las calles están casi vacías. Hace ya tiempo que los vendedores callejeros de la plaza mayor han recogido sus tenderetes y se han ido a casa.

Hay un coche parado a la entrada de la Academia. Un niño al que él reconoce como uno de los compañeros de clase de David está sentado en el asiento de atrás, con la cara pegada a la ventanilla, mientras su madre intenta levantar una maleta para meterla en el maletero. Él acude en su ayuda.

—Gracias —dice la mujer—. Eres el padre de David, ¿verdad? Te recuerdo del concierto. ¿Nos ponemos a resguardo?

La mujer y él se retiran al portal, mientras que David se mete en el coche con su amigo.

—Es terrible, ¿no? —dice la mujer, sacudiéndose el agua del pelo.

Él la reconoce y se acuerda de su nombre: Isabella. Se la ve bastante elegante con su impermeable y sus tacones altos, bastante atractiva. Tiene una mirada inquieta.

—¿Se refiere al tiempo? Sí, no había visto una lluvia como esta en mi vida. Parece que se vaya a acabar el mundo.

—No, me refiero a lo de la señora Arroyo. Es todo un trastorno para los niños. Con la buena reputación que tenía la Academia. Ahora ya no lo veo tan claro. ¿Qué planes tienes para David? ¿Piensas seguir trayéndolo?

—No lo sé. Su madre y yo tenemos que hablar. ¿Qué quieres decir con lo de la señora Arroyo?

—¿No te has enterado? Los Arroyo han roto y ella ha hecho las maletas. Supongo que era de esperar, la mujer joven y el hombre mayor. Pero en mitad del semestre y sin avisar a los padres… No veo cómo va a poder seguir funcionando la Academia. Es la desventaja que tienen los negocios familiares, que dependen por completo de los individuos. Bueno, tengo que irme. ¿Cómo vamos a separar a los niños? Debes de estar orgulloso de David. He oído que es un niño muy listo.

Ella se levanta el cuello del abrigo, sale a la lluvia y llama con los nudillos a la ventanilla del coche.

—¡Carlos! ¡Carlitos! ¡Nos vamos! Adiós, David. Tal vez puedas venir un día a jugar pronto. Llamaremos por teléfono a tus padres.

Ella se despide brevemente con la mano y arranca.

Las puertas del estudio están abiertas. Mientras suben por las escaleras, oyen música de órgano, un breve y virtuoso pasaje que se repite una y otra vez. Alyosha los está esperando, con la cara crispada.

—¿Sigue lloviendo ahí fuera? —les dice—. Ven, David, dame un abrazo.

—No estés triste, Alyosha —dice el niño—. Se han ido a vivir una vida nueva.

Alyosha le dedica a él, Simón, una mirada desconcertada.

—Dmitri y Ana Magdalena —explica el niño pacientemente—. Se han ido a vivir una vida nueva. Van a ser gitanos.

—Estoy totalmente confundido, Alyosha —dice él, Simón—. Oigo una historia tras otra y no sé cuál creerme. Necesito hablar con el señor Arroyo sin falta. ¿Dónde está?

—El señor Arroyo está tocando —dice Alyosha.

—Ya lo oigo. Aun así, ¿puedo hablar con él?

El rápido y brillante pasaje que él ya ha oído antes está siendo entretejido ahora con un pasaje más grave y lleno de bajos que parece relacionado con el primero de forma poco clara. No hay dolor en la música, no hay preocupación, no hay nada que sugiera que al músico lo ha abandonado su joven y hermosa esposa.

—Lleva ante las teclas desde las seis de la mañana —dice Alyosha—. Creo que no quiere que lo interrumpan.

—Muy bien, no tengo prisa, esperaré. ¿Puedes encargarte de que David se ponga ropa seca? ¿Y puedo usar el teléfono? Llama a Modas Modernas.

—Soy Simón, el amigo de Inés. ¿Podría alguien mandarle un mensaje a Inés a Novilla? Dígale que hay una crisis en la Academia y que vuelva a casa sin tardanza… No, no tengo su número allí… Dígale solo «una crisis en la Academia», ella lo entenderá.

Él se sienta a esperar a Arroyo. Si no estuviera tan exasperado, podría disfrutar de la música, del ingenio con que el hombre entreteje motivos musicales, de sus sorprendentes armonías y de la lógica de sus resoluciones. Es un verdadero músico, de eso no hay duda, relegado al rol de maestro. No es de extrañar que no le apetezca hacer frente a padres iracundos.

Alyosha regresa con una bolsa de plástico que contiene la ropa mojada del niño.

–David ha ido a saludar a los animales –le informa.

Luego el niño llega corriendo.

–¡Alyosha! ¡Simón! –grita–. ¡Sé dónde está! ¡Sé dónde está Dmitri! ¡Venid!

Siguen al niño por las escaleras de atrás hasta el enorme y mal iluminado sótano del museo; pasan por entre andamios, por entre lienzos amontonados caóticamente contra las paredes y por entre una camada de desnudos en mármol atados entre sí con cuerdas, hasta que llegan a un pequeño cubículo que alguien ha construido en un rincón, a base de láminas de contrachapado unidas de cualquier manera con clavos y sin techo.

–¡Dmitri! –grita el niño, y golpea la puerta–. ¡Está aquí Alyosha, y Simón!

No hay respuesta. Luego él, Simón, se da cuenta de que la puerta del cubículo está cerrada con candado.

–Ahí dentro no hay nadie –dice–. Está cerrado con llave desde fuera.

–¡Está ahí! –dice el niño–. ¡Lo oigo! ¡Dmitri!

Alyosha arrastra uno de los andamios por la sala y lo apoya en una de las paredes del cubículo. Sube, echa un vistazo al interior y baja a toda prisa.

Antes de que nadie pueda detenerlo, David ha subido también al andamio. Cuando llega a lo alto se queda visiblemente petrificado. Alyosha sube también y lo hace bajar.

–¿Qué hay? –pregunta él, Simón.

–Es Ana Magdalena. Corra. Llévese a David. Llame a una ambulancia. Diga que ha habido un accidente y que vengan deprisa. –Luego le fallan las piernas y se arrodilla en el suelo. Tiene la cara pálida–. ¡Corra, corra, corra!

Todo lo que pasa a continuación sucede muy deprisa. Llega primero la ambulancia y después la policía. La policía saca a los visitantes del museo, pone un guardia en la entrada y bloquea la escalera del sótano. Llevando a remolque a los dos hijos de los Arroyo y a los internos que quedan, Alyosha se retira al piso superior del edificio. No hay ni rastro del señor Arroyo: la galería del órgano está vacía.

Él se dirige a uno de los agentes de policía.

—¿Podemos marcharnos? —le pregunta.

—¿Quiénes son ustedes?

—Somos la gente que ha descubierto... que ha descubierto el cuerpo. Mi hijo David estudia aquí. Está muy alterado. Me gustaría llevármelo a casa.

—No me quiero ir a casa —anuncia el niño. Tiene una expresión resuelta y testaruda; el shock que lo había silenciado parece haberse disipado—. Quiero ver a Ana Magdalena.

—Te aseguro que eso no va a pasar.

Suena un silbato. Sin decir palabra, el agente los deja. Sin perder un instante el niño echa a correr por el estudio, con la cabeza gacha como si fuera un pequeño buey. Él, Simón, no lo alcanza hasta el pie de las escaleras, donde dos operarios de ambulancia están intentando pasar por entre un corro de personas llevando una camilla tapada con una sábana blanca. La sábana se engancha y por un momento desvela a la difunta señora Arroyo desde la cara hasta los pechos desnudos. Tiene el costado izquierdo de la cara azul, casi negro. Los ojos muy abiertos. El labio superior retraído en una mueca despectiva. Los operarios de la ambulancia la vuelven a tapar apresuradamente con la sábana.

Un agente de policía uniformado coge al niño del brazo para refrenarlo.

—¡Déjeme ir! —grita él, forcejeando para liberarse—. ¡Quiero salvarla!

El agente de policía lo levanta en vilo sin esfuerzo y lo sostiene así, pataleando. Él, Simón, no interviene, sino que se espera a que los operarios metan la camilla en la ambulancia y cierren de un golpe las portezuelas.

—Ya lo puede soltar —le dice al agente—. Yo me encargo de él. Es mi hijo. Está alterado. La mujer era su maestra.

Él no tiene ni energía ni ánimos para ir en bicicleta. El niño y él regresan a la casita caminando pesadamente codo con codo bajo la monótona lluvia.

Sale a recibirlos a la puerta Bolívar, con su habitual estilo señorial.

—Siéntate pegado a Bolívar —ordena al niño—. Deja que te caliente. Que te dé un poco de su calor.

—¿Qué va a pasar con Ana Magdalena?

—A estas alturas ya estará en el hospital. No pienso seguir hablando del asunto. Ya hemos tenido suficiente por un día.

—¿La ha matado Dmitri?

—No tengo ni idea. No sé cómo murió. Pero sí hay algo que quiero que me digas. El cuartito donde la hemos encontrado, ¿era el cuarto al que te llevaba Dmitri para enseñarte fotos de mujeres?

—Sí.

12

Al día siguiente, el primer día de cielos despejados después de las fuertes lluvias, Dmitri se entrega a las autoridades. Se presenta en la ventanilla de atención al público de la comisaría.

—He sido yo —le anuncia a la joven que hay detrás del mostrador, y como ella no lo entiende, saca el periódico de la mañana y da un golpecito en el titular: «MUERE UNA BAILARINA», con una fotografía de Ana Magdalena, de su cabeza y hombros, hermosa a su manera gélida—. He sido yo quien la ha matado —dice—. Yo soy el culpable.

En las horas siguientes Dmitri escribe para la policía una crónica completa y detallada de lo sucedido. Cuenta que, usando un pretexto, convenció a Ana Magdalena para que lo acompañara al sótano del museo; que la tomó por la fuerza y la estranguló; que después encerró el cuerpo en el cubículo; que se pasó dos días y dos noches deambulando por las calles de la ciudad, indiferente al frío y la lluvia, enloquecido, aunque sin contar lo que lo enloquecía (¿la culpa?, ¿el dolor?), hasta que se encontró en un quiosco con el periódico y con aquella fotografía cuya mirada, en sus propias palabras, lo atravesó hasta el alma misma; entonces recobró el juicio y se entregó, «decidido a pagar su deuda».

Todo esto sale a la luz en la primera vista judicial, que se celebra en medio de un interés público enorme, dado que no había pasado nada tan interesante en Estrella desde que alcanza la memoria. El señor Arroyo no está presente en la vista: ha echado el cerrojo a las puertas de la Academia y no quiere hablar con nadie. Él, Simón, intenta asistir, pero a la entrada de los diminutos juzgados se agolpa una muchedumbre tan apelotonada que se acaba rindiendo. Por la radio se entera de que Dmitri ha admitido su culpabilidad y ha rechazado asistencia legal, por mucho que el magistrado le explicara que no era ni el lugar ni el momento para declararse culpable en busca de beneficios. «He hecho lo peor que se puede hacer, he matado a la persona a la que amaba —ha declarado según las crónicas—. Azotadme, colgadme, rompedme los huesos.» De los juzgados ha sido transportado de vuelta a su celda, soportando por el camino una lluvia de pullas e insultos de los espectadores.

Respondiendo a su llamada, Inés ha regresado de Novilla, acompañada de su hermano mayor, Diego. David se muda de vuelta al apartamento con ellos. Como no hay clases a las que asistir, ahora se puede pasar el día entero jugando al fútbol con Diego. Según el niño, Diego es un futbolista «brutal».

Él, Simón, queda con Inés para almorzar. Conversan acerca de qué hacer ahora con David.

—Se lo ve normal, parece que ha superado el shock —dice él—, pero yo tengo mis dudas. Ningún niño puede verse expuesto a una imagen así sin sufrir secuelas.

—Nunca tendría que haber ido a esa Academia —dice Inés—. Tendríamos que haber contratado a un profesor particular, como dije yo. ¡Menuda calamidad han resultado ser esos Arroyo!

Él discrepa.

—No fue culpa de la señora Arroyo que la asesinaran, ni de su marido, ya puestos. Te puedes cruzar con un monstruo como Dmitri en cualquier parte. Miremos la parte positiva: por lo menos David ha aprendido una lección sobre los adultos y adónde los pueden llevar sus pasiones.

Inés suelta un bufido.

—¿Pasiones? ¿Llamas pasiones a la violación y el asesinato?

—No, la violación y el asesinato son crímenes, pero no puedes negar que fue la pasión lo que empujó a Dmitri a cometerlos.

—Pues peor me pones la pasión —dice Inés—. Si hubiera menos pasión, el mundo sería un lugar más seguro.

Están en un café de la acera de enfrente de Modas Modernas que tiene las mesas muy pegadas entre sí. Sus vecinas de mesa, dos mujeres bien vestidas que podrían pertenecer perfectamente a la clientela de Inés, se han quedado calladas y están escuchando lo que ahora empieza a sonar a pelea. Por consiguiente, él se priva de decir lo que estaba a punto de decir («La pasión —estaba a punto de decir él—, ¿qué sabes tú de la pasión, Inés?») y en cambio comenta:

—No nos metamos en aguas procelosas. ¿Cómo está Diego? ¿Qué le parece Estrella? ¿Cuánto tiempo va a quedarse? ¿Va a venir también Stefano?

No, le dice ella, Stefano no va a venir a Estrella. Stefano se encuentra completamente sojuzgado por su mujer, que no quiere que él la deje sola. En cuanto a Diego, no se ha formado una impresión favorable de Estrella. Dice que es un lugar atrasado. No entiende qué está haciendo Inés ahí; quiere llevársela de vuelta a Novilla con él.

—¿Y estás dispuesta a hacerlo? —le pregunta él—. ¿Estás dispuesta a volver a Novilla? Necesito saberlo porque yo iré allá donde vaya David.

Inés no contesta; se dedica a jugar con su cucharilla.

—¿Y la tienda? —dice él—. ¿Cómo se va a quedar Claudia si la abandonas de pronto? —Se inclina hacia ella por encima de la mesa—. Dime la verdad, Inés, ¿sigues tan entregada a David como antes?

—¿Qué quieres decir con «tan entregada»?

—Te pregunto si sigues siendo su madre. ¿Lo sigues queriendo o te estás distanciando de él? Porque tengo que avisarte: yo no puedo ser padre y madre al mismo tiempo.

Inés se levanta.

—Tengo que volver a la tienda —dice ella.

La Academia de Canto es un sitio muy distinto a la Academia de Danza. Ocupa un elegante edificio con la fachada de cristal situado en la zona más cara de la ciudad. David y él son llevados a la oficina de la señora Montoya, la vicedirectora, que los recibe con frialdad. Después del cierre de la Academia de Danza, los informa ella, la Academia de Canto ha recibido un pequeño aluvión de solicitudes de ingreso por parte de sus ex alumnos. Ella puede añadir el nombre de David a la lista, pero no tiene muchos números de ser aceptado: se dará prioridad a los candidatos que tengan educación musical formal. Además, él, Simón, ha de tener en cuenta que las tarifas de la Academia de Canto son considerablemente más altas que las de la Academia de Danza.

—David fue a clases de música con el señor Arroyo en persona —dice él—. Y tiene buena voz. ¿No le van a dar la oportunidad de demostrar lo que vale? Era un bailarín excelente. Puede ser un cantante excelente también.

—¿Es eso lo que quiere ser en la vida, cantante?

—David, ya has oído la pregunta de la señora. ¿Quieres ser cantante?

El niño no contesta, sino que se queda mirando tranquilamente por la ventana.

—¿Qué quieres hacer con tu vida, jovencito? —le pregunta la señora Montoya.

—No lo sé —dice el niño—. Depende.

—David tiene seis años —dice él, Simón—. No se puede esperar que un niño de seis años tenga la vida planeada.

—Señor Simón, si hay un rasgo que une a todos los alumnos de nuestra Academia, del más pequeño al mayor, es la pasión por la música. ¿Tú sientes pasión por la música, jovencito?

—No. Las pasiones son malas.

—¡Caramba! ¿Quién te ha dicho eso, que las pasiones son malas?

—Inés.

—¿Y quién es Inés?

—Inés es su madre —interviene él, Simón—. Creo que no has entendido bien a Inés, David. Ella se refería a las pasiones físicas. La pasión por cantar no es una pasión física. ¿Por qué no cantas para la señora Montoya, y así ella puede oír la buena voz que tienes? Cántale aquella canción en inglés que me cantabas a mí antes.

—No. No quiero cantar. Odio cantar.

Él lleva al niño a la granja para visitar a las tres hermanas. Ellas los reciben con la calidez de siempre y los invitan a pastelillos helados y a la limonada casera de Roberta. El niño se dedica a recorrerse los establos y los pesebres para retomar el contacto con sus viejos amigos. Durante su ausencia, él, Simón, les cuenta a las hermanas la entrevista con la señora Montoya.

—Pasión por la música —les dice—. Imagínense preguntarle a un niño de seis años si siente pasión por la música. Los niños pueden tener entusiasmos pero todavía no pueden tener pasiones.

Les ha tomado simpatía a las hermanas. Le da la sensación de que con ellas puede sincerarse.

—La Academia de Canto siempre me ha parecido una institución más bien pretenciosa —dice Valentina—. Pero tienen el listón alto, de eso no hay duda.

—Si por algún milagro terminaran aceptando a David, ¿estarían ustedes dispuestas a ayudar con sus pagos?

Y les repite la cifra que le han dado a él.

—Por supuesto —dice Valentina sin dudarlo. Consuelo y Alma asienten con la cabeza en señal de conformidad—. Le tenemos cariño a David. Es un niño excepcional. Tiene un gran futuro por delante. Aunque no necesariamente en los escenarios operísticos.

—¿Cómo está sobrellevando el shock, Simón? —pregunta Consuelo—. Le debe de haber supuesto una angustia tremenda.

—Sueña con la señora Arroyo. Había intimado mucho con ella, lo cual me sorprende, porque a mí me parecía una mujer bastante fría, fría e intimidante. Pero él se encariñó con ella desde el principio. Debió de ver en ella alguna cualidad que a mí se me pasó por alto.

—Era hermosa. Una belleza muy clásica. ¿A usted no le parecía hermosa?

—Sí, era hermosa. Pero para un niño pequeño la belleza no es un factor relevante.

—Supongo que no. Dinos: ¿crees que ella estaba libre de culpa en todo ese desgraciado asunto?

—No del todo. La historia entre Dmitri y ella venía de largo. Dmitri estaba obsesionado con ella, veneraba el suelo que ella pisaba. Me lo contaba a mí y se lo contaba a todo el que le quisiera escuchar. Y aun así, ella lo trataba sin consideración alguna. Lo trataba como a un trapo, de hecho. Yo vi esto en persona. ¿Es de extrañar que él terminara enloqueciendo? Por supuesto, no estoy intentando excusarlo…

David vuelve de su gira por la granja.

—¿Dónde está Rufo? —pregunta.

—Estaba enfermo y lo tuvimos que poner a dormir —le contesta Valentina—. ¿Dónde tienes los zapatos?

—Roberta me ha hecho quitármelos. ¿Puedo ver a Rufo?

—Poner a alguien a dormir es un eufemismo, hijo. Rufo está muerto. Roberta nos va a buscar un cachorro que crezca y nos haga de perro guardián en su lugar.

—Pero ¿dónde está?

—No te lo puedo decir porque no lo sé. Eso lo dejamos en manos de Roberta.

—Ella no lo trataba como a un trapo.

—Perdona, ¿quién no trataba a quién como a un trapo?

—Ana Magdalena. No trataba a Dmitri como si fuera un trapo.

—¿Has estado escuchando a escondidas? Eso no está bien, David. No deberías escuchar las conversaciones de los mayores.

—Ella no lo trataba como a un trapo. Solo estaba fingiendo.

—Bueno, tú lo sabrás mejor que yo, no me cabe duda. ¿Cómo está tu madre?

Él, Simón, interviene.

—Siento que Inés no haya podido venir, pero es que ha venido uno de sus hermanos de Novilla a visitarla. Se está quedando en nuestro apartamento. Yo me he tenido que mudar a otra parte temporalmente.

—Se llama Diego —dice el niño—. Y odia a Simón. Dice que Simón es una manzana podrida. Dice que Inés tendría que escaparse de Simón y volver a Novilla. ¿Qué quiere decir con «una manzana podrida»?

—No lo sé. ¿Quieres decirle qué es una manzana podrida, Simón, dado que tú eres la manzana en cuestión?

Las tres hermanas se deshacen en risas.

—Diego lleva mucho tiempo enfadado conmigo por haberle robado a su hermana. Tal como él lo ve, Inés, él y su hermano pequeño vivían los tres juntos y felices hasta que aparecí yo y les robé a Inés. Lo cual es completamente falso, por supuesto, una flagrante tergiversación de los hechos.

—¿Ah, sí? ¿Y cuál es la verdad? —dice Consuelo.

—Yo no les robé a Inés. Inés no siente nada por mí. Simplemente es la madre de David. Ella cuida de él y yo cuido de ellos dos. Y nada más.

—Es extraño —dice Consuelo—. Y poco habitual. Pero te creemos. Te conocemos y te creemos. No nos pareces una manzana podrida para nada. —Sus hermanas asienten con la cabeza en señal de conformidad—. Así pues, tú, jovencito, deberías ir a hablar con ese hermano de Inés e informarle de que está muy equivocado con Simón. ¿Lo harás?

—Ana Magdalena sentía pasión por Dmitri —dice el niño.

—No lo creo —dice él, Simón—. Era al revés. Era Dmitri quien sentía pasión. Y fue su pasión por Ana Magdalena la que lo llevó a hacer cosas malas.

—Tú siempre dices que la pasión es mala —dice el niño—. Igual que Inés. Los dos odiáis la pasión.

–Para nada. Yo no odio la pasión, eso es completamente falso. Pese a todo, no se pueden pasar por alto las consecuencias negativas de la pasión. ¿Qué piensan ustedes, Valentina, Consuelo y Alma? ¿La pasión es buena o mala?

–Yo creo que la pasión es buena –dice Alma–. Sin pasión, el mundo dejaría de girar. Sería un lugar apagado y vacío. De hecho –mira a sus hermanas–, sin la pasión no estaríamos aquí, ninguno de nosotros. Ni tampoco los cerdos ni las vacas ni los pollos. Estamos todos aquí gracias a la pasión, a la pasión que sintió alguien por otra persona. Se puede oír en primavera, cuando el aire va lleno de llamadas de los pájaros y cada pájaro anda buscando a su pareja. Si eso no es pasión, ¿qué lo es? Hasta las moléculas. Si el oxígeno no sintiera pasión por el hidrógeno, no tendríamos agua.

De las tres hermanas, Alma es la que le cae mejor a él, aunque sin pasión alguna. En ella no hay ni rastro del atractivo físico de sus hermanas. Es bajita y hasta rechoncha; tiene la cara redonda y agradable pero desprovista de carácter; lleva unas gafitas con montura metálica que no le sientan bien. ¿Es del todo hermana de las otras dos o solo medio hermana? Él no las conoce lo bastante como para preguntárselo.

–¿No crees que hay dos tipos de pasión, Alma, la pasión buena y la mala? –dice Valentina.

–No, creo que existe un solo tipo de pasión, que es la misma en todas partes. ¿Qué piensas tú, David?

–Simón dice que no se me permite tener ideas –dice el niño–. Dice que soy demasiado pequeño. Dice que tengo que ser mayor como él para poder tener ideas.

–Simón no dice más que tonterías –dice Alma–. Simón se está convirtiendo en una manzana vieja y marchita. –Las hermanas vuelven a deshacerse en risas–. No hagas caso de Simón. Dinos qué piensas *tú*.

El niño se planta en medio de la sala y sin preámbulo, y en calcetines, se pone a bailar. Él, Simón, reconoce al instante la danza. Es la misma danza que ejecutó en el concierto el hijo mayor de los Arroyo; David, sin embargo, la está ejecutando mejor, con más elegancia, autoridad y convicción, por mucho que el otro chico fuera hijo del maestro de la danza. Las hermanas miran en silencio, absortas, cómo el niño traza su complejo jeroglífico, esquivando sin problema las recargadas mesitas y los taburetes de la sala de estar.

«O sea que bailas para estas mujeres pero no quieres bailar para mí –piensa él–. Y también bailas para Inés. ¿Qué tienen ellas que no tenga yo?»

La danza toca a su fin. David no hace una reverencia –esas cosas no se estilan en la Academia–, pero sí que se queda un momento erguido y quieto ante ellas con los ojos cerrados y una sonrisita extasiada en los labios.

–¡Bravo! –dice Valentina–. ¿Es una danza de la pasión?

–Es una danza para hacer bajar al Tres –dice el niño.

–¿Y la pasión? –dice Valentina–. ¿Cómo encaja la pasión ahí?

El niño no contesta, sino que hace un gesto que él, Simón, no le ha visto hacer nunca antes: se pone tres dedos de la mano derecha sobre la boca.

–¿Qué es esto, una charada? –pregunta Consuelo–. ¿Tenemos que adivinar algo?

El niño no se mueve, pero en los ojos le aparece una chispa traviesa.

–Yo lo entiendo –dice Alma.

–Entonces quizá nos lo puedas explicar *tú* –dice Consuelo.

–No hay nada que explicar –dice Alma.

Cuando él les cuenta a las hermanas que el niño ha estado soñando con Ana Magdalena, no les está contando toda la verdad. En todo el tiempo que han pasado juntos, primero con él y después con Inés, el niño siempre ha podido quedarse dormido sin problemas por las noches, dormir profundamente y despertarse animado y lleno de energía. Sin embargo, desde el descubrimiento en el sótano del museo se ha producido un cambio. Ahora el niño aparece regularmente junto a la cama de Inés en plena noche, o junto a la cama de él cuando lo está visitando, gimoteando y quejándose de que tiene pesadillas. En sus sueños se le aparece Ana Magdalena, azul de la cabeza a los pies y llevando en brazos un bebé «muy muy muy pequeñito, pequeñito como un guisante»; o bien Ana Magdalena abre la mano y el bebé aparece en su palma, encogido como una pequeña babosa azul.

Él hace lo que puede para consolar al niño.

—Ana Magdalena te quería mucho —dice—. Por eso te visita en sueños. Viene a despedirse y a decirte que no tengas más pensamientos lúgubres, porque ella ya está en paz en el otro mundo.

—También he soñado con Dmitri. Tenía toda la ropa mojada. ¿Me va a matar Dmitri a mí también, Simón?

—Claro que no —lo tranquiliza él—. ¿Por qué iba a querer matarte? Además, el Dmitri al que estás viendo no es el de verdad, está hecho de humo. Si agitas las manos así —agita las manos él—, se disipará.

—Pero ¿fue su pene el que le hizo matar? ¿Fue su pene el que le hizo matar a Ana Magdalena?

—El pene no te lleva a hacer cosas. Algo se le metió dentro a Dmitri y lo llevó a hacer lo que hizo, algo extraño que ninguno de nosotros entiende.

—Yo no pienso tener un pene como el de Dmitri cuando crezca. Si el pene se me pone grande, me lo cortaré.

Él informa de esta conversación a Irene.

—Parece creer que los adultos se intentan matar entre ellos cuando hacen el amor, y que el estrangulamiento es la culminación del acto. También parece que en algún momento vio desnudo a Dmitri. Todo es confuso en su mente. Si Dmitri dice que lo quiere, él interpreta que lo quiere violar y estrangular. ¡Cómo me gustaría que nunca nos hubiéramos cruzado con ese tipo!

—El error fue mandarlo a esa supuesta Academia —dice Inés—. Nunca confié en la tal Ana Magdalena.

—Ten un poco de caridad —dice él—. Ella está muerta y nosotros vivos.

Él le pide a Inés que tenga más caridad, pero ¿acaso no es verdad que Ana Magdalena siempre tuvo algo extraño? Más que extraño: algo inhumano. Ana Magdalena y su manada de niños, como una madre loba con sus cachorros. Con sus ojos que veían tu interior. Cuesta creer que esos ojos vayan a quedar consumidos, ni siquiera en el fuego que todo lo devora.

–Cuando me muera, ¿me pondré azul como Ana Magdalena? –pregunta el niño.

–Claro que no –responde él–. Irás directamente a la otra vida. Allí serás una persona nueva y luminosa. Será emocionante. Será una aventura, igual que lo ha sido esta vida.

–Pero si no voy a la otra vida, ¿me pondré azul?

–Confía en mí, hijo, siempre hay otra vida. La muerte es algo a lo que no hay que tener miedo. Se termina en un abrir y cerrar de ojos y entonces empieza la otra vida.

–Yo no quiero ir a la otra vida. Quiero ir a las estrellas.

13

Los juzgados de Estrella tienen el mandato imperativo de recuperar, rehabilitar y salvar a los criminales: eso le han contado a él sus colegas del reparto en bicicleta. De esto se deduce que hay dos clases de juicios legales: los largos, en los que el acusado cuestiona las acusaciones y el tribunal ha de determinar si es culpable o inocente; y los cortos, en los que el acusado admite su culpa y la tarea del tribunal es prescribir el castigo correctivo adecuado.

Dmitri ha admitido su culpa desde el principio. Ha firmado no una, sino tres confesiones, cada una más extensa que la anterior, narrando con detalle cómo violó primero y después estranguló a Ana Magdalena Arroyo. Se le han dado todas las oportunidades para minimizar su transgresión («¿Había estado bebiendo la noche de autos? ¿Acaso la víctima murió porque algo salió mal durante el juego erótico?»), pero él las ha rechazado todas. Lo que hizo es inexcusable, dice él, imperdonable. Él no es quién para decidir si lo que hizo es perdonable o imperdonable, le responden sus interrogadores; lo que él tiene que decir es *por qué* hizo lo que hizo. Y este es el punto en el que la tercera confesión se detiene de golpe. «El acusado se ha negado a seguir cooperando —informan sus interrogadores—. El acusado se ha puesto grosero y violento.»

El proceso judicial está programado para el último día del mes, cuando Dmitri comparecerá ante un juez y dos asesores para que dicten su sentencia.

Dos días antes del juicio, una pareja de agentes de uniforme llaman a la puerta de la habitación de alquiler donde se aloja él, Simón, y le transmiten un mensaje: Dmitri ha pedido verlo.

—¿A mí? —dice—. ¿Por qué iba a querer verme a mí? Apenas me conoce.

—Ni idea —le dicen los agentes—. Por favor, acompáñenos.

Lo llevan en coche a los calabozos de la comisaría. Son las seis de la tarde: está teniendo lugar un cambio de turno y están a punto de servirles la cena a los prisioneros en las celdas; a él le toca esperar un buen rato antes de que lo lleven a una sala de atmósfera viciada, con una aspiradora en un rincón y dos sillas desparejas, donde lo aguarda Dmitri, con el pelo bien cortado, unos pantalones caqui escrupulosamente planchados, camisa caqui y sandalias; un aspecto considerablemente más atildado que en su época de conserje del museo.

—¿Cómo estás, Simón? —lo saluda Dmitri—. ¿Cómo está la bella Inés, y cómo está ese hijo vuestro? Pienso en él a menudo. Yo lo quería, ¿sabes? Los quería a todos, a todos los pequeños bailarines de la Academia. Y ellos me querían a mí. Pero aquello se acabó, ya se acabó todo.

Él, Simón, ya está bastante irritado por que hayan ido a buscarlo para visitar a este hombre; el tener encima que escuchar este parloteo sentimental lo saca de sus casillas.

—Comprabas su afecto con golosinas —dice—. ¿Qué quieres de mí?

—Estás enfadado, y lo entiendo. He hecho algo terrible. He llevado el dolor a muchos corazones. Mi conducta ha sido inexcusable, inexcusable. Tienes razón en darme la espalda.

—¿Qué quieres, Dmitri? ¿Por qué estoy aquí?

—Estás aquí, Simón, porque confío en ti. He repasado mentalmente a todos mis conocidos y eres tú en quien más confío. ¿Por qué confío en ti? No es porque te conozca bien, que no es el caso, igual que tú no me conoces bien a mí. Pero aun así confío en ti. Eres un hombre de confianza, digno de confianza. Yo personalmente no soy discreto, pero admiro la discreción en los demás. Si tuviera otra vida, elegiría ser un hombre discreto y de confianza. Pero esta es la vida que tengo, la que me ha tocado en suerte. Soy, por desgracia, lo que soy.

—Ve al grano, Dmitri, ¿por qué estoy aquí?

—Si bajas al almacén del museo, si te paras al pie de la escalera y miras a la derecha, verás tres archivadores grises pegados a la pared. Están los tres cerrados con llave. Yo tenía llave antes, pero la gente de aquí me la quitó. Aun así, es fácil forzar la cerradura de los archivadores. Metes un destornillador por la ranura que queda encima de la cerradura y le das un golpe seco. La tira de metal que mantiene los cajones cerrados se doblará: lo verás enseguida si lo intentas. Es fácil.

»En el cajón de abajo del archivador de en medio, *el cajón de abajo del archivador de en medio*, encontrarás un estuche pequeño de los que usan los niños en la escuela. Dentro hay unos papeles. Quiero que los quemes. Quémalos todos, sin mirarlos. ¿Puedo confiar en que lo hagas?

—Quieres que vaya al museo, fuerce la cerradura de un archivador, robe documentos y los destruya. ¿Qué otros actos criminales quieres que cometa de tu parte, dado que tú no puedes cometerlos porque estás entre rejas?

—Confía en mí, Simón. Yo confío en ti y tú debes confiar en mí. Ese estuche no tiene nada que ver con el museo. Me pertenece a mí. Contiene pertenencias privadas. Dentro de unos días me dictarán sentencia, y quién sabe cuál será. Nunca más volveré a ver Estrella, es casi seguro, y nunca más cruzaré las puertas del museo. En la que yo solía considerar mi ciudad, seré olvidado, relegado a la nada. Y estará bien que así sea; será justo y bueno. No quiero que se me recuerde. No quiero permanecer en la memoria popular solo porque los periódicos han puesto las manos en mis posesiones más privadas. ¿Lo entiendes?

—Lo entiendo, pero no lo apruebo. No pienso hacer lo que me pides. Lo que haré será lo siguiente. Iré al director del museo y le diré: «Dmitri, que antes trabajaba aquí, me ha dicho que hay pertenencias privadas suyas en el recinto del museo, papeles y cosas por el estilo. Me ha pedido que las recupere y se las devuelva a la cárcel. ¿Me da usted permiso para hacerlo?». Si el director se muestra de acuerdo, te traeré los papeles. Y tú puedes deshacerte de ellos como quieras. Esto es lo que haré por ti, pero nada ilegal.

–¡No, Simón, no, no, no! ¡No me los puedes traer aquí, es demasiado arriesgado! ¡Nadie puede ver esos papeles, ni siquiera tú!

–Lo último que quiero en el mundo es ver esos supuestos papeles. Estoy seguro de que no son más que inmundicias.

–¡Sí! ¡Exacto! ¡Inmundicias! ¡Por eso hay que destruirlos! ¡Para que haya menos inmundicias en el mundo!

–No. Me niego a hacerlo. Búscate a otro.

–No hay nadie más, Simón, nadie en quien yo confíe. Si no me ayudas tú, no me ayudará nadie. Será una simple cuestión de tiempo que alguien los encuentre y se los venda a la prensa. Entonces estallará el escándalo otra vez y se reabrirán las viejas heridas. No puedes permitir que pase eso, Simón. Piensa en esos niños que se hicieron amigos míos y me alegraron la vida. Piensa en tu chaval.

–Escándalo, ciertamente. La verdad es que no quieres que se haga pública tu colección de fotos obscenas porque quieres que la gente tenga una buena imagen de ti. Quieres que te consideren un hombre lleno de pasión, no un criminal hambriento de pornografía. Y ahora me marcho. –Llama con los nudillos a la puerta, que se abre de inmediato–. Buenas noches, Dmitri.

–Buenas noches, Simón. Sin rencores, espero.

Llega el día del juicio. El *crime passionnel* del museo está en boca de todos en Estrella, tal como él ha tenido ocasión de descubrir durante sus rondas en bicicleta. Aunque se asegura de llegar a los juzgados con bastante antelación, se encuentra ya a una multitud apiñada a la puerta. Se abre paso hasta el vestíbulo y allí se encuentra con un letrero impreso: «Cambio de ubicación. La sesión del tribunal programada para las 8.30 se ha reprogramado. Se celebrará a las 9.30 en el Teatro Solar».

El Teatro Solar es el teatro más grande de Estrella. De camino allí se pone a conversar con un hombre que lleva a una criatura, una niña apenas mayor que David.

—¿Va usted al juicio? —dice el hombre.

Él asiente con la cabeza.

—Es un gran día —dice el hombre.

La niña, vestida toda de blanco y con una cinta en el pelo, le dedica una sonrisa.

—¿Es su hija? —dice él.

—La mayor —responde el hombre.

Él echa un vistazo a su alrededor y se fija en que hay varios niños más entre la multitud que se agolpa en dirección al teatro.

—¿Le parece a usted buena idea traerla? —pregunta—. ¿No es un poco pequeña para esta clase de cosas?

—¿Si es buena idea? Depende —dice el hombre—. Si hay mucha jerga legal y se aburre, puede que me la tenga que llevar a casa. Pero espero que todo sea corto y al grano.

—Yo tengo un hijo de la misma edad más o menos —dice él—. Y tengo que decir que ni se me ocurriría traerlo a esto.

—Bueno —dice el hombre—. Supongo que hay distintos puntos de vista. Tal como yo lo veo, un gran acontecimiento como este puede ser educativo; les puede enseñar a los niños y las niñas lo peligroso que puede resultar involucrarse con sus maestros.

—Que yo sepa, el hombre al que van a juzgar nunca fue maestro —responde él ásperamente.

En ese momento llegan a la entrada del teatro y el gentío se traga al padre y a su hija.

El patio de butacas ya se ha llenado, pero él encuentra un sitio en el gallinero con vistas al escenario, donde se ha colocado una mesa alargada cubierta con un paño verde, presumiblemente para los jueces.

Llegan las nueve y media y no pasa nada. En el auditorio hace calor y el aire está viciado. La gente que va llegando lo empuja desde detrás hasta que él se ve encajonado contra la barandilla. Debajo hay gente sentada en los pasillos. Un joven emprendedor va de un lado a otro vendiendo agua embotellada.

De pronto hay movimiento. Se encienden las luces de encima del escenario. Emerge Dmitri, guiado por un agente de uniforme y con grilletes en los tobillos. Se detiene un momento para contemplar al público, cegado por las luces. Su guía lo hace sentarse en un pequeño espacio acordonado.

Todo está quieto. De entre bastidores salen los tres jueces, o mejor dicho el juez que preside el tribunal y sus dos asistentes, todos con togas rojas. El público entero se pone en pie de golpe. El teatro debe de tener capacidad para unas doscientas personas, calcula él, pero ahora mismo debe de haber el doble de ocupantes.

El público vuelve a sentarse. El presidente del tribunal dice algo inaudible. El agente a cargo de Dmitri se adelanta de un brinco y le ajusta el micrófono.

—¿Es usted el prisionero conocido como Dmitri? —dice el juez.

A continuación le hace una señal con la cabeza al agente, que le coloca un micrófono también a Dmitri.

—Sí, señoría.

—Y está usted acusado de violar y matar a una tal Ana Magdalena Arroyo el día 5 de marzo del presente.

No es una pregunta sino una afirmación. Aun así, Dmitri responde:

—La violación y el asesinato tuvieron lugar la noche del 4 de marzo, señoría. Ya he señalado con anterioridad este error en los registros. El 4 de marzo fue el último día que pasó en el mundo Ana Magdalena. Fue un día terrible; terrible para mí, pero todavía más terrible para ella.

—Y se ha confesado usted culpable de ambos cargos.

—Tres veces. Tres veces he confesado. Soy culpable, señoría. Senténcieme.

—Paciencia. Antes de que lo sentenciemos, tendrá usted derecho a dirigirse al tribunal, un derecho del que espero que haga uso. Primero tendrá oportunidad de exculparse; después tendrá oportunidad de alegar atenuantes. ¿Entiende usted lo que quieren decir esos términos: exculpación y atenuantes?

—Entiendo los términos perfectamente, señoría, pero carecen de relevancia en mi caso. No me estoy exculpando. Soy culpable. Júzgueme. Senténcieme. Haga caer sobre mí todo el peso de la ley. No me quejaré en absoluto, lo prometo.

Hay un murmullo entre el público del patio de butacas.

—¡Júzguelo! —dice alguien levantando la voz.

—¡Silencio! —contesta otra voz.

Se oyen murmullos y susurros ásperos.

El juez echa un vistazo interrogativo a sus colegas, primero a uno y después a otro. Levanta el mazo y golpea con él una vez, dos y tres. Los murmullos dan paso al silencio.

—Me dirijo a todos ustedes que se han tomado la molestia de venir aquí hoy para ver cómo se hace justicia —dice—. Les recuerdo encarecidamente que la justicia no se hace con prisas ni por aclamación popular, y ciertamente tampoco a base de dejar de lado los protocolos de la ley. —Se dirige a continuación a Dmitri—. Exculpación. Dice usted que no puede o no quiere exculparse. ¿Por qué no? Porque, dice usted, su culpa es innegable. Y yo le pregunto: ¿quién es usted para adelantarse a este procedimiento judicial y decidir la cuestión que ocupa a este tribunal, que es precisamente la cuestión de su culpabilidad?

»Su culpabilidad: dediquemos un momento a cavilar sobre esta expresión. ¿Qué quiere decir, qué significa en general hablar de "mi culpabilidad" o "su culpabilidad" o "nuestra culpabilidad" en relación con una acción determinada? ¿Y si no hubiéramos sido nosotros mismos, o no lo hubiéramos sido plenamente, cuando se llevó a cabo la acción en cuestión? En ese caso, ¿fue *nuestra* acción? ¿Por qué, cuando alguien ha llevado a cabo una fechoría atroz, habitualmente después dice: «No sé explicar por qué lo hice, estaba fuera de mí, no era yo»? Usted comparece ante nosotros hoy y declara ser culpable. Afirma que su culpa es innegable. Pero ¿qué sucede si en el momento de hacer esta declaración no es usted mismo o no lo es plenamente? Y estas son solo algunas de las cuestiones que este tribunal tiene obligación de plantear primero y resolver después. No le corresponde a usted, el acusado, el hombre que ocupa el centro del huracán, precintarlas.

»Dice usted también que no quiere salvarse. Pero su salvación no es algo que esté en sus manos. Si nosotros, sus jueces, no hacemos todo lo posible para salvarlo a usted, siguiendo escrupulosamente la letra de la ley, entonces no habremos conseguido preservar esa ley. Por supuesto, tenemos una responsabilidad hacia la sociedad, la responsabilidad grave y onerosa de protegerla de los violadores y los asesinos. Pero también tenemos la responsabilidad igualmente importante de salvarlo a usted, el acusado, de usted mismo, en el caso de que no sea o no fuera usted mismo, tal como la ley entiende el significado de ser uno mismo. ¿He hablado claramente?

Dmitri no dice nada.

—Hasta aquí la cuestión de la exculpación, que usted rechaza pedir. Paso a la cuestión de los atenuantes, que usted también afirma que se niega a alegar. Déjeme decirle algo, de hombre a hombre, Dmitri: puedo entender que desee usted actuar de forma honorable y aceptar sin queja alguna la sentencia que se le aplique. Puedo entender que no quiera usted avergonzarse a sí mismo en público dando la impresión de que está suplicando abyectamente ante la ley. Pero es justamente para eso para lo que tenemos abogados. Cuando da usted instrucciones a un abogado para que presente alegaciones en su nombre, le está autorizando para que asuma cualquier vergüenza que la alegación traiga consigo. En calidad de representante de usted, el abogado suplicará abyectamente en su nombre, por así decirlo, dejando intacta su valiosa dignidad. Así pues, permítame que le pregunte: ¿por qué ha rechazado usted tener un abogado?

Dmitri carraspea.

—Escupo en los abogados —dice, y escupe en el suelo.

Interviene el primer asistente.

—El presidente de nuestro tribunal ha planteado la posibilidad de que tal vez usted no sea usted mismo, tal como la ley entiende el significado de ser uno mismo. A lo que él ya ha dicho me gustaría añadir que escupir ante un tribunal no es algo que uno hace cuando uno es uno mismo.

Dmitri se lo queda mirando fijamente, enseñando los dientes como un animal acorralado.

—Este tribunal puede nombrar un abogado para usted —continúa el asistente—. No es demasiado tarde. Entra dentro de los poderes de este tribunal. Podemos nombrarle un abogado y posponer esta sesión para darle a dicho funcionario tiempo de familiarizarse plenamente con el caso y decidir cuál es la mejor estrategia a seguir.

Del público viene un murmullo de decepción.

—¡Júzguenme ahora! —exclama Dmitri—. Si no lo hacen, me degollaré. Me colgaré. Me sacaré los sesos a golpes. Y ustedes no podrán detenerme.

—Tenga cuidado —dice el asistente—. Mi colega ya ha reconocido su deseo de ser visto mostrando una conducta honorable. Y, sin embargo, no se está usted comportando de forma honorable cuando amenaza al tribunal. Al contrario, se está comportando usted como un loco.

Dmitri está a punto de contestar, pero el presidente del tribunal levanta una mano.

—Silencio, Dmitri. Vamos a unirnos todos a su silencio. Guardaremos silencio todos juntos y permitiremos que se enfríen nuestras pasiones. A continuación deliberaremos de forma tranquila y razonada la cuestión de cómo proceder.

El juez junta las manos y cierra los ojos. Sus colegas lo imitan. Todos los presentes se ponen a juntar las manos y a cerrar los ojos. A regañadientes, él, Simón, sigue su ejemplo. Los segundos pasan lentamente. En alguna parte detrás de él, un bebé lloriquea. «Permitir que se enfríen nuestras pasiones», piensa. ¿Y qué pasión siento yo más que una apasionada irritación?

El presidente del tribunal abre los ojos.

—Así pues —dice—, no se pone en duda que la difunta Ana Magdalena encontró la muerte como resultado de los actos del acusado, Dmitri. Ahora el tribunal pide a Dmitri que cuente su historia, la historia del 4 de marzo, vista a través de sus ojos; y que conste en acta que el testimonio de Dmitri se considerará una petición de exculpación. Hable, Dmitri.

—Cuando el zorro tiene a la oca cogida del cuello —dice Dmitri—, no le dice: «Querida oca, como prueba de mi magnanimidad te voy a dar la oportunidad de convencerme de que en realidad no eres una oca». No, lo que hace es arrancarle la cabeza de una dentellada y abrirle el pecho en canal y comerse su corazón. Me tienen ustedes cogido del cuello. Así que adelante. Arránquenme la cabeza.

—No es usted ninguna bestia, Dmitri, ni nosotros tampoco. Usted es un hombre y nosotros también. Somos hombres a quienes se ha confiado la tarea de dispensar justicia, o al menos una aproximación a la justicia. Únase a nosotros en dicha tarea. Ponga su confianza en la ley, en los protocolos probados y contrastados de la ley. Cuéntenos su historia, empezando por la difunta Ana Magdalena. ¿Quién era Ana Magdalena para usted?

—Ana Magdalena era una maestra de danza y la esposa del director de la Academia de Danza. La Academia de Danza ocupaba el piso de encima del museo donde yo trabajaba. Yo la veía todos los días.

—Adelante.

—Yo amaba a Ana Magdalena. La amé desde el primer momento en que la vi. Yo la veneraba. La adoraba. Besaba el suelo que ella pisaba. Pero ella no quería tener nada que ver conmigo. Me consideraba un zafio. Se reía de mí. Así que la maté. La violé y después la estrangulé. Eso es todo.

—Eso no es todo, Dmitri. Usted veneraba a Ana Magdalena, usted la adoraba, y sin embargo la violó y la estranguló. Nos resulta difícil de entender. Ayúdenos. Cuando la mujer amada se burla de uno, uno se siente dolido, pero no suele reaccionar volviéndose contra ella y matándola. Tiene que haber alguna causa añadida, algo que pasó el día de autos que lo hizo a usted actuar. Cuéntenos con más detalle qué pasó aquel día.

Incluso desde donde está, él, Simón, puede ver el rubor de rabia que le invade la cara a Dmitri, la intensidad con la que agarra el micrófono.

—¡Senténcienme! —vocifera—. ¡Háganlo de una vez!

—No, Dmitri. No estamos aquí para obedecer sus órdenes. Estamos aquí para dispensar justicia.

—¡Ustedes no pueden dispensar justicia! ¡No pueden medir mi culpa! ¡No es mesurable!

—Al contrario, es justamente para eso para lo que estamos aquí: para medir su culpabilidad y decidir una sentencia que sea adecuada.

—¡Como un sombrero a la medida!

—Sí, como un sombrero a la medida de usted. Dispensar justicia no solo a usted sino también a su víctima.

—A esa mujer a la que ustedes llaman mi víctima ya le da igual lo que hagan. Está muerta. Ya no está. Nadie la puede traer de vuelta.

—Al contrario, Dmitri, Ana Magdalena sí que está. Está con nosotros hoy, aquí, en este teatro. Nos ronda a todos, pero sobre todo a usted. Y no se irá hasta que esté satisfecha porque se ha hecho justicia. Por tanto, cuéntenos lo que pasó el 4 de marzo.

Se oye con claridad un crujido al partirse el revestimiento del micrófono que Dmitri tiene en las manos. Las lágrimas le manan de los ojos fuertemente cerrados como si fueran agua exprimida de una piedra. Niega despacio con la cabeza, de lado a lado. Le salen unas palabras estranguladas:

—¡No puedo! ¡No quiero!

El juez sirve un vaso de agua y le hace un gesto al guardia para que se lo lleve a Dmitri. Este da un sorbo ruidoso.

—¿Podemos proceder, Dmitri? —pregunta el juez.

—No —dice Dmitri, y ahora las lágrimas le caen copiosamente—. No.

De los espectadores llega un gruñido de insatisfacción. El juez da varios golpes secos con su mazo.

—¡Silencio! —ordena—. ¡Esto no es ningún entretenimiento! ¡Contrólense!

Y baja ofendido del escenario, seguido primero de los dos asistentes y después del guardia, que va empujando a Dmitri por delante.

Él, Simón, se une al público que discurre escaleras abajo. En el vestíbulo se queda estupefacto al encontrarse con el hermano de Inés, Diego, y a David con él.

—¿Qué estáis haciendo aquí? —le pregunta en tono brusco al niño, pasando por alto a Diego.

—Yo quería venir —dice el niño—. Quería ver a Dmitri.

—Estoy seguro de que a Dmitri esto ya le resulta lo bastante humillante sin tener aquí a los niños de la Academia mirándolo embobados. ¿Inés te ha dado permiso para que vinieras?

—Pero si él quiere que lo humillen —dice el niño.

—No es verdad. Esto no es algo que un niño pueda entender. Dmitri no quiere que lo traten como a un lunático. Quiere conservar su dignidad.

Un desconocido, un joven flaco, con pinta de pájaro y bolsa de colegial los ha estado escuchando. Ahora interviene.

—Pero está claro que el tipo está mal de la cabeza —dice—. ¿Cómo puede alguien cometer un crimen así a menos que esté mentalmente enfermo? Y no para de pedir la sentencia más dura. ¿Qué persona normal haría eso?

—¿Cuál se considera la sentencia más dura aquí en Estrella? —pregunta Diego.

—Las minas de sal. Trabajos forzados en las minas de sal a perpetuidad.

Diego se ríe.

—¡O sea que todavía tenéis minas de sal!

El joven está desconcertado.

—Sí, tenemos minas de sal. ¿Qué tiene eso de raro?

—Nada —dice Diego. Pero sigue sonriendo.

—¿Qué es una mina de sal? —pregunta el niño.

—Pues el sitio del que se saca la sal. Igual que de las minas de oro sacan el oro.

—¿Es ahí a donde va a ir Dmitri?

—Es a donde mandan a los malos elementos.

—¿Podemos visitarlo? ¿Podemos ir a la mina de sal?

—No adelantemos acontecimientos —dice él, Simón—. Yo no creo que el juez vaya a mandar a Dmitri a las minas de sal. No me da esa sensación por cómo están yendo las cosas. Creo que dictaminará que Dmitri tiene una enfermedad mental y lo mandará a un hospital a que lo curen. Para que dentro de un año o dos pueda emerger de nuevo convertido en un hombre nuevo con una mente nueva.

—No parece que le tenga usted mucha estima a la psiquiatría —dice el joven de la bolsa de colegial—. Lo siento, no me he presentado. Me llamo Mario. Estudio en la facultad de derecho. Por eso he venido hoy. Es un caso intrigante. Suscita algunas de las preguntas fundamentales. Por ejemplo, la misión del tribunal es rehabilitar a los criminales, pero ¿hasta dónde debe esforzarse el tribunal para rehabilitar a un criminal que no quiere rehabilitarse, como es el caso de este tal Dmitri? Tal vez habría que ofrecerle dos opciones: rehabilitarse por medio de las minas de sal o rehabilitarse por medio del hospital psiquiátrico. Por otro lado, ¿hay que otorgarle a un criminal un rol en el dictado de su sentencia? En los círculos legales siempre ha habido una fuerte resistencia a esta idea, como pueden imaginar ustedes.

Él puede ver que Diego está empezando a ponerse nervioso. Conoce a Diego y sabe que le aburren esas conversaciones que él llama «de listos».

—Hace buen día, Diego —le dice él—. ¿Por qué no os buscáis David y tú algo más interesante que hacer?

—¡No! —dice el niño—. ¡Me quiero quedar!

—Venir aquí ha sido idea de él, no mía —dice Diego—. A mí me trae sin cuidado lo que le pase a ese tal Dmitri.

—¡A ti no te importa, pero a mí sí! —dice el niño—. ¡No quiero que le den a Dmitri una cabeza nueva! ¡Quiero que vaya a la mina de sal!

El juicio se reanuda a las dos de la tarde. El público que se ha vuelto a congregar es considerablemente menos numeroso que antes. Diego, el niño y él no tienen problema para encontrar butacas.

Dmitri es conducido de nuevo al escenario, seguido por el juez y sus asesores.

—Tengo delante un informe del director del museo donde trabajaba usted, Dmitri —dice el juez—. Dice que usted siempre desempeñó sus tareas fielmente y que, hasta estos acontecimientos recientes, él no tenía razón alguna para no considerarlo a usted un hombre honrado. También tengo un informe del doctor Alejandro Toussaint, especialista en enfermedades nerviosas, a quien este tribunal encargó que evaluara su estado mental. El doctor Toussaint informa de que ha sido incapaz de llevar a cabo su evaluación por culpa de la conducta violenta y reacia a cooperar que ha mostrado usted. ¿Desea hacer algún comentario?

Dmitri calla como un muerto.

—Y finalmente tengo un informe del médico de la policía sobre lo acontecido el 4 de marzo. El informe dice que se produjo el acto sexual completo, es decir, finalizando con la eyaculación de la semilla masculina, y que dicho acto tuvo lugar mientras la difunta todavía vivía. Posteriormente la difunta fue estrangulada, manualmente. ¿Disputa usted algo de esto?

Dmitri guarda silencio.

—Tal vez se pregunte usted por qué desvelo estos detalles desagradables. Lo hago para dejar claro que el tribunal es plenamente consciente del terrible crimen que cometió usted. Violó a una mujer que confiaba en usted y luego la mató de la forma más despiadada. Me estremezco, nos estremecemos todos, de pensar lo que debió de vivir ella en sus últimos minutos. Lo que nos falta es entender por qué cometió usted ese acto insensato y gratuito. ¿Es usted un ser humano descarriado, Dmitri, o bien pertenece a alguna otra especie desprovista de alma y de conciencia? Se lo ruego nuevamente: explíquenoslo.

—Pertenezco a una especie foránea. No tengo sitio en este planeta. Acaben conmigo. Mátenme. Aplástenme.

—¿Eso es todo lo que quiere decir?

Dmitri guarda silencio.

—No basta, Dmitri, no basta. Pero no se le requerirá que vuelva a hablar. Este tribunal se ha partido la espalda para dispensarle a usted justicia y usted la ha rechazado a cada paso. Ahora deberá usted soportar las consecuencias. Mis colegas y yo nos retiramos a deliberar. —Se dirige al guardia—. Llévense al acusado.

Hay movimientos incómodos entre el público. ¿Deben quedarse? ¿Cuánto va a durar todo lo de la deliberación? Y, sin embargo, en cuanto la gente empieza a abandonar lentamente el auditorio, Dmitri es llevado de vuelta al escenario y los jueces regresan a sus asientos.

—De pie, Dmitri —dice el juez—. De acuerdo con los poderes que me han sido concedidos, procedo ahora a dictar sentencia. Seré breve. No ha ofrecido usted ningún atenuante de la sentencia. Al contrario, exige usted que procedamos contra usted con el máximo rigor. La pregunta que afrontamos es la siguiente: ¿viene esta exigencia de su corazón, del arrepentimiento por sus atroces actos, o bien viene de una mente trastornada?

»Es una pregunta difícil de contestar. En su conducta no hay signos de arrepentimiento. Al desconsolado marido de su víctima no le ha ofrecido usted ni una palabra de disculpa. Se presenta usted como un ser sin conciencia. Mis colegas y yo tenemos razones de sobra para mandarlo a las minas de sal y olvidarnos de usted.

»Por otro lado, este es su primer delito. Siempre fue un buen trabajador. Trató a la difunta con respeto hasta el mismo día en que se volvió contra ella. ¿Qué fuerza maligna se adueñó de usted aquel día? Esto sigue siendo un misterio para nosotros. Ha rechazado usted todos nuestros esfuerzos por entenderlo.

»Nuestra sentencia es la siguiente. Será sacado usted de este recinto, llevado al hospital de delincuentes psicóticos y retenido allí. Las autoridades médicas revisarán su caso una vez al año y presentarán informes a este tribunal. Dependiendo de esos informes, se lo podrá convocar o no ante este tribunal en una fecha futura para la posible revisión de su sentencia. Eso es todo.

De la ciudadanía se eleva algo parecido a un suspiro colectivo. Pero ¿es un suspiro dedicado a Dmitri? ¿Acaso lo sienten por él? Cuesta de creer. Los jueces bajan solemnemente del escenario. Dmitri, cabizbajo, es sacado de allí también.

–Adiós, Diego –dice él, Simón–. Adiós, David. ¿Qué planes tienes para el fin de semana? ¿Te veré?

–¿Podemos hablar con Dmitri? –pregunta el niño.

–No. No es posible.

–¡Quiero hablar con él!

Y sin previo aviso arranca a correr por el pasillo y sube al escenario. Diego y él lo siguen a toda prisa por entre los bastidores y luego por un pasillo a oscuras. Al final del pasillo se encuentran con Dmitri y con su guardia, que está escrutando la calle a través de una puerta entreabierta.

–¡Dmitri! –grita el niño.

Sin importarle sus grilletes, Dmitri levanta al niño en volandas y lo abraza. El guardia intenta separarlos desganadamente.

–¿No te van a dejar ir a las minas de sal, Dmitri? –dice el niño.

–No, no me mandan a las minas de sal, me mandan al loquero. Pero me escaparé, no temas. Me escaparé y cogeré el primer autobús que lleve a las minas de sal. Y les diré: «Aquí Dmitri, incorporándose a filas, señor». No se atreverán a rechazarme. Así que no te preocupes, jovencito. Dmitri sigue siendo dueño de su destino.

–Dice Simón que te van a cortar la cabeza y a ponerte una nueva.

La puerta se abre de golpe y la luz de fuera entra a raudales.

–¡Venga! –dice el guardia–. Ya está aquí la furgoneta.

–Ya está aquí la furgoneta –dice Dmitri–. Hora de que Dmitri se marche. –Le da al niño un beso en los labios y lo deja en el suelo–. Adiós, joven amigo. Sí, me quieren poner una cabeza nueva. Es el precio del perdón. Primero te perdonan, pero después te cortan la cabeza. Siempre lo digo: ten cuidado con quienes te perdonen.

–Yo no te perdono –dice el niño.

–¡Eso es bueno! Aprende esta lección de Dmitri: nunca dejes que te perdonen y nunca hagas caso cuando te prometan una vida nueva. Lo de la vida nueva es mentira, hijo, la mentira más grande de todas. No hay otra vida que esta. Esta es la única que existe. En cuanto les dejas que te corten la cabeza, todo se acaba. Ya no hay más que oscuridad, oscuridad y más oscuridad.

Dos hombres uniformados emergen de la luz cegadora del sol y se llevan a Dmitri escaleras abajo. Cuando ya están a punto de despacharlo a la parte de atrás de su furgoneta, él se gira y levanta la voz:

–¡Dile a Simón que queme eso que ya sabe! ¡Dile que si no lo quema, vendré y lo degollaré!

A continuación la portezuela se cierra de golpe y la furgoneta arranca.

–¿Qué ha sido eso último? –dice Diego.

–Nada. Que dejó atrás unas cuantas cosas que ahora quiere que yo destruya. Fotos recortadas de revistas, esas cosas.

–Señoras sin ropa –dice el niño–. Me dejaba verlas.

14

Lo acompañan a la oficina del director del museo.

−Gracias por recibirme −dice él−. Vengo a petición de un empleado de usted, Dmitri, que desea ahorrarse una posible situación embarazosa tanto a sí mismo como al museo. Me dice Dmitri que dentro de las instalaciones del museo hay una colección de fotografías obscenas que le pertenece. Y que le gustaría destruirlas antes de que caigan en manos de la prensa. ¿Permitiría usted esto?

−Fotos obscenas... ¿ha visto usted esas fotos, señor Simón?

−No, pero mi hijo sí. Mi hijo es alumno de la Academia de Danza.

−¿Y dice usted que esas fotografías han sido robadas de nuestra colección?

−No, no, no son esa clase de fotos. Son fotografías de mujeres recortadas de revistas pornográficas. Se las puedo enseñar. Sé exactamente dónde encontrarlas. Dmitri me lo dijo.

El director saca un manojo de llaves, lo acompaña hasta el sótano y abre con las llaves el archivador indicado por Dmitri. En el cajón de abajo hay un pequeño estuche de cartón; él lo abre.

La primera foto muestra a una mujer rubia con labios de color rojo chillón sentada desnuda en un sofá con las piernas abiertas, agarrándose unos pechos bastante grandes y proyectándolos hacia delante.

El director cierra el estuche con una exclamación asqueada.

—¡Lléveselas! —dice—. No quiero saber nada más de esto.

Hay media docena más de fotos parecidas, tal como descubre él, Simón, cuando abre el estuche en la intimidad de su habitación. Pero también, debajo de las fotos, hay un sobre que contiene unas bragas de mujer, negras; un pendiente solitario de plata de diseño simple; una fotografía de una joven reconocible como Ana Magdalena, con un gato en brazos y sonriendo a la cámara, y, por fin, sujetas con gomas elásticas, un fajo de cartas dirigidas a «Mi amor» y firmadas por «A. M.». Ninguna lleva fecha ni dirección de remitente, pero él ve que las mandaron desde el centro turístico de Aguaviva, en la costa. Las cartas describen varias actividades vacacionales (nadar, recoger conchas, caminar sobre las dunas) y mencionan por sus nombres a Joaquín y Damián. «Anhelo estar otra vez en tus brazos», dice una de las cartas. «Te echo de menos apasionadamente», dice otra.

Él las lee todas, despacio, de cabo a rabo, y a continuación las lee por segunda vez, acostumbrándose a la caligrafía, que es más bien infantil, muy distinta de lo que él se habría imaginado, con meticulosos circulitos encima de todas las íes. Por fin las vuelve a guardar dentro del sobre junto con las fotografías, el pendiente y las bragas; devuelve el sobre al estuche y guarda el estuche debajo de su cama.

Lo primero que piensa es que Dmitri quería que él leyera las cartas; quería que supiera que a él, Dmitri, lo había amado una mujer a quien él, Simón, tal vez hubiera deseado desde lejos pero a quien no había sido lo bastante hombre como para poseer. Sin embargo, cuanto más piensa en esta explicación, menos verosímil le parece. Si realmente Dmitri hubiera estado teniendo una aventura con Ana Magdalena, si sus declaraciones de venerar el suelo que ella pisaba y el desprecio con que ella lo trataba a cambio no eran más que una tapadera de sus encuentros sexuales clandestinos en el sótano del museo, ¿por qué iba a declarar él en sus diversas confesiones que la había tomado por la fuerza? Y es más, ¿por qué iba Dmitri a querer que él, Simón, descubriera la verdad sobre ellos dos cuando seguramente él, Simón, iba a informar sin demora a las autoridades, que también sin demora ordenarían un juicio nuevo? ¿Acaso la explicación más simple no era a fin de cuentas la mejor: que Dmitri confiaba en que él quemara el estuche y su contenido sin examinarlo?

Pero el enigma más grande persiste: si Ana Magdalena no era la mujer que aparentaba ser ante todo el mundo, y si su muerte no era la clase de muerte que parecía ser, entonces ¿por qué había mentido Dmitri a la policía y al tribunal? ¿Para proteger el nombre de ella? ¿Para salvar al marido de ella de la humillación? ¿Acaso Dmitri, por pura nobleza de espíritu, había asumido toda la culpa para que el nombre de los Arroyo no se viera mancillado?

Y, sin embargo, ¿qué podía haber dicho o hecho Ana Magdalena la noche del 4 de marzo para acabar muerta a manos de un hombre en cuyos brazos anhelaba estar, y lo anhelaba apasionadamente?

Por otro lado, ¿y si Ana Magdalena no había escrito aquellas cartas? ¿Y si eran falsificaciones, y él, Simón, estaba siendo usado ahora como instrumento para ensuciar el nombre de ella?

Él se estremece. «¡Es un loco de verdad! —se dice a sí mismo—. ¡Al final resulta que el juez tenía razón! ¡Tendría que estar en un manicomio, encadenado, encerrado bajo siete llaves!»

Se maldice a sí mismo. No tendría que haberse involucrado en los asuntos de Dmitri. No tendría que haber respondido a su petición, no tendría que haber hablado con el director del museo y no tendría que haber mirado dentro del estuche. Ahora el genio se ha escapado de la lámpara y él no tiene ni idea de qué hacer. Si le entrega las cartas a la policía, se convertirá en cómplice de una conspiración cuyo propósito él desconoce; lo mismo pasará si se las entrega al director del museo; mientras que si las quema o las esconde, se convertirá en cómplice de una conspiración distinta, destinada a presentar a Ana Magdalena como mártir inmaculada.

En plena noche se levanta, saca el estuche de debajo de la cama, lo envuelve con una colcha sobrante y lo pone encima del ropero.

Por la mañana, cuando está a punto de salir para el almacén donde debe recoger los folletos del reparto del día, el coche de Inés para delante de su puerta y de él sale Diego, acompañado del niño.

Es obvio que Diego está de mal humor.

—Este niño se pasó todo el día de ayer y también hoy incordiándonos —dice—. Nos tiene agotados, tanto a Inés como a mí. Así que aquí estamos. Díselo, David. Dile a Simón qué es lo que quieres.

—Quiero ver a Dmitri. Quiero ir a la mina de sal. Pero Inés no me deja.

—Pues claro que no. Yo pensaba que lo entendías. Dmitri no está en la mina de sal. Lo han mandado a un hospital.

—¡Sí, pero Dmitri no quiere ir a ningún hospital, él quiere ir a la mina de sal!

—No estoy seguro de qué crees que pasa en una mina de sal, David, pero en primer lugar la mina de sal está a cientos de kilómetros de aquí, y en segundo lugar una mina de sal no es un destino turístico. Por eso el juez ha mandado a Dmitri a un hospital: para salvarlo de la mina de sal. Una mina de sal es un sitio al que se va a sufrir.

—¡Pero Dmitri no quiere que lo salven! ¡Quiere sufrir! ¿Podemos ir al hospital?

—Por supuesto que no. El hospital al que han mandado a Dmitri no es un hospital normal. Es un hospital para gente peligrosa. No se permite la entrada del público.

—Dmitri no es peligroso.

—Al contrario, Dmitri es extremadamente peligroso, y lo ha demostrado. En cualquier caso, no pienso llevarte al hospital, ni Diego tampoco. No quiero saber nada más de Dmitri.

—¿Por qué?

—No tengo que decirte por qué.

—¡Es porque odias a Dmitri! ¡Odias a todo el mundo!

—Usas esa palabra para todo. Yo no odio a nadie. Simplemente no quiero saber nada más de Dmitri. No es una buena persona.

—¡Sí que es una buena persona! ¡Él me quiere! ¡Él me reconoce! ¡Tú no me quieres!

—Eso no es verdad. Sí que te quiero. Yo te quiero mucho más que Dmitri. Dmitri no sabe qué significa amar.

—Dmitri quiere a mucha gente. Y es porque tiene un corazón grande. Me lo dijo. ¡Deja de reírte, Diego! ¿Por qué te ríes?

Diego no puede parar de reír.

—¿De verdad dijo eso, que si tienes un corazón grande puedes querer a mucha gente? Tal vez quería decir a muchas chicas.

La risa de Diego irrita todavía más al niño. Ahora levanta la voz.

—¡Es verdad! ¡Dmitri tiene un corazón grande y Simón lo tiene pequeño! Eso dice Dmitri. Dice que Simón tiene un corazón diminuto como una chinche y que por eso no puede querer a nadie. Simón, ¿es verdad que Dmitri hizo el acto sexual con Ana Magdalena para hacerla morir?

—No pienso contestar esa pregunta. Es estúpida. Es ridícula. Ni siquiera sabes qué es el acto sexual.

—¡Sí que lo sé! Inés me lo ha contado. Ella ha hecho el acto sexual muchas veces y lo odia. Dice que es horrible.

—En cualquier caso, no pienso contestar ninguna pregunta más sobre Dmitri. No quiero volver a oír su nombre. He terminado con él.

—Pero ¿por qué le hizo el acto sexual? ¿Por qué no me lo quieres decir? ¿Estaba intentando que se le parara el corazón?

—Ya basta, David. Tranquilízate. —A continuación se dirige a Diego—: Ya ves que el niño está angustiado. Lleva teniendo pesadillas desde… desde lo que pasó. Tendrías que estar ayudándolo, no riéndote de él.

—¡Dímelo! —grita el niño—. ¿Por qué no me lo quieres decir? ¿Quería hacerle un bebé dentro? ¿Quería que se le parara el corazón? ¿Y ella puede tener un bebé aunque se le pare el corazón?

—No, no puede. Cuando muere la madre, muere también la criatura que lleva dentro. Siempre es así. Pero Ana Magdalena no iba a tener ningún bebé.

—¿Cómo lo sabes? Tú no sabes nada. ¿Dmitri hizo que su bebé se pusiera azul? ¿Podemos hacer que le empiece a latir el corazón otra vez?

—Ana Magdalena no iba a tener ningún bebé, y no, no podemos hacer que el corazón le empiece a latir otra vez porque no es así como funciona el corazón. En cuanto el corazón se para, se para para siempre.

—Pero cuando ella tenga otra vida, el corazón le latirá otra vez, ¿verdad?

—En cierto sentido, sí. En la próxima vida, Ana Magdalena tendrá un corazón nuevo. Y no solo tendrá una vida nueva y un corazón nuevo; tampoco recordará nada de todo este horror. No se acordará de la Academia y no se acordará de Dmitri, lo cual será una gran suerte. Podrá empezar de nuevo, como hicimos tú y yo, liberada del pasado y sin malos recuerdos que la agobien.

—¿Tú has perdonado a Dmitri, Simón?

—No es a mí a quien Dmitri ha hecho daño, o sea que no me corresponde a mí perdonarlo. Es el perdón de Ana Magdalena lo que él tendría que estar buscando. Y el del señor Arroyo.

—Yo no lo he perdonado. Él no quiere que nadie lo perdone.

—Eso no son más que jactancias suyas, jactancias perversas. Quiere que lo consideremos una persona salvaje, capaz de cosas que a la gente normal le da miedo hacer. David, estoy completamente harto de hablar de ese hombre. Por lo que a mí respecta, está muerto y enterrado. Ahora me tengo que ir a hacer mi ronda de reparto. La próxima vez que tengas pesadillas, acuérdate de que solo tienes que agitar los brazos y las pesadillas se evaporarán como si fueran humo. Agita los brazos y grita «¡Fuera de aquí!», como Don Quijote. Dame un beso. Te veo el viernes. Adiós, Diego.

—¡Quiero ir a ver a Dmitri! ¡Si no me lleva Diego, iré yo solo!

—Puedes ir, pero no te dejarán entrar. El sitio donde lo tienen no es un hospital normal. Es un hospital para criminales, rodeado de muros y de guardias con perros guardianes.

—Pues me llevaré a Bolívar y él matará a los perros guardianes.

Diego le abre la portezuela del coche. El niño entra y se sienta con los brazos cruzados y un mohín en la cara.

—Si quieres mi opinión —dice Diego en voz baja—, este crío está fuera de control. Inés y tú deberíais hacer algo al respecto. Mandarlo a la escuela, para empezar.

Pero resulta que él se equivocaba sobre el hospital, se equivocaba del todo. El hospital psiquiátrico que él se había imaginado, ese hospital perdido en la campiña, rodeado de muros altos y perros guardianes, no existe. Lo único que existe es el hospital de la ciudad, con su modesto pabellón psiquiátrico; el mismo hospital en el que Dmitri trabajaba antes de unirse a la plantilla del museo. Todavía hay algunos camilleros que lo recuerdan con afecto de los viejos tiempos. Sin importarles que sea un asesino confeso, lo tratan a cuerpo de rey, le traen refrigerios de las cocinas del personal y lo mantienen abastecido de cigarrillos. Tiene una habitación para él solo en la parte del pabellón marcada como de Acceso Restringido, provista de cubículo de ducha y de escritorio con lámpara.

De todo esto —los refrigerios, los cigarrillos, el cubículo de ducha—, él, Simón, se entera el día después de la visita de Diego, cuando llega a su casa tras la ronda de reparto y se encuentra al asesino confeso tumbado en su cama, durmiendo, y al niño sentado con las piernas cruzadas en el suelo y jugando a las cartas. Se queda tan sorprendido que se le escapa un grito; el niño se lleva un dedo a los labios y le chista por lo bajo:

—¡Chsss…!

Él cruza la habitación y zarandea con furia a Dmitri.

—¡Tú! ¿Qué estás haciendo aquí?

Dmitri se incorpora hasta sentarse.

—Cálmate, Simón —le dice—. Me iré enseguida. Solo quiero asegurarme de que... ya sabes... ¿Hiciste lo que te dije?

Él descarta la pregunta con un gesto brusco de la mano.

—David, ¿cómo ha llegado aquí este hombre?

Le contesta el mismo Dmitri.

—Hemos venido en autobús, Simón, como la gente normal. Tranquilízate. El joven David ha venido a visitarme como el buen amigo que es. Hemos tenido una charla. Luego me he puesto un uniforme de camillero, como en los viejos tiempos, y el chico me ha tomado de la mano y hemos salido los dos como si nada. «Es mi hijo», les he dicho. «Qué niño tan mono», me han dicho ellos. Por supuesto, el uniforme me ha ayudado. La gente confía en los uniformes; es una de las cosas que se aprenden en esta vida. Hemos salido del hospital y hemos venido directamente aquí. Y en cuanto tú y yo hayamos resuelto nuestros asuntos, tomaré el autobús de vuelta. Nadie se dará cuenta ni siquiera de que he salido.

—David, ¿todo eso es cierto? ¿Un hospital para delincuentes psicópatas y dejan salir a este tipo?

—Quería pan —dice el niño—. Y me ha dicho que en el hospital no le daban pan.

—Eso es absurdo. Allí le dan tres comidas al día, con todo el pan que él quiera.

—A mí me ha dicho que no había pan, así que le he llevado pan.

—Siéntate, Simón —dice Dmitri—. ¿Y quieres hacerme un favor? —Saca un paquete de cigarrillos y se enciende uno—. No me insultes, por favor, al menos delante del niño. No me llames delincuente psicópata. Porque no es verdad. Delincuente quizá, pero no estoy loco, ni mucho menos.

»¿Quieres oír la opinión de los médicos, de los médicos designados para esclarecer qué problema tengo? ¿No? Muy bien, pues me salto lo de los médicos. Hablemos de los Arroyo. He oído que han tenido que cerrar la Academia. Es una pena. A mí me gustaba la Academia. Me gustaba estar con los chavales, con los pequeños bailarines, todos tan felices y tan llenos de vida. Me habría gustado ir a una academia así de niño. Quién sabe, a lo mejor habría salido distinto. Pero, bueno, no tiene sentido lamentarse del pasado, ¿verdad? Lo hecho, hecho está.

«Lamentarse del pasado.» La expresión lo llena de cólera.

–Mucha gente ha tenido que lamentarse de lo que tú has hecho –estalla–. Has dejado corazones rotos y mucha rabia a tu paso.

–Y lo entiendo –dice Dmitri, dando caladas plácidas a su cigarrillo–. ¿Crees que no soy consciente de la enormidad de mi crimen, Simón? ¿Por qué crees que me ofrecí voluntariamente para ir a las minas de sal? Las minas de sal no son para llorones; para aguantar allí hay que ser un hombre. Si aceptaran darme los papeles del alta del hospital, me iría a las minas de sal mañana mismo. «¡Aquí Dmitri», le diría al capitán de las minas, «en forma e incorporándose a filas!» Pero no me dejan salir, los psicólogos y los psiquiatras, esos especialistas en ver anormalidad por todos los lados. «Háblame de tu madre, me dicen. «¿Tu madre te quería? ¿Te daba de mamar cuando eras un bebé? ¿Cómo era chuparle el pecho?» ¿Y qué se supone que tengo que decir yo? ¿Cómo voy a acordarme de mi madre y de sus pechos, cuando apenas me acuerdo de ayer? Así que les digo lo primero que me viene a la cabeza. «Era como chupar un limón», les digo. O bien: «Era como el cerdo, como chupar una chuleta de cerdo». Porque es así como funciona la psiquiatría, ¿verdad? Tú dices lo primero que te viene a la cabeza y luego ellos van, lo analizan y te dicen cuál es tu problema.

»¡Están todos muy interesados en mí, Simón! Me tiene asombrado. Yo a mí mismo no me intereso, pero a ellos sí. Yo me veo como un criminal común y corriente, tan común como la hierba. Para ellos, en cambio, soy especial. No tengo conciencia, o bien tengo demasiada, no consiguen decidirse. Yo tengo ganas de decirles que la conciencia se te come hasta que no queda nada de ti, como una araña que se come a una avispa, o una avispa que se come a una araña, nunca me acuerdo de cómo va, y solo queda la carcasa. ¿A ti qué te parece, jovencito? ¿Tú sabes qué es la conciencia?

El niño asiente con la cabeza.

—¡Pues claro que sí! Tú entiendes al viejo Dmitri mejor que nadie; mejor que todos los psiquiatras del mundo. «¿Con qué sueñas?», me dicen. «¿Acaso sueñas con caerte por agujeros oscuros y con dragones que se te tragan?» «¡Sí!», les digo yo, «¡sí, justamente con eso!» A ti, en cambio, nunca te hizo falta preguntarme por mis sueños. No te hizo falta más que mirarme un momento para entenderme. «Yo te entiendo y no te perdono.» Nunca me olvidaré de eso. Es especial de verdad, Simón, este hijo tuyo. Un caso especial. Tiene una sabiduría impropia de su edad. Podrías aprender de él.

—David no es un caso especial. No existen los casos especiales. Ni él es un caso especial ni lo eres tú. No tomas el pelo a nadie con esta farsa tuya de locura, Dmitri, ni por un momento. Espero que te manden realmente a las minas de sal. Eso pondría fin a tus disparates.

—¡Bien dicho, Simón, bien dicho! Y yo te quiero por ello. Podría besarte, aunque no te gustaría, no eres un hombre dado a los besos. Tu hijo, en cambio, siempre ha estado dispuesto a darle un beso al viejo Dmitri, ¿verdad, chaval?

—Dmitri, ¿por qué le paraste el corazón a Ana Magdalena? —pregunta el niño.

—¡Buena pregunta! Es lo que más quieren saber los médicos. Les excita la idea misma, apretar tanto con los brazos a una mujer hermosa que le paras el corazón, pero les da vergüenza preguntarlo. No se atreven a preguntarlo directamente, a diferencia de ti; tienen que llegar dando rodeos, como las serpientes. «¿Tu madre te quería? ¿A qué sabía la leche de tu madre?» O como ese idiota de juez: «¿Usted quién es? ¿Es usted mismo?».

»¿Por qué le paré el corazón? Yo te lo diré. Estábamos juntos, ella y yo, cuando de pronto me vino una idea a la cabeza. Me vino de golpe y ya no se me fue. Pensé: "¿Por qué no le pongo las manos en la garganta mientras ella está, ya sabes, en pleno clímax, y la estrangulo un poco? Así le enseño quién es el amo aquí. Le enseño cómo es en realidad el amor".

»Matar a la persona que amas: es algo que el viejo Simón no entenderá nunca. Pero tú lo entiendes, ¿verdad? Tú entiendes a Dmitri. Lo entendiste desde el primer momento.

—¿No se quería casar contigo?

—¿Casarse conmigo? No. ¿Por qué iba una dama como Ana Magdalena a casarse con alguien como yo? Soy escoria, hijo. El viejo Simón tiene razón. Soy escoria y ensucio a todo el que toco. Por eso tengo que ir a las minas de sal, donde todo el mundo es escoria y donde estaré como en casa. No, Ana Magdalena me rechazaba. Yo la amaba, la veneraba, habría hecho lo que fuera por ella, pero ella no quería saber nada de mí, lo veías tú y lo veía todo el mundo. De forma que le di una gran sorpresa y le paré el corazón. Le di una lección. Le di algo en que pensar.

Se hace el silencio. Luego habla él, Simón.

—Me preguntabas por tus papeles, los papeles que querías que yo destruyera.

—Sí. ¿Para qué si no iba a tomarme la molestia de abandonar el hospital donde vivo y venir aquí? Pues para ver qué ha pasado con los papeles, claro. Venga. Dímelo. Yo confié en ti y tú has traicionado esa confianza. ¿Es eso lo que vas a decir? Dilo.

—No he traicionado ninguna confianza. Pero una cosa sí diré. He visto lo que había en el estuche, incluyendo ya sabes qué. Por consiguiente, sé que la historia que me estás contando no es cierta. No diré más. Pero tampoco pienso quedarme aquí escuchando tus mentiras con docilidad de borrego.

Dmitri se dirige al niño.

—¿Tienes algo de comer, hijo? Dmitri tiene un poco de hambre.

El niño se levanta de un salto, hurga en el armario y vuelve con un paquete de galletas.

—¡Galletas de jengibre! –dice Dmitri–. ¿Quieres una galleta de jengibre, Simón? ¿No? ¿Y tú, David?

El niño coge la galleta que Dmitri le ofrece y la muerde.

—Así que ya es del dominio público, ¿no? –dice Dmitri.

—No, no es del dominio público.

—Pero lo vas a usar contra mí.

—¿Usar qué contra ti? –pregunta el niño.

—Nada, hijo. Esto es algo entre el viejo Simón y yo.

—Depende de a qué te refieras con «contra». Si cumples con tu promesa y desapareces en las minas de sal para el resto de tu vida, entonces la cuestión de la que estamos hablando deja de ser relevante, ni en un sentido ni en otro.

—No me pongas acertijos lógicos, Simón. Los dos sabemos perfectamente qué quiere decir «contra». ¿Por qué no has hecho lo que te dije? Ahora mira en qué lío estás metido.

—¿Yo? No soy yo quien está metido en un lío, eres tú.

—No, Simón. Mañana, pasado mañana o el otro, yo seré libre de ir a las minas de sal, pagar mi deuda y limpiar mi conciencia, mientras que tú, *tú*, te quedarás atrás con este lío en las manos.

—¿Qué lío, Dmitri? –pregunta el niño–. ¿Por qué no me lo cuentas?

—Yo te cuento qué lío. «¡Pobre Dmitri! ¿Realmente hicimos justicia con él? ¿No deberíamos habernos esforzado más por salvarlo, por convertirlo en un buen ciudadano y en un miembro productivo de la sociedad? ¿Cómo debe de ser su vida ahora, languideciendo en las minas de sal mientras nosotros vivimos cómodamente en Estrella? ¿No deberíamos haberle mostrado una pizca de compasión? ¿Y no deberíamos convocarlo de vuelta y decirle: todo está perdonado, Dmitri, aquí tienes tu antiguo trabajo, tu uniforme y tu pensión, y a cambio solo queremos que digas que estás arrepentido para poder sentirnos mejor por dentro?» A ese lío me refiero, hijo. A revolcarte en los excrementos como un cerdo. A revolcarte en tu propia mierda. ¿Por qué no te has limitado a hacer lo que te dije, Simón, en vez de dejarte atrapar por toda esa estúpida charada de salvarme de mí mismo? «Mandadlo a los médicos, decidles que le desenrosquen la vieja cabeza y le enrosquen una nueva.» ¡Y las pastillas que te dan! ¡Estar en la planta de los locos es peor que las minas de sal! El mero hecho de aguantar veinticuatro horas ya es como caminar con barro hasta las rodillas. Tic tac tic tac. Me muero de ganas de empezar a vivir otra vez.

Él, Simón, ha llegado al final de su aguante.

—Ya basta, Dmitri. Vete, por favor. Márchate ahora mismo o llamo a la policía.

—Ah, conque adiós, ¿no? ¿Y a ti qué te parece, David? ¿También vas a despedirte de Dmitri? «Adiós, te veré en la otra vida.» ¿Así va a ir la cosa? Pensaba que teníamos un entendimiento, tú y yo. ¿Acaso el viejo Simón ha estado manipulándote, debilitando la confianza que tenías en mí? «Es un mal hombre, ¿cómo puedes querer a ese mal hombre?» ¿Y quién ha dejado alguna vez de querer a alguien porque sea mala persona? Yo le hice a Ana Magdalena lo peor que se puede hacer a alguien y sin embargo ella no dejó de quererme. Me odió quizá, pero eso no quiere decir que no me amara. El amor y el odio: no puede haber uno sin el otro. Son como la sal y la pimienta. Como el blanco y el negro. Es lo que la gente olvida. Ella me quería y me odiaba, como cualquier persona normal. Igual que Simón. ¿Tú crees que Simón te quiere todo el tiempo? Claro que no. Te quiere y te odia, todo está mezclado en su interior, aunque él no te lo dirá. No, él lo mantiene en secreto y finge que dentro de él todo es plácido, unas aguas remansadas y sin olas. Igual que su forma de hablar; nuestro famoso hombre racional. Pero créeme, el viejo Simón tiene tanto lío dentro como tú y como yo. De hecho, tiene más. Porque al menos yo no finjo ser lo que no soy. «Así es como soy», digo, «y así es como hablo, con todo mezclado.» ¿Me estás escuchando, hijo? Atiende a lo que te digo mientras todavía puedas, porque Simón quiere expulsarme de tu vida. Escucha bien. Cuando me escuchas a mí, escuchas la verdad, ¿y qué queremos a fin de cuentas, más que la verdad?

—Pero cuando veas a Ana Magdalena en la otra vida, no volverás a intentar pararle el corazón, ¿verdad?

—No lo sé, hijo. Tal vez no exista la otra vida: ni para mí ni para ninguno de nosotros. Tal vez de pronto el sol empezará a crecer en el cielo y se nos tragará y ese será nuestro fin. Se acabó Dmitri. Se acabó David. Una gran bola de fuego y nada más. Así veo yo las cosas a veces. Esa es mi visión.

—¿Y después?

—Y después nada. Muchas llamas y después mucho silencio.

—Pero ¿es verdad?

—¿Si es verdad? ¿Quién puede saberlo? Todo está en el futuro, y el futuro es un misterio. ¿A ti qué te parece?

—A mí me parece que no es verdad. Que lo dices pero no lo piensas.

—Bueno, si tú dices que no es verdad, entonces no es verdad, porque tú, joven David, eres el rey de Dmitri, y tus palabras son órdenes para Dmitri. Pero volviendo a tu pregunta, no, no volveré a hacerlo. Las minas de sal me curarán para siempre de mi maldad, de mi cólera y de mi instinto asesino. Me quitarán de encima todas las tonterías de golpe. Así que no hace falta que te preocupes, Ana Magdalena está a salvo.

—Pero no puedes volver a hacer el acto sexual con ella.

—¡El acto sexual! Este chaval tuyo es muy estricto, Simón, muy terminante. Pero ya entrará en razón cuando crezca. El acto sexual… forma parte de la naturaleza humana, hijo, no se puede huir de él. Hasta Simón debe de estar de acuerdo. No se puede huir de él, ¿verdad que no, Simón? No se puede huir del rayo.

Él, Simón, se queda mudo. ¿Cuándo fue la última vez que lo alcanzó un rayo? Jamás le ha pasado.

De pronto Dmitri parece perder interés en ellos. Sus ojos recorren nerviosamente la habitación.

—Hora de irme. Hora de regresar a mi celda solitaria. ¿Te importa si me quedo las galletas? Me gusta mordisquear galletas de vez en cuando. Ven a verme otra vez, jovencito. Podemos ir a dar una vuelta en autobús o visitar el zoo. Me gustaría mucho. Siempre me gusta charlar contigo. Eres el único que entiende realmente al viejo Dmitri. Los psicólogos y psiquiatras con todas sus preguntas no consiguen averiguar qué soy, hombre o bestia. Pero tú ves mi interior, mi corazón. Dale un abrazo a Dmitri, anda.

Le da al niño un fuerte abrazo que lo levanta en volandas y le susurra algo al oído que él, Simón, no puede oír. El niño asiente vigorosamente con la cabeza.

—Adiós, Simón. No te creas todo lo que digo. No es más que aire, aire que sopla donde le place.

La puerta se cierra tras él.

15

Del listado de cursos de español que se ofrecen en el Instituto, él elige «Redacción en español (básica)». «Los alumnos que se matriculen en este curso deben dominar el español hablado. Aprenderemos a escribir con claridad, lógica y buen estilo.» Él es el mayor de la clase. Hasta la profesora es joven: una joven atractiva de pelo oscuro y ojos oscuros que pide a los alumnos que la llamen Martina a secas.

—Voy a ir por toda la clase y vosotros me vais a decir quiénes sois y qué esperáis sacar de este curso —dice Martina.

Cuando le llega el turno a él, dice:

—Me llamo Simón y me dedico a la publicidad, aunque en un escalafón bajo. Llevo hablando español más de un año y ya lo hablo con bastante fluidez. Me ha llegado el momento de aprender a escribir con claridad, lógica y buen estilo.

—Gracias, Simón —dice Martina—. Siguiente.

Por supuesto que quiere escribir bien. ¿Y quién no? Pero esa no es la razón de que esté aquí, o al menos no es la razón exacta. La razón de que esté aquí la descubrirá a base de estar aquí.

Martina reparte los ejemplares del libro de lectura del curso.

—Por favor, tratad con consideración vuestro libro de lectura, igual que trataríais a un amigo —dice Martina—. Al final del curso os pediré que lo devolváis para que pueda hacerse amigo de otro alumno.

El ejemplar de él está bastante ajado y tiene muchos subrayados tanto a tinta como a lápiz.

Leen dos variantes distintas de la carta comercial: una en la que un tal Juan solicita trabajo de comercial; y otra en la que una tal Luisa le dice a su casero que se marcha de su piso de alquiler. Ellos apuntan las fórmulas del saludo y de la despedida. Examinan los párrafos y la forma que tienen.

—Un párrafo es una unidad de pensamiento —dice Martina—. Desarrolla un pensamiento y lo conecta con los que vienen antes y los que vienen después.

Su primer ejercicio es practicar la redacción en párrafos.

—Contadme algo de vosotros —dice Martina—. No hace falta que sea todo; solo algo. Y contádmelo en el espacio de tres párrafos, cada uno conectado con el siguiente.

Él aprueba la filosofía que Martina aplica a la redacción y se esfuerza al máximo con su ejercicio.

«Llegué a esta tierra con una meta principal —escribe—: proteger de cualquier daño a cierto niño pequeño que había caído bajo mi cuidado y llevárselo a su madre. Finalmente conseguí encontrar a su madre y los reuní.»

Ese es el primer párrafo.

«Sin embargo, mis deberes no terminaron ahí», escribe. «Sin embargo»: la partícula conectora. «Seguí cuidando de la madre y del niño y garantizando su bienestar. Cuando ese bienestar se vio amenazado, me los traje a Estrella, donde se nos ha recibido bien y donde el niño, que responde al nombre de David y que vive en la actualidad con su madre, Inés, y con su tío Diego (Inés y yo ya no compartimos residencia), ha crecido con vigor.»

Fin del segundo párrafo. Inicio del tercer y último párrafo, introducido por la partícula conectora «ahora».

«Ahora, a mi pesar, debo aceptar que mi tarea ha finalizado y que es posible que el niño ya no me necesite. Me ha llegado el momento de cerrar cierto capítulo de mi vida y de abrir otro nuevo. Y ese nuevo capítulo está relacionado con el proyecto de aprender a escribir; relacionado de una forma que todavía no me queda clara.»

Con eso basta. Esos son los tres párrafos requeridos y debidamente conectados entre sí. El cuarto párrafo, el que —si él lo escribiera– sería superfluo de cara al ejercicio, trataría de Dmitri. Él todavía no tiene la partícula conectora, la que haría que el cuarto párrafo derivara con claridad y lógica del tercero; pero después de la partícula conectora escribiría: «Aquí en Estrella conocí a un hombre llamado Dmitri que más tarde se haría célebre como violador y asesino. Dmitri ha ridiculizado en varias ocasiones mi forma de hablar, que a él le parece demasiado serena y racional». Reflexiona y cambia la palabra «serena» por la palabra «fría». «Dmitri cree que el estilo revela al hombre. Dmitri no escribiría tal como estoy escribiendo esto, con párrafos conectados entre sí. Dmitri llamaría a esto escribir sin pasión, igual que a mí me califica de hombre sin pasión. Un hombre apasionado, diría Dmitri, se vuelca sin párrafos ni nada.»

«Aunque no le tengo ningún respeto a ese Dmitri –seguiría en el que sería ya su quinto párrafo–, me preocupan sus críticas. ¿Por qué me preocupan? Pues porque él dice (y en esto quizá yo esté de acuerdo) que una persona fría y racional no es la mejor candidata para guiar a un niño de naturaleza impulsiva y apasionada.»

«Por consiguiente –sexto párrafo–, quiero convertirme en una persona distinta.» Y ahí es donde se detiene, en mitad del párrafo. Ya es suficiente, más que suficiente.

En la segunda clase del curso, Martina sigue comentando el género de la carta comercial, y en concreto la carta de solicitud.

–La carta de solicitud se puede considerar un acto de seducción –dice–. En ella nos presentamos bajo la luz más favorable. «Esta soy yo», decimos. «¿Verdad que soy atractiva? Contráteme y seré suya.»

Las risas se propagan por el aula.

–Pero, por supuesto, al mismo tiempo nuestra carta debe ser profesional. Tiene que haber un equilibrio. Por tanto, para redactar una buena carta de solicitud se requiere cierto arte: el arte de presentarse a uno mismo. Hoy estudiaremos ese arte con vistas a dominarlo y hacerlo nuestro.

A él le intriga Martina: es muy joven y sin embargo está llena de seguridad en sí misma.

Hay una pausa de diez minutos en mitad de la clase. Mientras los estudiantes salen al pasillo o a los lavabos, Martina se dedica a leer sus ejercicios. Cuando se vuelven a reunir todos, ella se los devuelve. En el ejercicio de él, ha escrito: «Buena división en párrafos. Contenido inusual».

Su segundo ejercicio de clase es escribir una carta de solicitud de lo que Martina llama «vuestro trabajo ideal, el trabajo que más os gustaría conseguir».

«Estimado señor director —escribe él—. Le escribo en respuesta a su anuncio de hoy en el *Star*, que invitaba a mandar cartas de solicitud para el puesto de conserje de museo. Aunque no tengo experiencia en ese terreno, sí que poseo varias cualidades que me convierten en buen candidato. En primer lugar, soy una persona madura y fiable. En segundo lugar, siento gran aprecio o al menos respeto por el arte, incluyendo las artes plásticas. Si me eligieran para el puesto de conserje, no esperaría que me ascendieran a conserje principal al día siguiente, ni mucho menos a director.»

A continuación divide el bloque de prosa que ha escrito en cinco partes, cinco párrafos breves.

«No puedo afirmar con sinceridad —añade— que ser conserje de un museo haya sido nunca mi sueño. Sin embargo, he llegado a un punto de crisis en mi vida. "Tienes que cambiar", me digo a mí mismo. Pero ¿cambiar a qué? Tal vez ese anuncio que me ha llamado la atención sea una señal destinada a mí, una señal de los cielos. "Sígueme", me ha dicho el *Star*. De forma que lo estoy siguiendo, y esta carta es mi forma de seguirlo.»

Ese es su sexto párrafo.

Por fin le entrega la carta a Martina, con los seis párrafos. Durante la pausa no abandona el aula, sino que se queda sentado en su pupitre, mirando con disimulo cómo ella lee y observando los movimientos rápidos y decididos de su bolígrafo. Él se da cuenta cuando ella llega a la carta de él: le ocupa más tiempo que las demás y la lee con el ceño fruncido. Levanta la vista y ve que él la está observando.

Al final de la pausa, ella les devuelve sus ejercicios. En el de él, ha escrito: «Por favor, ven a verme después de la clase».

—Simón, he leído tus ejercicios con interés —dice Martina—. Escribes bien. Sin embargo, me pregunto si este es el mejor curso para ti. ¿No te parece que estarías más cómodo en un curso de escritura creativa? No es demasiado tarde para cambiar de curso, ¿sabes?

—Si me está diciendo usted que deje este curso, lo dejaré —contesta él—. Pero yo no considero que mi escritura sea creativa. Para mí es la misma clase de escritura que uno usa en su diario personal. La escritura de diarios no es creativa. Es una modalidad de la escritura de cartas. Son cartas que uno se manda a sí mismo. Pese a todo, entiendo lo que usted está diciendo. Estoy fuera de lugar aquí. No le haré perder más tiempo. Gracias. —Se saca de la bolsa el libro de lectura del curso—. Permítame que le devuelva esto.

—No te ofendas —dice ella—. Y no te vayas. No dejes el curso. Seguiré leyendo tus ejercicios. Pero los leeré exactamente igual que leo los de los demás alumnos: como profesora de escritura y no como confidente. ¿Aceptas eso?

A modo de tercer ejercicio de clase se pide a los alumnos que describan su experiencia laboral previa y que escriban un currículum con sus estudios y su formación.

«Antes trabajaba de jornalero —escribe él—. Actualmente me gano la vida metiendo folletos publicitarios en los buzones. El cambio se debe a que ya no soy tan fuerte como antes. Y además de faltarme fuerza física, tampoco tengo pasión. O al menos eso opina Dmitri, el hombre del que escribí antes, el hombre apasionado. La pasión de Dmitri se inflamó una noche hasta el punto de llevarle a matar a su amante. Yo, por mi parte, no tengo deseo alguno de matar a nadie, y menos a alguien a quien posiblemente amo. Dmitri se ríe cuando digo esto, cuando digo que nunca mataría a alguien a quien amara. Según Dmitri, a un nivel soterrado todos deseamos matar a la persona a la que amamos. Todos deseamos matar al ser amado, pero solo unas pocas almas elegidas tienen el valor necesario para cumplir ese deseo.

»Los niños huelen a los cobardes, dice Dmitri. También huelen a los mentirosos y a los hipócritas. Por eso, según Dmitri, se ha ido apagando el amor que tenía David por mí, porque he demostrado ser un cobarde, un mentiroso y un hipócrita. Por contraste, Dmitri encuentra una profunda sabiduría en la atracción que siente David hacia personajes como él mismo (asesino confeso) o hacia su tío Diego (en mi opinión, un holgazán y un bravucón, pero no entraremos en eso). Los niños vienen al mundo siendo capaces de intuir lo que es bueno y verdadero, dice él, pero pierden ese poder a medida que se socializan. Según Dmitri, David es una excepción. David ha conservado sus facultades innatas en su forma más pura. Por esa razón, él lo respeta; de hecho, lo reverencia, o, tal como él dice, lo reconoce. "Mi soberano, mi rey", lo llama, no sin cierta sorna.

»"¿Cómo se puede reconocer a alguien a quien no has visto nunca?" Es la pregunta que le quiero hacer a Dmitri.

»Conocer a Dmitri (que me cae mal y a quien ciertamente desprecio desde un punto de vista moral) ha sido una experiencia instructiva para mí. Llegaría incluso a incluirla entre mis cualificaciones educativas.

»Creo que soy una persona abierta a nuevas ideas, incluyendo las de Dmitri. Me parece muy probable que la opinión que tiene Dmitri de mí sea correcta, a saber: que no soy la persona indicada para hacer de padre, padrastro o guía vital de un niño como David, un niño excepcional, un niño que nunca deja de recordarme que ni lo conozco ni lo entiendo. Por consiguiente, creo que me ha llegado el momento de retirarme y encontrar otro rol en la vida, otro objeto o alma en el que verter eso que se derrama de mí, a veces en forma de simple conversación, a veces en forma de lágrimas y a veces en forma de eso que yo insisto en llamar cuidado afectuoso.

»"Cuidado afectuoso" es una fórmula que yo usaría sin vacilar en un diario personal. Pero, por supuesto, esto no es un diario personal. Así pues, afirmar aquí que lo que lo mueve a uno es el cuidado afectuoso es ir muy lejos.

»Continuará.

»Permítame que añada en forma de nota a pie de página unas cuantas palabras sobre las lágrimas.

»Hay música que me llena los ojos de lágrimas. Pero si carezco de pasión, ¿de dónde vienen esas lágrimas? En la vida he visto a Dmitri conmovido hasta las lágrimas por la música.

»Permítame que añada una segunda nota al pie sobre el perro de Inés, Bolívar, es decir, sobre el perro que vino con Inés cuando ella aceptó convertirse en madre de David, pero que ahora se ha convertido en el perro de David, en el mismo sentido en que calificamos a alguien que nos protege de "nuestro" guardián a pesar de que no tenemos poder alguno sobre él o sobre ella.

»Igual que los niños, se dice que los perros pueden oler a los cobardes, los mentirosos y demás. Y, sin embargo, Bolívar me ha aceptado en su familia. Está claro que a Dmitri esto debería darle que pensar.»

Cuando la señora Martina —él es incapaz de llamarla Martina a secas, pese a su juventud— reparte los ejercicios revisados al resto de la clase, no le devuelve el suyo. Se limita a decirle en voz baja, cuando pasa frente a su pupitre: «Después de clase, por favor, Simón». Le deja esas palabras y una ligera ráfaga de un aroma para el que él no tiene nombre.

La señora Martina es joven, guapa e inteligente; él admira su seguridad en sí misma, su competencia y sus ojos oscuros, pero no está enamorado de ella, igual que no lo estaba de Ana Magdalena, a quien conocía mejor (y a quien había visto desnuda) pero que ahora está muerta. No es amor lo que quiere de la señora Martina, sino otra cosa. Quiere que ella lo escuche y que le diga si su voz —esa voz que él está intentando plasmar en la página— resulta auténtica o bien si, al contrario, es una larga mentira de principio a fin. También quiere que ella le diga qué hacer consigo mismo: si ha de seguir saliendo todas las mañanas a hacer el reparto y tumbarse por las tardes en la cama a descansar y escuchar la radio y (cada vez más a menudo) beber, y luego quedarse dormido y dormir el sueño de los muertos durante ocho, nueve o hasta diez horas; o bien si ha de salir al mundo y hacer algo del todo distinto. Es esperar mucho de una profesora de redacción, mucho más de lo que a ella le pagan por hacer. Pero, bueno, para el niño que se subió al barco en la otra orilla también era mucho esperar que aquel hombre con ropa de colores apagados lo tomara bajo su protección y guiara sus pasos por una tierra extraña.

Sus compañeros de clase –con los que todavía no ha intercambiado más que un saludo con la cabeza– abandonan el aula.

–Siéntate, Simón –le dice la señora Martina. Él se sienta enfrente de ella–. Esto es demasiado para mí –le dice.

Y se lo queda mirando con calma.

–No es más que prosa –dice él–. ¿No puede considerarlo simple prosa?

–Es una petición de ayuda –dice ella–. Que me estás dirigiendo a mí. Yo tengo un trabajo por las mañanas, las clases que imparto por las tardes, un marido, un hijo y una casa a mi cargo. Es demasiado. –Levanta el ejercicio como si estuviera calibrando su peso–. Demasiado –repite.

–A veces se nos llama cuando menos lo esperamos –dice él.

–Entiendo lo que dices, sí –dice ella–. Pero para mí es demasiado.

Él coge las tres páginas que ella tiene en la mano y se las guarda en su bolsa.

–Adiós –dice–. Gracias otra vez.

Ahora pueden suceder dos cosas. Una es que no suceda nada. La otra es que la señora Martina cambie de opinión, vaya a buscarlo a su habitación, donde él estará tumbado en la cama en plena tarde escuchando la radio, y le diga: «Muy bien, Simón, ilumíname: dime qué es lo que quieres de mí». Él le da tres días.

Pasan los tres días. La señora Martina no llama a su puerta. Está claro que lo que ha pasado es lo primero: nada.

Su habitación, que alguien pintó hace mucho tiempo de un deprimente color yema de huevo, nunca ha llegado a parecerle suya. La pareja de edad avanzada que se la alquila guarda las distancias con él, cosa que agradece, pero hay noches en que, a través de las finas paredes, oye al hombre, que no está bien de salud, toser y toser.

Él ronda por los pasillos del Instituto. Asiste a un breve curso de cocina, en busca de formas de enriquecer su tediosa dieta; pero los platos que la instructora explica necesitan horno, y él no tiene horno. Acaba con las manos vacías salvo por la bandejita de especias que les dan a todos los alumnos: comino, jengibre, canela, cúrcuma, pimienta roja y pimienta negra.

Se deja caer por una clase de astrología. El debate de la clase se centra en las esferas: ¿acaso las estrellas pertenecen a las esferas o, al contrario, siguen trayectorias propias? ¿Hay un número finito o infinito de esferas? La profesora cree que el número de esferas es finito; finito pero desconocido e incognoscible, en sus propias palabras.

−Si el número de esferas es finito, entonces ¿qué hay más allá de ellas? −pregunta un alumno.

−No hay nada más allá −le responde la profesora. El alumno parece perplejo−. No hay nada más allá −repite ella.

A él no le interesan las esferas, ni siquiera las estrellas, que por lo que a él respecta son terrones de materia inanimada que se mueven por el espacio vacío obedeciendo a unas leyes de origen misterioso. Lo que él quiere saber es qué tienen que ver las estrellas con los números, qué tienen que ver los números con la música y cómo puede una persona inteligente como Juan Sebastián Arroyo hablar de estrellas, números y música en una misma frase. Pero la profesora no muestra interés alguno por los números ni por la música. Su tema son los patrones que adoptan las estrellas y cómo esos patrones influyen sobre el destino humano.

«No hay nada más allá.» ¿Cómo puede esa mujer estar tan segura de sí misma?

Él opina que –independientemente de si existe o no algo más allá– uno se ahogaría de desesperación si no existiera una idea de más allá a la que aferrarse.

16

A Inés le llega el aviso de que las hermanas los convocan: ha surgido una cuestión urgente; ¿pueden ella y Simón ir a la granja?

Les dan la bienvenida con té y pastel de chocolate recién horneado. Animado por las hermanas, David se zampa dos pedazos grandes.

—David —le dice Alma en cuanto se los termina—, tengo algo que tal vez te interese: una familia de marionetas que Roberta se ha encontrado en el ático y con las que jugábamos nosotras de pequeñas. ¿Sabes qué es una marioneta? ¿Te gustaría verlas?

Alma se lleva al niño fuera de la sala; por fin los demás pueden ir al grano.

—Nos ha venido a visitar el señor Arroyo —dice Valentina—. Se ha traído a esos dos chicos tan majos que tiene. Nos ha preguntado si querríamos ayudarlo a volver a poner su Academia en marcha. Ha perdido a muchos estudiantes como resultado de su tragedia, pero tiene la esperanza de que, si la Academia vuelve a abrir sus puertas pronto, algunos de ellos volverán. ¿Qué opináis, Inés y Simón? Sois vosotros quienes tenéis una experiencia directa con la Academia.

—Vayamos por partes —dice él, Simón—. Está muy bien que el señor Arroyo diga que reabre la Academia. Pero ¿quién va a dar las clases? ¿Y quién va a hacerse cargo de la administración? Era la señora Arroyo quien llevaba toda la carga. ¿A quién va a encontrar él en Estrella que llene esa vacante, que comparta su visión de las cosas y su filosofía?

—Nos ha dicho que va a venir su cuñada a ayudarlo —dice Valentina—. También nos ha hablado muy bien de un muchacho llamado Alyosha. Él piensa que Alyosha es capaz de asumir una parte de la carga de trabajo. Pero esencialmente la Academia dejará de ser una academia de danza para ser una academia de música, y las clases las dará el señor Arroyo en persona.

Inés interviene y lo primero que hace es dejar clara su postura.

—Cuando mandamos a David con los Arroyo se nos prometió, insisto, se nos prometió que además de la danza recibiría una educación normal. Se nos dijo que aprendería a leer, escribir y manejar los números como hacen los niños de las escuelas normales. No pasó nada de eso. Estoy segura de que el señor Arroyo es un buen hombre, pero no es un profesor de verdad. Me lo pensaría mucho antes de volver a poner a David a su cargo.

—¿Qué quieres decir con que no es un profesor de verdad? —pregunta Valentina.

—Quiero decir que vive en las nubes. Quiero decir que no se entera de lo que pasa delante de sus narices.

Las hermanas se miran entre ellas. Él, Simón, se inclina hacia Inés.

—¿Te parece que este es el mejor momento? —le dice en voz baja.

—Sí, este es el mejor momento —dice Inés—. Siempre es mejor hablar con sinceridad. Estamos hablando del futuro de un niño, de un niño pequeño cuya educación de momento ha sido una calamidad, y que se está quedando cada vez más rezagado. No me apetece nada someterlo a otro experimento.

—Bueno, entonces no hay más que hablar —dice Consuelo—. Tú eres la madre de David y tienes derecho a decidir qué le conviene. ¿Debemos entender, pues, que consideras que la Academia es una mala inversión?

—Sí —dice Inés.

—¿Y tú, Simón?

–Depende. –Se gira hacia Inés–. Si la Academia de Danza cierra definitivamente, Inés, y si en la Academia de Canto no tienen sitio para David, que es lo más probable, y las escuelas públicas ni nos las planteamos, ¿qué propones que hagamos con él entonces? ¿Dónde le van a dar una educación?

Antes de que Inés pueda contestar, Alma regresa con el niño, que ahora lleva una caja de madera de aspecto desvencijado.

–Alma dice que me las puedo quedar –anuncia.

–Son las marionetas –dice Alma–. A nosotras no nos sirven para nada y he pensado que a David tal vez le gustaría quedárselas.

Inés se niega a cambiar de tema.

–¿Dónde le van a dar una educación a David? Ya te lo he dicho. Tenemos que contratar a un profesor particular, alguien que esté debidamente cualificado, con un título como Dios manda, alguien que no tenga creencias extravagantes sobre de dónde vienen los niños ni de cómo funciona la mente de un niño, alguien que se siente con David, le imparta el temario que imparten las escuelas normales y lo ayude a recuperar el tiempo que ha perdido. Eso es lo que creo que tenemos que hacer.

–¿Tú qué piensas, David? –dice él, Simón–. ¿Te buscamos un profesor particular?

David se sienta con la caja en el regazo.

–Quiero estar con el señor Arroyo –dice.

–Solo quieres ir con el señor Arroyo porque con él puedes hacer lo que quieras –dice Inés.

–Si me obligáis a ir a otra escuela, me escaparé.

–No te vamos a obligar a ir a ninguna parte. Vamos a contratar a un profesor que venga a darte clases en casa.

–Quiero ir con el señor Arroyo. El señor Arroyo sabe quién soy. Vosotros no sabéis quién soy.

Inés suelta un resoplido exasperado. Aunque no está tan convencido como ella, él, Simón, coge la batuta.

–No importa cómo de especiales seamos, David, sigue habiendo ciertas cosas que todos tenemos que sentarnos a aprender. Necesitamos aprender a leer, y no me refiero a leerse un solo libro. Si no, nunca nos enteraremos de lo que pasa en el mundo. Necesitamos aprender a hacer sumas; si no, no podremos manejar dinero. Creo que Inés también tiene en mente, y corrígeme si me equivoco, Inés, el hecho de que necesitamos aprender buenos hábitos, como la disciplina personal y el respeto a las opiniones ajenas.

—Yo sí que sé lo que pasa en el mundo —dice el niño—. Eres tú quien no se entera de lo que pasa en el mundo.

—¿Y qué pasa en el mundo, David? —dice Alma—. Aquí en la granja nos sentimos muy aisladas de todo. ¿Nos lo quieres contar?

El niño deja a un lado la caja de las marionetas, se acerca correteando a Alma y le habla en voz baja un buen rato al oído.

—¿Qué ha dicho, Alma? —pregunta Consuelo.

—Creo que no os lo puedo decir. El único que puede es David.

—¿Nos lo quieres decir, David? —pregunta Consuelo.

El niño niega con la cabeza con gesto resuelto.

—Pues no hay más que hablar —dice Consuelo—. Gracias, Inés, y gracias, Simón, por vuestros consejos sobre el señor Arroyo y su Academia. Si decidís contratar a un tutor para vuestro hijo, estoy segura de que os podremos ayudar con los costes.

Mientras se están marchando, Consuelo lo lleva aparte.

—Tienes que recuperar el control del chico, Simón —le dice en voz baja—. Por su propio bien. ¿Entiendes lo que te digo?

—Lo entiendo. Tiene otra cara, créame. No siempre es tan arrogante. Y tiene buen corazón.

—Me alegro de oírlo —dice Consuelo—. Ahora debéis marcharos.

Tarda bastante rato en conseguir entrar en la Academia o ex-Academia. Llama al timbre, espera, vuelve a llamar una y otra vez y por fin se pone a golpear la puerta, primero con los nudillos y después con el tacón del zapato. Por fin oye un movimiento dentro. La llave gira en la cerradura y abre la puerta Alyosha, con aspecto desaliñado, como si se acabara de despertar, aunque ya es pasado mediodía.

—Hola, Alyosha, ¿te acuerdas de mí? Soy el padre de David. ¿Cómo estás? ¿Está el profesor?

—El señor Arroyo está ocupado con su música. Si quiere verlo usted, tendrá que esperar. Puede ser una espera larga.

El estudio donde Ana Magdalena solía impartir sus clases está vacío. El suelo de madera de cedro que solían pulir a diario los pies infantiles calzados con zapatillas de baile ha perdido su brillo.

—Esperaré —dice él—. Mi tiempo no es importante.

Sigue a Alyosha hasta el comedor y se sienta a una de las largas mesas.

—¿Té? —dice Alyosha.

—Muy amable, gracias.

Oye el tintineo lejano de un piano. La música se interrumpe, se reanuda y se vuelve a interrumpir.

—He oído que al señor Arroyo le gustaría reabrir la Academia —dice—, y que tal vez tú asumas parte de la enseñanza.

—Yo enseñaré la flauta dulce y daré la clase de fundamentos de la danza. Ese es el plan. Si reabrimos.

—Así que persistís con las clases de danza. Tenía entendido que la Academia se iba a convertir estrictamente en una academia de música. Una academia de música pura.

—Detrás de la música siempre está la danza. Si escuchamos con atención, si nos entregamos a la música, el alma se pone a bailar en nuestro interior. Es uno de los conceptos básicos de la filosofía del señor Arroyo.

—¿Y tú crees en su filosofía?

—Sí.

—Por desgracia, David no volverá. Él quiere volver, tiene muchas ganas, pero su madre se opone firmemente. Yo, por mi parte, no sé qué pensar. Por un lado, me cuesta tomarme en serio la filosofía de la Academia, esa filosofía que tú compartes. Espero que no te importe que te lo diga. Sobre todo la parte astrológica. Por otro lado, David les tiene apego a los Arroyo, en especial al recuerdo de Ana Magdalena. Mucho apego. Se aferra a ese recuerdo. No lo quiere dejar ir.

Alyosha sonríe.

—Sí, lo he visto. Al principio él la ponía a prueba. Seguro que habrá visto usted cómo David pone a la gente a prueba y trata de imponerles su voluntad. Intentó darle órdenes a ella, pero ella no lo toleró ni un momento. «Mientras estés a mi cargo, vas a hacer lo que yo te diga», le dijo. «Y no me pongas esas caras. Tus caras no tienen ningún poder sobre mí.» Después de aquel día, él ya no volvió a intentar sus trucos. La respetaba. La obedecía. Conmigo es distinto. Él sabe que soy blando. Pero no me importa.

—¿Y sus compañeros de clase? ¿También la echan de menos?

—Todos los pequeños querían a Ana Magdalena —dice Alyosha—. Era estricta con ellos, y también exigente, pero ellos le tenían devoción. Después de su muerte yo intenté protegerlos, pero circulaban demasiadas historias, y luego, claro está, sus padres vinieron y se los llevaron. Así que no puedo decirle a ciencia cierta cómo les afectó todo. Fue una tragedia. No se puede esperar que unos niños salgan incólumes de una tragedia así.

—No, no se puede. Y también está la cuestión de Dmitri. Seguro que los debe de haber trastornado. Dmitri era casi un ídolo para ellos.

Alyosha está a punto de responder cuando se abre de golpe la puerta del comedor y entran corriendo excitados Joaquín y su hermano, seguidos al cabo de un momento por una desconocida, una mujer de pelo canoso que se apoya en un bastón para andar.

—La tía Mercedes dice que podemos comer galletas —dice Joaquín—. ¿Podemos?

—Por supuesto —dice Alyosha. A continuación hace torpemente las presentaciones—. Señora Mercedes, este es el señor Simón, el padre de uno de los niños de la Academia. Señor

Simón, esta es la señora Mercedes, que ha venido de Novilla para visitarnos.

La señora Mercedes, la tía Mercedes, le ofrece una mano huesuda. En sus rasgos afilados y aguileños y en su piel amarillenta él no puede ver ningún parecido con Ana Magdalena.

—No queremos interrumpiros —dice ella con una voz tan grave que parece un graznido—. Los niños solo han venido para picar algo.

—No interrumpe usted nada —contesta él, Simón. No es cierto. A él le gustaría seguir escuchando a Alyosha. Le impresiona el joven, le impresionan su sentido común y su seriedad—. Solo estoy haciendo tiempo, esperando para ver al señor Arroyo. Alyosha, tal vez puedas recordarle que estoy aquí.

Con un suspiro, la señora Mercedes se aposenta en una silla.

—¿No ha venido su hijo con usted? —dice.

—Está en casa con su madre.

—Se llama David —dice Joaquín—. Es el mejor de la clase.

Su hermano y él se han sentado en la otra punta de la mesa con el bote de galletas delante.

—He venido a hablar del futuro de mi hijo con el señor Arroyo —le explica a Mercedes—. De su futuro y también del futuro de la Academia después de la reciente tragedia. Permítame que le diga que estamos todos devastados por la muerte de su hermana. Era una profesora excepcional y una persona excepcional.

—Ana Magdalena no era mi hermana —dice Mercedes—. Mi hermana, la madre de Joaquín y de Damián, falleció hace diez años. Ana Magdalena es, o era, la segunda esposa de Juan Sebastián. Los Arroyo son una familia complicada. Por suerte, yo no formo parte de la complicación.

¡Por supuesto! ¡Dos matrimonios! ¡Qué equivocación tan estúpida por su parte!

—Pido disculpas —dice él—. No he pensado lo que he dicho.

—Aunque, por supuesto, yo la conocía, a Ana Magdalena —continúa la señora Mercedes, impertérrita—. Incluso fue alumna mía durante una breve temporada. Fue así como conoció a Juan Sebastián. Fue así como entró en la familia.

Parece que la estúpida equivocación de él ha abierto la puerta para que se aireen viejas animosidades.

—¿Enseñaba usted danza?

—Daba clases de danza, sí. Todavía las doy, aunque no lo parezca al verme.

Da un golpe en el suelo con su bastón.

—Confieso que la danza me resulta un idioma bastante extranjero —dice él—. David ha renunciado a intentar explicármela.

—Entonces ¿qué hace usted mandándolo a una academia de danza?

—David es su propio amo. Su madre y yo no tenemos ningún control sobre él. Tiene muy buena voz, pero no quiere cantar. Es buen bailarín, pero no quiere bailar para mí. Se niega en redondo. Dice que yo no lo entiendo.

—Si su hijo fuera capaz de explicar su danza ya no podría seguir bailando —dice Mercedes—. Esa es la paradoja en la que viven atrapados los bailarines.

—Créame, señora, no es usted la primera en decírmelo. El señor Arroyo, Ana Magdalena, mi hijo… todos me están repitiendo siempre lo obtusas que son mis preguntas.

Mercedes suelta una risa grave y áspera, como un ladrido de perro.

—Tienes que aprender a bailar, Simón. ¿Te importa que te tutee? Eso te curará de ser tan obtuso. O bien pondrá fin a tus preguntas.

—Me temo que ya soy incurable, Mercedes. A decir verdad, no sé cuál es la pregunta que se responde con la danza.

—No, ya me doy cuenta de que no. Pero alguna vez debes de haber estado enamorado. Y cuando estabas enamorado, ¿no viste cuál era la pregunta que se respondía con el amor? ¿O también eras un amante obtuso?

Él no dice nada.

—¿No estarías enamorado quizá de Ana Magdalena, solo un poco? —insiste ella—. Ella parecía tener ese efecto sobre la mayoría de los hombres. Y tú, Alyosha… ¿qué me dices de ti? ¿También estabas enamorado de Ana Magdalena?

Alyosha se ruboriza, pero no dice nada.

—Lo pregunto en serio: ¿cuál era la pregunta que tan a menudo se respondía con Ana Magdalena?

Él se da cuenta de que la mujer lo pregunta en serio. Mercedes es una mujer seria, una persona seria. Pero ¿acaso es una pregunta que se pueda debatir con niños delante?

—Yo no estaba enamorado de Ana Magdalena —dice él—. No recuerdo haber estado enamorado nunca, de nadie. Pero, en abstracto, reconozco la potencia de su pregunta. ¿Qué es lo que nos falta cuando no nos falta nada, cuando somos autosuficientes? ¿Qué es lo que echamos en falta cuando no estamos enamorados?

—Dmitri sí estaba enamorado de ella.

Es Joaquín quien lo interrumpe, con su voz de niño clara y todavía inmadura.

—Dmitri es el hombre que mató a Ana Magdalena —explica él, Simón.

—Estoy al corriente de quién es Dmitri. Dudo que haya alguien en todo el país que no conozca su historia. Frustrado en sus amoríos, Dmitri se volvió contra el objeto inalcanzable de su deseo y la mató. Por supuesto, lo que hizo fue terrible. Terrible pero fácil de entender.

—No estoy de acuerdo —dice él—. Sus actos siempre me han parecido incomprensibles. Sus jueces tampoco consiguieron entenderlo. Por eso está encerrado en un psiquiátrico: porque nadie en su sano juicio podría haber hecho lo que él hizo.

«Dmitri no estaba frustrado en sus amoríos.» Eso es lo que él no puede decir, al menos abiertamente. Eso es lo que resulta completamente incomprensible, más que incomprensible. «La mató porque le apetecía. La mató para ver cómo era estrangular a una mujer. La mató sin razón alguna.»

—Yo no entiendo a Dmitri, ni quiero entenderlo —insiste—. Lo que le pase me resulta indiferente. Puede languidecer en plantas de psiquiatría hasta que envejezca y se le ponga el pelo gris, o pueden mandarlo a las minas de sal y allí matarlo a trabajar; a mí me da igual.

Mercedes y Alyosha cruzan una mirada.

—Está claro que hemos tocado una fibra sensible —dice Mercedes—. Perdón por sacar el tema.

—¿Y si damos un paseo? —les dice Alyosha a los niños—. Podemos ir al parque. Traed pan y así podemos dar de comer a los peces.

Se marchan. Mercedes y él se quedan solos. Pero él no está de humor para hablar, y está claro que ella tampoco. A través de la puerta abierta les llega el sonido de Arroyo tocando las teclas. Él cierra los ojos y trata de calmarse y de dejar que la música le entre. Se acuerda de lo que ha dicho Alyosha: «Si escuchamos con atención, el alma se pone a bailar en nuestro interior». ¿Cuándo fue la última vez que su alma bailó?

A juzgar por la forma en que la música no para de detenerse y arrancar de nuevo, él supone de entrada que Arroyo está ensayando. Pero se equivoca. Las pausas se alargan demasiado, y la música en sí parece perder el rumbo a veces. No está ensayando, sino componiendo. De manera que él se pone a escucharla con una atención distinta.

La música también tiene unos ritmos demasiado variables, provistos de una lógica demasiado complicada como para que un ser torpe como él la pueda seguir; aun así, le recuerda a la danza de esos pajarillos que flotan y se lanzan en picado, con esas alas que baten demasiado deprisa para verlas. La pregunta es: ¿dónde está el alma? ¿Cuándo emergerá el alma de su escondite y abrirá las alas?

Él no tiene una relación muy estrecha con su alma. Lo que sabe del alma en general, lo que ha leído, es que se aleja revoloteando en cuanto le pones delante un espejo, y que por tanto no la puede ver nunca su propietario, aquel de quien es dueña.

Como es incapaz de ver su alma, tampoco ha cuestionado lo que la gente le dice de ella: que es un alma seca y deficiente en materia de pasión. En cuanto a la vaga intuición que tiene él al respecto –la idea de que, lejos de faltarle pasión, su alma bulle de anhelo por algo que desconoce–, se la toma con escepticismo, y la considera la clase de relato que alguien provisto de un alma seca, racional y deficiente se cuenta a sí mismo para conservar su amor propio. De forma que intenta no pensar y no hacer nada que pueda alarmar a la tímida alma que tiene dentro. Se entrega a la música y permite que entre en él y lo inunde. Y la música, como si fuera consciente de lo que está pasando, pierde su condición entrecortada y empieza a fluir. A punto de apagarse la conciencia, el alma, que es efectivamente como un pajarillo, emerge, sacude las alas e inicia su danza.

Así es como Alyosha lo encuentra: sentado a la mesa con la barbilla apoyada en las manos y profundamente dormido. Alyosha lo zarandea.

–El señor Arroyo lo verá ahora.

De la mujer del bastón, la cuñada Mercedes, no hay ni rastro. ¿Cuánto tiempo ha estado él ausente?

Sigue a Alyosha por el pasillo.

17

Alyosha lo lleva a una sala agradablemente luminosa y espaciosa, provista de unos paneles de cristal en el techo que dejan entrar la luz del sol. El único mobiliario es una mesa con un desorden de papeles encima y un piano de cola. Arroyo se levanta para darle la bienvenida.

Él se había esperado a un hombre de luto, devastado. Pero Arroyo, vestido con batín de color ciruela, pijama y alpargatas, parece más entero y contento que nunca. Le ofrece un cigarrillo y él, Simón, lo rechaza.

—Es un placer volver a verlo, señor Simón —dice Arroyo—. No me he olvidado de nuestra conversación a orillas del lago Calderón acerca de las estrellas. ¿De qué vamos a hablar hoy?

Después de la música y la siesta, él nota la lengua lenta y la mente embotada.

—De mi hijo, David —dice—. He venido a hablar de él. De su futuro. Últimamente David se ha estado asilvestrando un poco. Por culpa de la falta de escolarización. Hemos pedido matricularlo en la Academia de Canto, pero no tenemos muchas esperanzas. Estamos preocupados por él, sobre todo su madre. Ella ha estado pensando en contratar a un profesor particular. Pero ahora hemos oído el rumor de que tal vez usted va a volver a abrir. Y nos estamos preguntando…

—Se están preguntando quién va a ser el profesor si volvemos a abrir. Se están preguntando quién va a ocupar el lugar de mi mujer. ¡Esa es la pregunta! Porque el hijo de usted tenía una relación muy estrecha con ella, tal como usted sabe. ¿Quién puede reemplazarla en su corazón?

–Tiene usted razón. Él sigue aferrándose al recuerdo de ella. No quiere dejarla ir. Pero no es solo eso. –La niebla que le embota la mente empieza a disiparse–. David le tiene a usted mucho respeto, señor Arroyo. Dice que usted sabe quién es él. «El señor Arroyo sabe quién soy.» Yo, en cambio, según él, no lo sé y no lo he sabido nunca. Así que tengo que preguntarle: ¿a qué se refiere David cuando dice que usted sabe quién es?

–¿Es usted su padre y aun así no sabe quién es?

–No soy su padre de verdad, y nunca he afirmado serlo. Me considero una especie de padrastro. Lo conocí en el barco que nos trajo aquí. Me di cuenta de que se había perdido y me hice cargo de él. Más tarde lo pude reunir con su madre, Inés. Esa es nuestra historia, en pocas palabras.

–Y ahora usted quiere que yo le diga quién es ese niño al que conoció usted en el barco. Si yo fuera filósofo, le contestaría diciéndole que depende de a qué se refiera usted con «quién», depende de a qué se refiera usted con «es» y depende de a qué se refiera usted con «él». ¿Quién es él? ¿Quién es usted? Y, claro, ¿quién soy yo? Lo único que puedo decirle con seguridad es que un día cierto ser, un niño varón, apareció de la nada en la puerta de esta Academia. Lo sabe usted tan bien como yo porque fue usted quien lo trajo. Y desde ese día he tenido el placer de ser su acompañante musical. Lo he acompañado en sus danzas, igual que acompaño a todos los niños que están a mi cargo. También he hablado con él. Hemos hablado mucho, su David y yo. Ha sido muy revelador.

–Nos pusimos de acuerdo en llamarlo David, señor Arroyo, pero su nombre verdadero, si puedo usar esa expresión, si significa algo, ciertamente no es David, tal como debe de saber usted si realmente sabe quién es. David no es más que el nombre que pone en su tarjeta, el nombre que le dieron al llegar a puerto. Podría decirle igualmente que Simón no es mi nombre verdadero, solo el que me pusieron en el puerto.

Para mí los nombres no son importantes; no vale la pena armar alboroto por ellos. Soy consciente de que usted sigue una política distinta, que en lo tocante a nombres y números usted y yo pertenecemos a escuelas de pensamiento distintas. Pero déjeme que le diga lo que pienso yo. Según mi escuela de pensamiento, los nombres son simplemente algo conveniente. No tienen ningún misterio. El niño del que estamos hablando podría llevar perfectamente el nombre «sesenta y seis» y yo el nombre «noventa y nueve». «Sesenta y seis» y «noventa y nueve» servirían igual de bien que «David» y «Simón», en cuanto nos acostumbráramos a ellos. Nunca he entendido por qué a ese niño al que ahora estoy llamando David le resultan tan importantes los nombres, y el suyo en particular. Nuestros nombres supuestamente verdaderos, los que teníamos antes de «David» y «Simón», no son más que sustitutos, pienso yo, de los nombres que habíamos tenido antes, y así sucesivamente. Es como pasar las páginas de un libro hacia atrás en busca de la primera página. Pero no hay primera página. El libro no tiene principio, o bien el principio está perdido en las brumas del olvido generalizado. Así es como yo lo veo, al menos. De forma que le repito mi pregunta: ¿a qué se refiere David cuando dice que usted sabe *quién es él*?

—Y si yo fuera filósofo, señor Simón, le contestaría diciéndole: depende de a qué se refiera usted con «saber». ¿Acaso conocí al niño en una vida anterior? ¿Cómo puedo estar seguro? Ese recuerdo se ha perdido, tal como usted dice, en el olvido generalizado. Tengo mis intuiciones, igual que sin duda usted tiene las suyas, pero las intuiciones no son recuerdos. Usted recuerda haber conocido al niño a bordo del barco, haber decidido que estaba perdido y haberse hecho cargo de él. Pero tal vez él tiene un recuerdo distinto del episodio. Tal vez era usted el que parecía perdido, y tal vez fue él quien decidió hacerse cargo de *usted*.

—Usted se forma una opinión equivocada de mí. Puede que yo tenga recuerdos, pero no tengo intuiciones. Las intuiciones no forman parte de mi arsenal de recursos.

—Las intuiciones son como estrellas fugaces. Pasan centelleando por el cielo y desaparecen al cabo de un momento. Si no las ve usted, quizá es porque tiene los ojos cerrados.

—Pero *¿qué* es eso que pasa centelleando por el cielo? Si conoce usted la respuesta, ¿por qué no me lo dice?

El señor Arroyo aplasta su cigarrillo para apagarlo.

—Depende de a qué se refiera usted con «respuesta» —dice. Se pone de pie, le pone las manos en los hombros a él, a Simón, y se lo queda mirando a los ojos—. Valor, amigo mío —le dice con su aliento a humo—. El joven David es un niño excepcional. El término que uso yo para describirlo es «integral». Es integral de una forma en que no lo son los demás niños. No se le puede quitar nada. Y tampoco se le puede añadir nada. Da igual qué o quién creamos usted o yo que es. Pese a todo, me tomo en serio el deseo que tiene usted de obtener respuesta a su pregunta. La respuesta le llegará cuando menos se lo espere. O bien no le llegará nunca. Eso también pasa.

Él se lo sacude de encima, irritado.

—No sé cómo decirle, señor Arroyo —le dice—, cuánto me desagradan todas esas paradojas y mistificaciones baratas. No me malinterprete. Lo respeto a usted, igual que respetaba a su difunta esposa. Ustedes son educadores, se toman su profesión en serio y se preocupan de forma genuina por sus alumnos. No pongo en duda nada de eso. Pero acerca de su sistema, el sistema Arroyo, tengo dudas muy serias. Se lo digo con toda la deferencia que le tengo como músico. Estrellas. Meteoros. Danzas arcanas. Numerología. Nombres secretos. Revelaciones místicas. Tal vez consiga impresionar a las mentes jóvenes, pero, por favor, no intente endilgarme esas cosas a mí.

Mientras está saliendo de la Academia, distraído y de mal humor, se topa con la cuñada de Arroyo y casi la tira al suelo. Su bastón cae repiqueteando por las escaleras. Él se lo recoge y se disculpa por su torpeza.

—No te disculpes —le dice ella—. Tendría que haber una luz en la escalera. No sé por qué este edificio tiene que ser tan oscuro y lúgubre. Pero ahora que te tengo delante, déjame que me aproveche de ti. Necesito cigarrillos y no quiero mandar a uno de los niños. Da mal ejemplo.

Él la ayuda a llegar al quiosco de la esquina. Ella va despacio, pero él no tiene prisa. Hace buen día. Él empieza a relajarse.

—¿Quiere tomar un café? —le propone.

Se sientan en la terraza de un café y disfrutan del sol que les da en la cara.

—Espero que no te hayan ofendido mis comentarios —dice ella—. Me refiero a mis comentarios sobre Ana Magdalena y el efecto que tenía en los hombres. Ana Magdalena no era mi tipo, pero la verdad es que me caía bastante bien. Y la muerte que le tocó... nadie merece morir así.

Él no dice nada.

—Tal como te he contado antes, yo le di clases cuando ella era joven. Ella prometía, se esforzaba mucho y se tomaba en serio su carrera. Pero le costó mucho sobrellevar la transición de la adolescencia a la vida adulta. A las bailarinas siempre les cuesta, pero a Ana Magdalena le costó especialmente. Ella quería conservar la pureza de su figura, esa pureza que no nos cuesta ningún esfuerzo cuando somos inmaduras, pero no lo consiguió; la feminidad que adquirió su cuerpo no dejó de brotar ni de expresarse a sí misma. Así que al final se rindió y encontró otras cosas que hacer. Perdí el contacto con ella. Luego, después de que muriera mi hermana, reapareció de repente al lado de Juan Sebastián. Me quedé sorprendida, porque no tenía ni idea de que estuvieran en contacto, pero no dije nada.

»Ella le hacía bien, lo admito, era una buena esposa. Él habría estado perdido sin alguien como ella. Se hizo cargo de los niños, cuando el pequeño no era más que un bebé, y se convirtió en su madre. Sacó a Juan Sebastián del negocio de la reparación de relojes, donde él no tenía futuro, y le hizo abrir su Academia. Desde entonces a él le ha ido muy bien. Así que no me malinterpretes. Ella era una persona admirable en muchos sentidos.

Él no dice nada.

—Juan Sebastián es un hombre culto. ¿Has leído su libro? ¿No? Pues tiene un libro sobre su filosofía musical. Todavía se encuentra en librerías. Mi hermana lo ayudó. Mi hermana tenía formación musical. Era una pianista excelente. Juan Sebastián y ella solían tocar duetos. En cambio, Ana Magdalena, aunque es o era una joven ciertamente inteligente, no era músico ni tampoco lo que yo llamaría una persona intelectual. En lugar de intelecto tenía entusiasmo. Adoptó la filosofía de Juan Sebastián sin reservas y se convirtió en una entusiasta de ella. La aplicaba a sus clases de danza. Dios sabe qué entendían los niños. Déjame que te pregunte una cosa, Simón: ¿cómo interpretaba tu hijo las enseñanzas de Ana Magdalena?

¿Cómo interpretaba David las enseñanzas de Ana Magdalena? Él está a punto de dar su respuesta, su respuesta ponderada, cuando algo le viene a la cabeza. No sabe si es que lo está invadiendo el recuerdo del arrebato de enojo que acaba de tener con Arroyo o bien si simplemente está cansado, cansado de mostrarse razonable, pero siente que se le descompone la cara, y que apenas puede reconocer la voz que le sale como la suya, de tan quebrada y ronca que suena.

—Mi hijo, Mercedes, fue quien descubrió a Ana Magdalena. La vio en su lecho de muerte. Sus recuerdos de ella están contaminados por esa visión, por ese horror. Porque ella llevaba muerta, ya sabe usted, unos días. Y esa no es una imagen a la que un niño debería verse expuesto.

»Respondiendo a su pregunta, mi hijo está intentando aferrarse al recuerdo de cómo era Ana Magdalena en vida y de las historias que ella le contaba. Quiere creer en un reino celestial donde los números danzan eternamente. Quiere pensar que, cuando ejecuta las danzas que ella le enseñó, los números descienden y danzan con él. Al final de cada día de escuela, Ana Magdalena solía reunir a los niños para tocar lo que ella llamaba su arco, que más tarde descubrí que era un simple diapasón, y les hacía cerrar los ojos y vibrar juntos aquella nota. Eso les asentaba el alma, según ella, y los ponía en armonía con la nota que emiten las estrellas al girar sobre sus ejes. Y en fin, eso es lo que a mi hijo le gustaría conservar: la nota celestial. Mi hijo quiere creer que, cuando nos unimos a la danza de las estrellas, participamos de su entidad celestial. Pero ¿cómo puede hacer eso, Mercedes, *cómo puede*, después de lo que vio?

Mercedes extiende una mano por encima de la mesa y le da unas palmaditas en el brazo.

—Tranquilo —le dice—. Ha pasado usted por una experiencia dura, todos ustedes. Tal vez a su hijo le convendría olvidarse de la Academia y de sus malos recuerdos y asistir a una escuela normal con maestros normales.

A él lo invade una segunda oleada enorme de agotamiento. ¿Qué está haciendo aquí, conversando con una desconocida que no entiende nada?

—Mi hijo no es un niño normal —dice—. Lo siento, no me encuentro bien. No puedo continuar.

Le hace una señal al camarero.

—Está usted angustiado, Simón. No le entretengo más. Déjeme decirle solo que no estoy aquí en Estrella por mi cuñado, que apenas me soporta, sino por los hijos de mi hermana, dos niños perdidos de los que nadie se acuerda nunca. El hijo de usted seguirá con su vida, pero ¿qué futuro tienen ellos? Primero perdieron a su madre y después a su madrastra, y han quedado abandonados en este duro mundo de hombres y de ideas masculinas. Yo lloro por ellos, Simón. Necesitan ternura, igual que todos los niños, hasta los varones. Necesitan que los acaricien y que los abracen, necesitan inhalar los tiernos aromas de las mujeres y sentir la ternura del contacto con una mujer. ¿Y dónde lo van a obtener? Crecerán incompletos y no podrán florecer.

Ternura. Mercedes no le parece precisamente tierna, con su nariz afilada y ganchuda y sus manos huesudas y artríticas. Paga y se levanta.

—Tengo que irme —dice—. Mañana es el cumpleaños de David. Cumple siete años. Hay que hacer los preparativos.

18

Inés está decidida a celebrar el cumpleaños del niño como es debido. Ha invitado a la fiesta a todos sus antiguos compañeros de clase de la Academia que ha podido encontrar, además de a los niños del bloque de apartamentos con los que David juega al fútbol. Ha encargado en la pastelería un pastel con forma de balón de fútbol; ha llevado a casa una piñata de colores vivos con forma de burro y le ha pedido prestados a su amiga Claudia los bastones con los que los niños la golpearán hasta hacerla pedazos; ha contratado a un prestidigitador para que les haga un espectáculo de magia. No le ha revelado a él, a Simón, cuál es el regalo de cumpleaños que ha comprado, pero él sabe que se ha gastado mucho dinero.

El primer impulso de él es mostrar tanta munificencia como Inés, pero enseguida refrena ese impulso: él es el progenitor secundario, de manera que su regalo también tiene que ser secundario. Por fin encuentra el regalo perfecto en la trastienda de un negocio de antigüedades: una maqueta de un barco, muy parecido al barco en el que vinieron, con chimenea, hélice, puente de mando y unos pasajeros diminutos tallados en madera y apoyados en las barandillas o bien paseando por la cubierta.

Mientras está explorando las tiendas del casco viejo de Estrella, aprovecha para buscar el libro que le mencionó Mercedes, el libro de Arroyo sobre música. No consigue encontrarlo. Ninguno de los libreros ha oído hablar de él.

—He estado en algunos recitales suyos —le dice uno de ellos—. Es un pianista asombroso, un virtuoso de verdad. No tenía ni idea de que también escribiera libros. ¿Está usted seguro?

Tal como han acordado con Inés, el niño pasa la víspera de la fiesta con él en su habitación de alquiler, a fin de que ella pueda tener listo el apartamento.

—Tu última noche de niño pequeño —le comenta al niño—. Mañana cumplirás siete años, y un niño de siete años ya es mayor.

—El siete es un número noble —dice el niño—. Me sé todos los números nobles. ¿Quieres que te los recite?

—Esta noche no, gracias. ¿Qué otras ramas de la numerología has estudiado además de los números nobles? ¿Has estudiado las fracciones, o bien las fracciones están prohibidas? ¿No conoces el término «numerología»? La numerología es la ciencia que el señor Arroyo practica en su Academia. Los numerólogos son gente que cree que los números tienen una existencia independiente de nosotros. Creen que si viniera un diluvio enorme y ahogara a todas las criaturas vivas, por ejemplo, los números sobrevivirían.

—Si el diluvio fuera grande de verdad y llegara al cielo, los números también se ahogarían. Y entonces no quedaría nada, solo las estrellas oscuras y los números oscuros.

—¿Las estrellas oscuras? ¿Eso qué es?

—Son las estrellas que hay entre las que dan luz. No se pueden ver porque son oscuras.

—Las estrellas oscuras deben de ser un descubrimiento tuyo. En la numerología que yo conozco no se mencionan ni las estrellas oscuras ni los números oscuros. Es más, de acuerdo con los numerólogos, los números no se pueden ahogar, da igual cuánto suban las aguas de la inundación. No se pueden ahogar porque ni respiran ni comen ni beben. Simplemente existen. Los seres humanos vamos y venimos, viajamos de esta vida a la siguiente, pero los números permanecen iguales durante toda la eternidad. Eso es lo que escribe la gente como el señor Arroyo en sus libros.

—He descubierto una forma de volver de la otra vida. ¿Te la cuento? Es brutal. Atas una cuerda a un árbol, una cuerda muy, muy larga, y cuando llegas a la otra vida atas la otra punta de la cuerda a un árbol, a otro árbol. Así, cuando quieras volver de la otra vida, solo tienes que agarrarte a la cuerda. Igual que el hombre del *larebinto*.

—Laberinto. Es un plan muy astuto, muy ingenioso. Por desgracia, le veo un defecto. Y el defecto es que, mientras estás nadando de vuelta a esta vida, aferrándote a la cuerda, las olas se elevan y se te llevan los recuerdos. Así pues, cuando llegas a este lado no recuerdas nada de lo que viste en el otro. Es como si nunca hubieras visitado el otro lado. Es como si hubieras estado durmiendo sin soñar.

—¿Por qué?

—Porque, como ya te he dicho, has estado sumergido en las aguas del olvido.

—Pero ¿por qué? ¿Por qué tengo que olvidar?

—Porque esa es la regla. No puedes volver de la otra vida e informar de lo que has visto allí.

—¿Por qué es la regla?

—Las reglas son reglas, simplemente. No necesitan justificarse. Simplemente existen. Igual que los números. Los números no tienen *porqué*. Este universo es un universo de reglas. El universo no tiene un *porqué*.

—¿Por qué?

—Ahora estás haciendo el tonto.

Más tarde, cuando David se ha quedado dormido en el sofá y él está tumbado en la cama escuchando cómo corretean los ratones por el techo, se pregunta cómo recordará el niño estas conversaciones que tienen. Él, Simón, se considera a sí mismo una persona cuerda y racional que ofrece al niño explicaciones cuerdas y racionales de por qué las cosas son como son. Pero ¿qué satisface mejor las necesidades de un alma infantil: sus pequeñas y áridas homilías o bien los manjares fantásticos que le ofrecen en la Academia? ¿Por qué no dejarle que pase estos años tan valiosos danzando los números y entrando en comunión con las estrellas en compañía de Alyosha y del señor Arroyo, y esperar que la cordura y la razón le lleguen a su debido tiempo?

Una cuerda de una orilla a otra: debería contárselo al señor Arroyo, mandarle una nota: «A mi hijo, el mismo que dice que usted conoce su nombre verdadero, se le ha ocurrido un plan para salvarnos a todos: una soga que haga de puente de costa a costa; almas descolgándose con una mano detrás de otra a través del océano, unas en dirección a la otra vida y otras de vuelta a la antigua. Si existiera ese puente, dice mi hijo, se terminaría el olvido. Todos sabríamos quiénes somos y seríamos felices».

Debería escribir a Arroyo. Y no solo una nota, sino algo más largo y completo que le dijera lo que él le podría haber dicho si no se hubiera retirado tan bruscamente del encuentro entre ambos. Si no tuviera tanto sueño ni se sintiera tan aletargado, encendería la luz y lo haría. «Estimado Juan Sebastián, perdone mi exhibición de petulancia de esta mañana. Estoy pasando por momentos difíciles, aunque, por supuesto, la carga que llevo a la espalda es mucho menor que la de usted. Concretamente, me siento perdido en alta mar (uso una metáfora común), alejándome cada vez más de la tierra firme. ¿Cómo es posible? Permítame que le sea franco. A pesar de mis serios esfuerzos intelectuales, no consigo creer en los números, en los números elevados, esos números que viven en las alturas, a diferencia de usted y de todo el mundo relacionado con su Academia, incluido mi hijo David. Yo no entiendo nada de esos números, nada de nada, ni una pizca, de principio a fin. La fe que tiene usted en ellos lo ha ayudado (supongo yo) a salir adelante en estos momentos de dificultad, mientras que yo, que no comparto esa fe, me encuentro tenso, irascible, propenso a tener arrebatos (ha contemplado usted uno esta mañana) y de hecho me estoy volviendo difícil de soportar, no solo para quienes me rodean sino también para mí mismo.

»"La respuesta le llegará cuando menos se lo espere. O no." Me desagradan las paradojas, Juan Sebastián, aunque parece que a usted no. ¿Es eso lo que tengo que hacer para alcanzar la paz mental: tragarme las paradojas a medida que vayan surgiendo? Y ya que estamos, ayúdeme a entender por qué un niño educado por usted, cuando se le pide que explique los números, contesta que no se pueden explicar, solo se pueden danzar. Al mismo niño, antes de asistir a su Academia, le daba miedo dar un paso de una losa del suelo a la siguiente porque podía caerse por el espacio que las separaba y desaparecer en la nada. Y sin embargo ahora cruza cualquier separación danzando y sin reparo alguno. *¿Qué poderes mágicos tiene la danza?*»

Debería hacerlo. Debería escribir la nota. Pero ¿acaso Juan Sebastián le contestaría? Juan Sebastián no le parece la clase de hombre que sale de la cama en plena noche para echarle un cable a un hombre que, aunque no se esté ahogando, por lo menos sí está pataleando.

Mientras se está sumergiendo en el sueño, le viene una imagen de los partidos de fútbol del parque: el niño, cabizbajo y con los puños apretados, corriendo y corriendo como una fuerza irresistible. ¿Por qué, por qué, por qué, si está tan lleno de vida —de esta vida, la vida presente— le interesa tanto la otra?

Los primeros en llegar a la fiesta son dos niños de uno de los apartamentos de abajo, hermanos, incómodamente ataviados con camisas de vestir, pantalones cortos y el pelo humedecido para peinarlo. Se apresuran a ofrecer su regalo envuelto en papel de colores, que David deposita en un espacio que ha despejado en un rincón.

—Este es mi montón de regalos —anuncia—. Y no pienso abrirlos hasta que se haya marchado todo el mundo.

Ahora mismo el montón ya incluye las marionetas de las hermanas de la granja y el regalo de él, el barco, metido en una caja de cartón y atado con una cinta de regalo.

Suena el timbre; David va corriendo a recibir a más invitados y aceptar más regalos.

Como Diego ha asumido la tarea de hacer circular los refrigerios, a él le queda poco que hacer. Sospecha que la mayoría de los invitados dan por sentado que Diego es el padre del niño y que él, Simón, es un abuelo o algún pariente todavía más lejano.

La fiesta va bien, aunque el puñado de niños de la Academia recela de los más bulliciosos niños de los apartamentos y se apiñan aparte, susurrando entre ellos. Inés —con el pelo ondulado tal como está en boga y un elegante vestido blanco y negro, una madre de la que un niño puede sentirse orgulloso en todos los sentidos— parece contenta de cómo está yendo todo.

—Qué vestido tan bonito —le comenta él—. Te sienta bien.

—Gracias —dice ella—. Es la hora del pastel. ¿Puedes traerlo?

Así pues, él tiene el privilegio de llevar a la mesa el balón de fútbol gigante, asentado en su lecho de mazapán verde, y de sonreír con expresión benévola mientras David apaga las siete velas de un solo *fuuum*.

—¡Bravo! —dice Inés—. Ahora tienes que pensar un deseo.

—Ya lo he pensado —dice el niño—. Es un secreto. No se lo voy a decir a nadie.

—¿Ni siquiera a mí? —dice Diego—. ¿Ni siquiera al oído?

E inclina la cabeza en gesto de confidencia.

—No —dice el niño.

Hay un contratiempo a la hora de cortar el pastel: cuando se hunde el cuchillo, el revestimiento de chocolate se parte en dos mitades desiguales, una de las cuales se cae de la base y se rompe en pedazos contra la mesa, derramando un vaso de limonada.

Con un grito triunfal, David esgrime el cuchillo por encima de la cabeza:

—¡Es un terremoto!

Inés se apresura a secar el líquido derramado.

—Ten cuidado con ese cuchillo —dice—. Puedes hacer daño a alguien.

—Es mi cumpleaños, puedo hacer lo que quiera.

Suena el teléfono. Es el prestidigitador. Va con retraso, tardará otros cuarenta y cinco minutos, quizá una hora. Inés cuelga el teléfono de un golpe furioso.

—¿Qué forma es esa de llevar un negocio?

Hay demasiados niños para el apartamento. Diego ha retorcido un globo en forma de muñeco de orejas enormes; a continuación los niños se dedican a perseguirlo. Se ponen a correr como locos por las habitaciones, derribando objetos del mobiliario. Bolívar se despierta y emerge de su guarida en la cocina. Los niños retroceden alarmados. Le toca a él, a Simón, refrenar al perro agarrándolo del collar.

—Se llama Bolívar —anuncia David—. No muerde, solo muerde a la gente mala.

—¿Puedo acariciarlo? —pregunta una de las niñas.

—Bolívar no está de un humor amigable ahora mismo —responde él, Simón—. Está acostumbrado a dormir por las tardes. Es en gran medida un animal de costumbres.

Y se lleva a Bolívar a rastras de vuelta a la cocina.

Por fortuna, Diego convence a los niños más escandalosos, David entre ellos, para que salgan al parque a jugar un partido de fútbol. Inés y él se quedan en el piso y entretienen a los más tímidos. Luego los futbolistas regresan a la carrera para engullir lo que queda del pastel y las galletas.

Alguien llama a la puerta. Es el prestidigitador, un hombre de aspecto azorado y mejillas sonrosadas, con chistera y frac y un cesto de mimbre en la mano. Inés no le da ocasión de hablar.

—¡Demasiado tarde! —le grita—. ¿Qué forma es esta de tratar a los clientes? ¡Váyase! ¡De aquí no va a sacar ni un céntimo!

Los invitados se marchan. Armado con unas tijeras, David empieza a abrir sus regalos. Desenvuelve el regalo de Inés y Diego.

—¡Es una guitarra! —dice.

—Es un ukelele —dice Diego—. Viene con un folleto que explica cómo tocarlo.

Él rasga el ukelele, produciendo un acorde discordante.

—Primero hay que afinarlo —dice Diego—. Déjame que te enseñe cómo.

—Ahora no —dice el niño. A continuación abre el regalo de él, el de Simón—. ¡Es brutal! —exclama—. ¿Podemos llevarlo al parque y ponerlo en el agua?

—Es una maqueta —contesta él—. No estoy seguro de que vaya a flotar sin volcar. Podemos probar en la bañera.

Llenan la bañera. El barco flota alegremente en la superficie, sin dar señales de ir a volcar.

—¡Es brutal! —repite el niño—. Es mi mejor regalo.

—En cuanto hayas aprendido a tocarlo, el ukelele se convertirá en tu mejor regalo —le dice él—. El ukelele no es una simple maqueta, es de verdad, un instrumento musical real. ¿Les has dado las gracias a Inés y Diego?

—Juan Pablo dice que la Academia es para nenazas. Dice que solo los nenazas van a la Academia.

Él sabe quién es Juan Pablo: uno de los chicos de los apartamentos, mayor y más grande que David.

—Juan Pablo no ha puesto nunca un pie en la Academia. No tiene ni idea de qué pasa allí. Si fueras realmente un nenaza, ¿tú crees que Bolívar te dejaría que le dieras órdenes? Bolívar, que en la próxima vida será un lobo…

Inés lo alcanza en la puerta, cuando él ya está saliendo, y le pone unos papeles en las manos.

—Aquí tienes una carta de la Academia y la página de ofertas de clases particulares del periódico de ayer. Tenemos que elegir un profesor particular para David. He marcado a los mejores candidatos. No podemos esperar más.

La carta, dirigida de forma conjunta a Inés y a él, no es de la Academia de Arroyo sino de la Academia de Canto. Debido al alto nivel de las solicitudes para el trimestre siguiente, por desgracia no tienen sitio para David. Les dan las gracias por su interés.

Con la carta en la mano regresa a la mañana siguiente a la Academia de Danza.

Se sienta lúgubremente en el comedor.

—Dile al señor Arroyo que estoy aquí —le indica a Alyosha—. Y dile que no me marcharé hasta que haya hablado con él.

El profesor en persona aparece al cabo de unos minutos.

—¡Señor Simón! ¡Ha vuelto usted!

—Sí, he vuelto. Es usted un hombre ocupado, señor Arroyo, de forma que seré breve. La última vez que nos vimos le mencioné que había presentado una solicitud para que David entrara en la Academia de Canto. Ahora nos han denegado la solicitud. Solo nos queda elegir entre las escuelas públicas y los tutores privados.

»Hay ciertos hechos que le he ocultado y que debería saber usted. Cuando mi compañera Inés y yo nos marchamos de Novilla y llegamos a Estrella, estábamos huyendo de las autoridades. No porque seamos mala gente, sino porque las autoridades de Novilla nos querían quitar a David, por razones en las que no voy a entrar, y meterlo en una institución. Nos negamos. Por consiguiente, técnicamente hablando, Inés y yo somos unos malhechores.

»Trajimos aquí a David y le dimos un hogar en su Academia, un hogar que resultó ser meramente temporal. Ya estoy llegando al meollo de la cuestión. Si matriculamos a David en una escuela pública, tenemos todas las razones para pensar que será identificado y mandado de vuelta a Novilla. De forma que estamos evitando las escuelas públicas. El censo, que llega en menos de un mes, supone una complicación añadida. Vamos a tener que esconder de los censadores todo lo que tenga que ver con él.

—Yo también voy a esconder a mis hijos. David puede venirse con ellos. Este edificio está lleno de rincones oscuros.

—¿Por qué necesita usted esconder a sus hijos?

—Porque no los contaron en el último censo y por consiguiente no tienen números y por consiguiente no existen. Son fantasmas. Pero continúe. Me estaba diciendo usted que va a evitar las escuelas públicas.

—Sí. Inés es partidaria de contratar a un profesor particular para David. Una vez probamos con uno y la cosa no salió bien. El niño tiene una personalidad muy contundente. Está acostumbrado a salirse con la suya. Necesita volverse en mayor medida un animal social. Necesita asistir a clase con otras criaturas, bajo la guía de un profesor al que respete.

»Soy consciente de que anda usted escaso de medios, señor Arroyo. Si puede encontrar usted la forma de reabrir la Academia, y si David puede volver aquí, le ofrezco mi asistencia sin remuneración. Puedo hacer de conserje: barrer, limpiar, cargar leña y esas cosas. Puedo ayudar con los internos. No me da miedo el trabajo físico. En Novilla trabajaba de estibador.

»Puede que no sea el padre de David, pero aun así soy su tutor legal y protector. Por desgracia, él parece estar perdiéndome el respeto que me tenía. Es parte del asilvestramiento de su estado presente. No para de burlarse de mí, ese viejo que lo sigue a todas partes meneando el dedo y reprendiéndolo. Pero a usted lo respeta, señor Arroyo, a usted y a su difunta esposa.

»Si reabre usted sus puertas, los alumnos de antaño volverán, estoy convencido. David será el primero. Confieso abiertamente que no entiendo su filosofía, pero me doy cuenta de que estar bajo la tutela de usted le sienta bien al niño.

»¿Qué me dice?

El señor Arroyo lo ha escuchado con gran seriedad y sin interrumpirlo ni una sola vez. Ahora habla.

—Señor Simón, como es usted franco conmigo yo seré franco con usted. Me dice que su hijo se burla de usted. Eso no es cierto. Su hijo lo ama y lo admira, aunque no siempre lo obedezca. A mí, por ejemplo, me cuenta con orgullo que, cuando usted era estibador, solía cargar con los bultos más pesados, más pesados que los de sus compañeros más jóvenes. Lo que él le recrimina a usted es que, a pesar de que le hace de padre, no sabe quién es. Usted es consciente de esto. Ya hemos hablado de ello.

—No solo me lo recrimina, señor Arroyo, me lo echa en cara.

—Se lo echa en cara y eso le hiere a usted, lo cual es normal. Déjeme explicarle con otras palabras lo que ya le dije la última vez que nos vimos y tal vez ofrecerle cierto consuelo.

»Todos hemos tenido la experiencia de llegar a una tierra nueva y que nos adjudiquen una identidad nueva. Todos vivimos con un nombre que no es el nuestro. Pero enseguida nos acostumbramos a esa vida nueva e inventada.

»El hijo de usted es una excepción. Él siente con una intensidad inusual la falsedad de esa nueva vida. Todavía no ha cedido a la presión para olvidar. No sé qué es lo que recuerda, pero sus recuerdos incluyen el que él cree que es su nombre verdadero. ¿Y cuál es ese nombre? Tampoco lo sé. Él se niega a revelarlo, o bien no puede, no sé cuál de ambas cosas. Tal vez sea mejor, en general, que su secreto siga siendo secreto. Tal como usted dijo el otro día, ¿qué más da que nosotros lo conozcamos como David o Tomás, como sesenta y seis o noventa y nueve, como Alfa u Omega? ¿Acaso la tierra temblaría bajo nuestros pies si se revelara su nombre verdadero? ¿Acaso se caerían las estrellas del cielo? Por supuesto que no.

»Así pues, consuélese usted. No es el primer padre del que un hijo reniega, ni tampoco será el último.

»Vayamos ahora con la otra cuestión. Ofrece usted sus servicios de forma voluntaria a la Academia. Gracias. Me siento inclinado a aceptar su oferta con agradecimiento. La hermana de mi difunta esposa también se ha ofrecido amablemente para ayudar. No sé si se lo ha dicho a usted, pero ella es una distinguida profesora, aunque ejerce en otra escuela. Y mi deseo de reabrir la Academia ha recibido también apoyo de otras partes. Todo ello me anima a pensar que tal vez podamos vencer nuestras dificultades presentes. Aun así, deme usted un poco más de tiempo para tomar una decisión.

La conversación se termina aquí. Él se marcha. «Nuestras dificultades presentes»: la frase le deja un regusto desagradable. ¿Acaso Arroyo tiene alguna idea de cuáles son sus dificultades? ¿Cuánto tiempo más se le puede proteger de la verdad sobre Ana Magdalena? Cuanto más tiempo pase Dmitri en el hospital, matando el tiempo, más probable será que empiece a jactarse ante sus amigos sobre la gélida mujer del maestro que él no se podía quitar de encima. La historia se propagará como un incendio incontrolado. La gente se mofará de Arroyo a sus espaldas. Pasará de ser una figura trágica a ser una figura humorística. A estas alturas él, Simón, ya debería haber encontrado una forma de avisarlo, para que cuando empiecen los cuchicheos, él esté preparado.

¡Y las cartas, las cartas incriminadoras! Él tendría que haberlas quemado hace mucho tiempo. «Te quiero apasionadamente.» Por enésima vez se maldice a sí mismo por haberse involucrado en los asuntos de Dmitri.

19

Es con este estado de ánimo irritado con el que él llega a casa y se encuentra, despatarrado ante su puerta, nada menos que a Dmitri, con uniforme de camillero, completamente empapado –ha estado lloviendo otra vez–, pero sonriendo de oreja a oreja.

–Hola, Simón, qué tiempo tan terrible hace, ¿no? ¿Me dejas entrar?

–No, en absoluto. ¿Cómo has llegado aquí? ¿Está David contigo?

–David no sabe nada de esto. He venido sin ayuda de nadie: primero he tomado un autobús y después he caminado. Nadie se ha fijado en mí. ¡Brrr...! Qué frío. ¡Qué no daría por una taza de té caliente!

–¿Por qué estás aquí, Dmitri?

Dmitri suelta una risilla.

–Menuda sorpresa, ¿verdad? Deberías verte la cara. «Conducta cómplice»: veo las palabras pasándote por la cabeza. Conducta cómplice con un criminal. No te preocupes. Me marcharé enseguida. Y no volverás a verme, al menos en esta vida. Así que venga, déjame entrar.

Él abre la puerta. Dmitri entra, saca de un tirón la colcha de la cama y se envuelve con ella.

–¡Mucho mejor! –dice–. ¿Quieres saber por qué he venido? Te lo voy a decir, así que escúchame con atención. Cuando salga el sol, dentro de unas pocas horas, tomaré la carretera que va al norte, rumbo a las minas de sal. Es mi decisión, mi decisión final. Me desterraré a mí mismo a las minas de sal, y quién sabe qué será de mí allí. La gente siempre me ha dicho: «Dmitri, eres como un oso, a ti no te puede matar nada». Bueno, puede que eso fuera cierto antaño, pero ya no. El látigo, las cadenas, el régimen de pan y agua… Quién sabe cuánto tiempo podré soportarlo antes de caer de rodillas y decir: «¡Basta! ¡Acabad conmigo! ¡Dadme el golpe de gracia!».

»Solo hay dos hombres con intelecto en esta ciudad de ignorantes, Simón, el señor Arroyo y tú, y al señor Arroyo no puedo acudir, no sería decente, teniendo en cuenta que soy el asesino de su mujer y todo eso. De forma que solo me quedas tú. Contigo todavía puedo hablar. Tú piensas que hablo demasiado, lo sé, y tienes razón en cierto sentido, puedo ser un poco aburrido. Pero míralo desde mi punto de vista. Si no hablo, si no me explico, ¿quién soy entonces? Un buey. Nadie. Quizá un psicópata. Quizá. Pero ciertamente un don nadie, un cero, alguien sin lugar en este mundo. Tú eso no lo entiendes, ¿verdad? Tú eres un hablante parsimonioso, está claro. Sopesas y meditas cada palabra antes de soltarla. Tiene que haber de todo en este mundo.

»Yo amaba a esa mujer, Simón. Desde el momento en que la vi, supe que era mi estrella, mi destino. Se abrió un agujero en mi existencia, un agujero que solo podíamos llenar ella y yo. Para decirte la verdad, sigo enamorado de ella, de Ana Magdalena, aunque ahora esté bajo tierra o incinerada, nadie me quiere decir cuál de las dos cosas. "¿Y qué?", dirás tú. "La gente se enamora todos los días." Pero no como estaba enamorado yo. Yo era indigno de ella, esa es la pura verdad. ¿Lo entiendes? ¿Puedes entender cómo era estar con una mujer, estar con ella en el sentido más pleno, por decirlo delicadamente, en el que te olvidas de dónde estás y el tiempo queda suspendido, en ese sentido de la expresión "estar con alguien", el sentido extático, en el que tú estás en ella y ella está en ti… estar con ella y sin embargo ser consciente en un rincón de tu mente de que hay algo malo en esa situación, no moralmente malo, yo nunca he querido tener mucho que ver con la moralidad, siempre he sido una persona independiente, moralmente independiente, sino malo en un sentido cosmológico, como si los planetas del cielo bajo el que vivimos estuvieran mal alineados y nos estuvieran diciendo "No, no, no"? ¿Lo entiendes? No, claro que no, y quién te puede culpar, me estoy explicando mal.

»Como ya he dicho, yo era indigno de ella, de Ana Magdalena. A eso se reduce todo finalmente. No tendría que haber estado allí, compartiendo su cama. Estuvo mal. Fue una ofensa, contra las estrellas, contra algo, no sé el qué. Esa es la sensación que yo tenía, una sensación vaga, una sensación que no se me va. ¿Puedes entenderlo? ¿Tienes alguna ligera idea?

—Carezco por completo de curiosidad sobre tus sentimientos, Dmitri, los del pasado y los del presente. No hace falta que me cuentes nada de todo esto. Yo no te estoy animando a que lo hagas.

—¡Claro que no me estás animando! Nadie podría ser más respetuoso de mi derecho a la intimidad. Eres un tipo decente, Simón, uno de los pocos hombres verdaderamente decentes que quedan. ¡Pero yo no quiero ser discreto! Quiero ser humano, y ser humano es ser un animal que habla. Por eso te estoy contando estas cosas: para poder ser humano otra vez, para oír que me vuelve a salir del pecho una voz humana, ¡del pecho de Dmitri! Y si no te las puedo contar a ti, ¿a quién se las puedo contar? ¿Quién queda? Déjame que te diga, pues: solíamos hacerlo, hacer el amor, ella y yo, siempre que podíamos, siempre que nos quedaba una hora libre, o hasta un minuto, o dos o tres. Puedo hablar con franqueza de estas cosas, ¿verdad? Porque contigo no tengo secretos, Simón; no los tengo desde que leíste aquellas cartas que no debías leer.

»Ana Magdalena. Tú la viste, Simón, tienes que estar de acuerdo en que era una belleza, una belleza de verdad, algo genuino, perfecta de la cabeza a los pies. Debería haberme sentido orgulloso de tener a una belleza como ella en brazos, pero no lo estaba. No, estaba avergonzado. Porque ella merecía algo mejor, mejor que un don nadie feo, peludo e ignorante como yo. Pienso en aquellos brazos frescos que tenía, frescos como el mármol, abrazándome, llevándome a estar dentro de ella... ¡yo!, ¡yo!... y niego con la cabeza. Había algo malo en aquello, Simón, algo profundamente malo. La bella y la bestia. Por eso he usado la palabra "cosmológico". Algún error entre las estrellas o los planetas, alguna confusión.

»No me quieres dar pábulo, y lo agradezco, en serio. Es una muestra de respeto por tu parte. Aun así, seguro que te estás preguntando cómo veía las cosas Ana Magdalena. Porque si yo era claramente indigno de ella, y estoy seguro de haberlo sido, ¿qué estaba haciendo ella en la cama conmigo? La respuesta, Simón, es que *realmente no lo sé*. ¿Qué veía ella en mí cuando tenía a un marido mil veces más digno, un marido que la amaba y demostraba su amor por ella, o al menos eso era lo que ella decía?

»Sin duda te viene a la cabeza la palabra "apetitos": Ana Magdalena debía de tener apetitos por lo que fuera que yo le ofrecía. ¡Pues no era así! Los apetitos venían todos de mí. Por parte de ella no hubo nunca nada más que amabilidad y dulzura, como si una diosa estuviera bajando del cielo para otorgarle a un mortal una pequeña muestra de la existencia inmortal. Yo debería haberla venerado, y la veneraba, de verdad, hasta el día fatídico en que todo salió mal. Por eso me voy a las minas de sal, Simón: por mi falta de gratitud. Es un pecado terrible, la falta de gratitud, quizá el peor de todos. ¿De dónde salía esa ingratitud mía? Quién sabe. El corazón de un hombre es un bosque oscuro, como dicen. Yo estaba agradecido a Ana Magdalena hasta que un día... ¡buuum!, me volví ingrato, así, sin más.

»¿Y por qué? ¿Por qué le hice lo último, eso que no tiene vuelta atrás? Me golpeo la cabeza... "¿por qué, memo, por qué, por qué?"... pero no obtengo respuesta. Porque me arrepiento, de eso no hay duda. Si pudiera traerla de vuelta de donde sea que esté, de su hoyo en la tierra o de las olas donde está desparramada como si fuera polvo, lo haría sin pensarlo. Me postraría ante ella: "Me arrepiento sin fin, ángel mío (así es como yo la solía llamar a veces, ángel mío), no lo volveré a hacer". Pero el arrepentimiento no funciona, ¿verdad? El arrepentimiento, la contrición. Es la flecha del tiempo: no se la puede hacer girar. No hay vuelta atrás.

»En el hospital no entienden estas cosas. La belleza, la amabilidad, la gratitud, son como un libro cerrado para ellos. Me miran el interior de la cabeza con sus lámparas, sus microscopios y sus telescopios, en busca del cable cruzado o del interruptor que está encendido cuando debería estar apagado. "¡El problema no está en mi cabeza, está en mi alma!", les digo yo, pero, por supuesto, ellos no me hacen caso. O bien me dan pastillas. "Tómate esto", me dicen, "a ver si te arregla." "Las pastillas no funcionan conmigo", les digo yo. "¡Solo funciona la vara! ¡Azotadme con la vara!"

»Conmigo solo funciona la vara, Simón, la vara y las minas de sal. Y ya está. Gracias por escucharme. A partir de ahora seré una tumba. Jamás volveré a pronunciar el nombre sagrado de Ana Magdalena. Me esforzaré en silencio año tras año, sacando sal de la tierra para la buena gente de este país, hasta que un día ya no pueda seguir. Mi corazón, mi viejo y fiel corazón de oso, se rendirá. Y cuando por fin expire, la bendita Ana Magdalena descenderá, fresca y encantadora como siempre, y me pondrá el dedo en los labios. "Ven, Dmitri", me dirá, "reúnete conmigo en la otra vida, donde el pasado queda olvidado y perdonado." Así me lo imagino yo.

Cuando pronuncia las palabras «olvidado y perdonado», a Dmitri le falla la voz. Se le llenan los ojos de lágrimas. A su pesar, él, Simón, se siente conmovido. Luego Dmitri recobra la compostura.

—A lo que iba —dice—. ¿Me puedo quedar aquí esta noche? ¿Puedo dormir aquí y recuperar fuerzas? Porque mañana será un día largo y duro.

—Si me prometes que te irás por la mañana, y si me juras que no volveré a verte nunca, nunca jamás, entonces sí, puedes dormir aquí.

—¡Lo juro! ¡Nunca más! ¡Lo juro por la tumba de mi madre! Gracias, Simón. Eres una buena persona. ¿Quién habría imaginado que tú, el hombre más justo y recto de la ciudad, acabaría siendo cómplice de un criminal? Y otro favor. ¿Me puedes prestar algo de ropa? Te ofrecería comprártela, pero no tengo dinero, me lo quitaron en el hospital.

—Te daré ropa, te daré dinero, te daré lo que haga falta con tal de librarme de ti.

—Tu generosidad me abruma. En serio. Te he tratado mal, Simón. Solía hacer bromas sobre ti a tus espaldas. Eso no lo sabías, ¿verdad?

—Mucha gente hace bromas sobre mí. Estoy acostumbrado. Me resbalan.

—¿Sabes qué decía de ti Ana Magdalena? Decía que finges ser un ciudadano respetable y un hombre racional, pero en realidad no eres más que un niño perdido. Así lo decía textualmente: un niño que no sabe dónde vive ni qué quiere. Una mujer inteligente, ¿no te parece? En cambio tú, me decía, refiriéndose a mí, a Dmitri, tú al menos sabes qué es lo que quieres, al menos eso hay que reconocértelo. ¡Y es verdad! Yo siempre supe lo que quería, y ella me amaba por eso. Las mujeres aman a los hombres que saben lo que quieren y que no se andan con rodeos.

»Una cosa más, Simón. ¿Qué me dices de un poco de comida, para fortalecerme de cara al viaje que me espera?

—Coge lo que encuentres en la alacena. Yo me voy a dar un paseo. Necesito aire fresco. Puede que tarde en volver.

Cuando él regresa al cabo de una hora, Dmitri ya está dormido en su cama. Durante la noche lo despiertan sus ronquidos. Se levanta del sofá y lo zarandea.

—Estás roncando —le dice.

Dmitri se da la vuelta pesadamente. Al cabo de un minuto se reanudan los ronquidos.

Ante de que él se dé cuenta, los pájaros ya han empezado a piar en los árboles. Hace un frío glacial. Dmitri camina descalzo y nervioso por la habitación.

—Necesito irme —susurra—. Dijiste que me darías dinero y ropa.

Él se levanta, enciende la luz y encuentra unos pantalones y una camisa para Dmitri. Los dos son igual de altos, pero Dmitri es más ancho de espaldas y de pecho y tiene la cintura más gruesa: apenas va a poder abrocharse los botones de la camisa. Luego le da a Dmitri cien reales de su billetera.

—Coge mi abrigo —le dice—. Está detrás de la puerta.

—Te estoy eternamente agradecido —dice Dmitri—. Y ahora tengo que salir a encontrarme con mi destino. Despídeme del chaval. Si viene alguien a husmear, le dices que he cogido el tren a Novilla. —Hace una pausa—. Simón, te he dicho que me fui solo del hospital. No es exactamente cierto. De hecho, es una mentirijilla. Tu hijo me ayudó. ¿Cómo? Pues yo lo llamé. «Dmitri está pidiendo libertad a gritos», le dije. «¿Puedes ayudarme?» Y una hora más tarde estaba allí, y me acompañó afuera, igual que la primera vez. Más fácil, imposible. Nadie se fijó en nosotros. Asombroso. Como si fuéramos invisibles. Y eso es todo. He decidido que te lo quería decir para que quedemos en paz, tú y yo.

20

Claudia e Inés están planeando un acto en Modas Modernas: un pase para promover las novedades de la temporada de primavera. Modas Modernas nunca ha hecho un pase: mientras las dos mujeres están ocupadas supervisando a las costureras, contratando a modelos y encargando anuncios, recae en Diego la tarea de ocuparse del chico. Pero Diego no está por la labor. Ha hecho amigos nuevos en Estrella y se dedica a salir con ellos la mayor parte del tiempo. A veces pasa la noche fuera, regresa al amanecer y duerme hasta mediodía. Inés lo regaña, pero él no hace caso.

—No soy una niñera —dice—. Si quieres una niñera, contrata una.

David le informa de todo esto a él, a Simón. Aburrido de estar solo en el apartamento, el niño lo acompaña ahora en sus rondas de reparto en bicicleta. Trabajan bien juntos. La energía del niño parece inagotable. Corre de casa en casa, metiendo en los buzones unos panfletos que abren para él un mundo nuevo de prodigios: no solo el llavero que brilla en la oscuridad y el Cinturón Maravilloso que disuelve la grasa mientras duermes y el Electroperro que ladra cada vez que suena el timbre, sino también la señora Victrix, consultas astrales, solo con cita previa; o Brandy, modelo de lencería, también solo con cita; y Ferdi el Payaso, que te garantiza que alegrará tu próxima fiesta; por no mencionar las clases de cocina, de meditación, de control de la agresividad y las dos pizzas por el precio de una.

–¿Qué significa esto, Simón? –pregunta el niño, mostrándole un folleto publicitario impreso en papel marrón y barato.

«El hombre, medida de todas las cosas –dice el folleto–. Conferencia del eminente académico Dr. Javier Moreno. Instituto de Estudios Superiores, sesiones de jueves, 20.00. Entrada gratuita, se aceptan donativos.»

–No estoy seguro. Creo que debe de tener que ver con la topografía. Un topógrafo es una persona que divide la tierra en parcelas para poder comprarlas y venderlas. No creo que te interese.

–¿Y esto? –dice el niño.

–Walkie-talkie. Es una forma tonta de llamar a un teléfono sin cables. Lo llevas encima y hablas con tus amigos desde lejos.

–¿Puedo tener uno?

–Vienen de dos en dos, uno para ti y otro para tu amigo. Diecinueve reales con noventa y cinco. Es muy caro para ser un juguete.

–Aquí pone: «Corran, corran, corran, antes de que se agoten las existencias».

–No hagas caso. El mundo no se va a quedar sin walkie-talkies, te lo aseguro.

El niño tiene mil preguntas sobre Dmitri.

–¿Tú crees que ya está en las minas de sal? ¿De verdad lo van a azotar? ¿Cuándo podremos ir a visitarlo?

Él responde tan sinceramente como puede, teniendo en cuenta que no sabe nada de nada sobre las minas de sal.

–Estoy seguro de que los presos no se pasan el día entero extrayendo sal –dice–. Tendrán periodos de descanso en los que pueden jugar al fútbol o leer libros. Dmitri nos escribirá en cuanto se haya asentado y nos hablará de su nueva vida. Hemos de tener paciencia.

Más difíciles de contestar son las preguntas sobre el crimen por el que Dmitri ha ido a las minas de sal, unas preguntas que no cesan:

–Cuando él le paró el corazón, ¿a ella le dolió? ¿Por qué ella se puso azul? ¿Yo me pondré azul cuando me muera? –Y la pregunta más difícil de todas–: ¿Por qué la mató? ¿Por qué, Simón?

Él no quiere evadir las preguntas del chico. Si no las contesta, se pueden enquistar. De forma que se inventa la historia más sencilla y soportable que se le ocurre.

–Durante un lapso de unos pocos minutos, Dmitri se volvió loco –dice–. Les pasa a algunas personas. Algo se les gira dentro de la cabeza. Dmitri enloqueció de la cabeza y en plena locura mató a la persona a la que más amaba. Poco después recobró la conciencia. La locura se fue y él se quedó lleno de pesar. Intentó desesperadamente devolverle la vida a Ana Magdalena, pero no supo cómo. Así que decidió comportarse de forma honorable. Confesó su crimen y pidió que lo castigaran. Ahora se ha ido a las minas de sal para pagar su deuda; la deuda que tiene con Ana Magdalena, con el señor Arroyo y con todos los niños y niñas de la Academia que han perdido a la profesora a la que tanto querían. Cada vez que le pongamos sal a nuestra comida podemos acordarnos de que estamos ayudando a Dmitri a pagar su deuda. Y un día, en el futuro, cuando él haya pagado esa deuda del todo, podrá volver de las minas de sal y podremos estar todos juntos.

–Menos Ana Magdalena.

–Menos Ana Magdalena. Para verla a ella tendremos que esperar a la otra vida.

–Los médicos querían ponerle una cabeza nueva a Dmitri, una que no se volviera loca.

–Correcto. Querían asegurarse de que no volviera a enloquecer. Por desgracia se tarda tiempo en cambiarle la cabeza a una persona, y Dmitri tenía prisa. Por eso se ha marchado del hospital antes de que los médicos tuvieran la oportunidad de curarle la cabeza antigua o de darle una nueva. Tenía prisa por pagar su deuda. Ha pensado que pagar su deuda era más importante que el hecho de que le curaran la cabeza.

–Pero entonces se puede volver loco otra vez, ¿verdad?, si todavía tiene la cabeza antigua.

—Fue el amor lo que volvió loco a Dmitri. En las minas de sal no habrá mujeres de las que enamorarse. Así que hay muy pocas posibilidades de que Dmitri enloquezca otra vez.

—Tú no te vas a volver loco, ¿verdad, Simón?

—Para nada. Yo no tengo esa clase de cabeza, de las que se vuelven locas. Ni tú tampoco. Lo cual es una suerte para nosotros.

—Pero Don Quijote sí. Él sí tenía esa clase de cabeza que se vuelve loca.

—Es verdad. Pero Don Quijote y Dmitri son dos personas muy distintas. Don Quijote era una buena persona, así que su locura lo llevó a hacer buenas obras, como por ejemplo salvar a doncellas de dragones. Don Quijote es un buen modelo a seguir en tu vida, pero Dmitri no. De Dmitri no se puede aprender nada bueno.

—¿Por qué?

—Porque, aparte de la locura de su cabeza, Dmitri no es una buena persona con un buen corazón. Al principio parece amigable y generoso, pero eso es una simple apariencia externa destinada a engañarte. Tú le has oído decir que el ansia de matar a Magdalena le vino de la nada. No es verdad. No le vino de la nada. Le vino del corazón, donde llevaba mucho tiempo acechando, esperando para atacar como una serpiente.

»Ni tú ni yo podemos hacer nada para ayudar a Dmitri, David. Mientras él se niegue a examinar su corazón y hacer frente a lo que vea allí, no cambiará. Dice que busca la salvación, pero la única forma de obtenerla es salvarse a uno mismo, y Dmitri es demasiado perezoso y está demasiado satisfecho con su forma de ser. ¿Lo entiendes?

—¿Y las hormigas? —dice el niño—. ¿Las hormigas también tienen mal corazón?

—Las hormigas son insectos. No tienen sangre y por tanto no tienen corazón.

—¿Y los osos?

—Los osos son animales, así que sus corazones no son ni buenos ni malos, son simplemente corazones. ¿Por qué preguntas por las hormigas y los osos?

—Porque los médicos podrían coger un corazón de oso y ponérselo a Dmitri.

—Es una idea interesante. Por desgracia, los médicos todavía no han encontrado la forma de ponerle un corazón de oso a un ser humano. Hasta que eso sea posible, Dmitri tendrá que asumir la responsabilidad de sus actos.

El niño le dedica una mirada que a él le cuesta interpretar: ¿júbilo?, ¿burla?

—¿Por qué me estás mirando así? —dice él.

—Por nada —dice el niño.

Se termina el día. Él devuelve el niño a Inés y regresa a su habitación, donde pronto lo envuelve nuevamente la temida niebla. Se sirve un vaso de vino y luego otro. «La única forma de obtener la salvación es salvarse a uno mismo.» El niño acude a él en busca de guía y lo único que él le ofrece son tonterías superficiales y perniciosas. La autosuficiencia. Si él, Simón, tuviera que ser autosuficiente, ¿qué esperanza de salvación tendría? Y ¿salvación de qué? De la ociosidad, de la falta de rumbo, de una bala en la cabeza.

Él baja el estuche del ropero, abre el sobre y se queda mirando a la chica del gato en brazos, la chica que dos décadas más tarde elegiría aquella imagen de sí misma para regalársela a su amante. Relee las cartas, de principio a fin.

Joaquín y Damián se han hecho amigos de dos niñas de la pensión. Hoy las hemos invitado a que vengan con nosotros a la playa. El agua estaba helada, pero se han zambullido todos y no ha parecido que les importara. Éramos una familia feliz entre muchas otras familias felices, pero la verdad es que yo no estaba allí. Estaba ausente. Estaba contigo, igual que estoy contigo en mi corazón cada minuto de cada día. Juan Sebastián lo nota. Yo hago todo lo que puedo para que él se sienta querido, pero él es consciente de que algo se ha alterado entre nosotros. ¡Mi

Dmitri, cómo te echo de menos, cómo tiemblo cuando pienso en ti! ¡Diez largos días! ¿Acaso pasará este tiempo…?

Por las noches me quedo despierta pensando en ti, esperando impaciente que pase el tiempo, anhelando estar desnuda en tus brazos otra vez…

¿Crees en la telepatía? Me he plantado en los acantilados, contemplando el mar, concentrando todas mis energías en ti, y ha llegado un momento en que juro que he podido oír tu voz. Has dicho mi nombre y yo he contestado. Esto pasó ayer, martes; debían de ser las diez de la mañana. ¿Te pasó a ti también? ¿Pudiste oírme? ¿Podemos hablar el uno con el otro a través del espacio? ¡Dime que es verdad!

¡Te deseo, querido, te deseo apasionadamente! ¡Solo dos días más!

Dobla las cartas y las devuelve al sobre. Le gustaría creer que son falsificaciones escritas por Dmitri, pero no es verdad. Son lo que dicen ser: las palabras de una mujer enamorada. Él no para de prevenir al niño contra Dmitri. Si quieres un modelo en la vida, mírame a mí, le dice: mira a Simón, el padrastro ejemplar, el hombre racional, el lerdo; si no a mí, mira a ese viejo loco inofensivo, Don Quijote. Pero si el niño quiere realmente una educación, ¿qué mejor candidato a estudiar que el hombre que inspiró un amor tan inapropiado y tan incomprensible?

21

Inés saca una carta arrugada de su bolso.

–Te la quería enseñar antes, pero me olvidé –le dice.

Dirigida conjuntamente al señor Simón y a la señora Inés, escrita en una hoja de papel de carta de la Academia de Danza en la que el membrete de la Academia ha sido tachado con una raya a bolígrafo, y firmada por Juan Sebastián Arroyo, la carta los invita a una recepción en honor del distinguido filósofo Javier Moreno Gutiérrez, que se celebrará en el recinto del Museo de Bellas Artes. «Sigan los letreros que llevan a la entrada de la calle Hugo y suban a la segunda planta.» Se servirá un refrigerio ligero.

–Es esta noche –dice Inés–. Yo no puedo ir, estoy demasiado ocupada. Y encima está el asunto del censo. Cuando programamos el pase de moda me olvidé por completo de ello, y para cuando nos acordamos ya era tarde, los anuncios ya habían salido. El pase empieza mañana a las tres de la tarde y a las seis todos los locales comerciales tienen que estar cerrados y los empleados en sus casas. No sé cómo nos las vamos a apañar. Ve tú a la recepción. Y llévate a David contigo.

–¿Qué es una recepción? ¿Y qué es el asunto del censo? –pregunta el niño.

–Un censo es un recuento –le explica Simón–. Mañana por la noche van a contar a toda la gente de Estrella y a hacer una lista de sus nombres. Inés y yo hemos decidido esconderte de los funcionarios del censo. No serás el único. El señor Arroyo también va a esconder a sus hijos.

—¿Por qué?

—¿Por qué? Pues por varias razones. El señor Arroyo cree que ponerles números a las personas las convierte en hormigas. Y nosotros queremos dejarte fuera de las listas oficiales. En cuanto a la recepción, una recepción es una fiesta para adultos. Puedes venir conmigo. Habrá comida. Si te resulta demasiado aburrida, puedes ir a visitar a los animales de Alyosha. Hace mucho que no los visitas.

—Si me ponen en la lista, ¿el censo me reconocerá?

—Tal vez. O tal vez no. No queremos correr ese riesgo.

—Pero ¿me vais a esconder para siempre?

—Claro que no. Solo durante el censo. No queremos darles razones para mandarte a esa escuela espantosa que tienen en Punta Arenas. En cuanto hayas pasado la edad de ir a la escuela ya podrás relajarte y ser tu propio amo.

—Y podré dejarme barba también, ¿verdad?

—Podrás llevar barba, podrás cambiarte el nombre, podrás hacer todo tipo de cosas para evitar que te reconozcan.

—¡Pero es que yo quiero que me reconozcan!

—No, no te conviene que te reconozcan, al menos no todavía, no te conviene correr ese riesgo. David, creo que no entiendes lo que comporta reconocer o que te reconozcan. Pero no discutamos de esto. Cuando seas adulto podrás ser quien quieras y hacer lo que quieras. Hasta entonces, a Inés y a mí nos gustaría que hicieras lo que te decimos.

El niño y él llegan tarde a la recepción. A él le sorprende la cantidad de invitados que hay allí. El distinguido filósofo e invitado de honor debe de tener muchos seguidores.

Saludan a las tres hermanas.

—Nosotras oímos hablar al maestro Moreno en su última visita —dice Consuelo—. ¿Cuándo fue, Valentina?

—Hace dos años —dice Valentina.

—Hace dos años —dice Consuelo—. Qué hombre tan interesante. Buenas noches, David. ¿No nos das un beso?

El niño besa obedientemente a las tres hermanas en la mejilla.

Arroyo se une a ellos, acompañado por su cuñada Mercedes, que lleva un vestido de seda gris con una espectacular
mantilla roja, y por el maestro Moreno en persona, un hombre bajito y achaparrado con rizos largos, la piel marcada de
viruelas y unos labios finos y anchos de rana.

—Javier, ya conoces a la señora Consuelo y a sus hermanas,
pero permíteme que te presente al señor Simón. El señor
Simón también es todo un filósofo. Además, es el padre de
este excelente muchacho, que se llama David.

—David no es mi nombre de verdad —dice el niño.

—David no es su nombre de verdad, debería haberlo mencionado —dice el señor Arroyo—, pero es el nombre que usa
cuando está entre nosotros. Simón, creo que ya ha conocido
usted a mi cuñada Mercedes, que ha venido de Novilla a visitarnos.

Él le hace una reverencia a Mercedes, que contesta con
una sonrisa. El aspecto de la mujer se ha suavizado desde la
última vez que hablaron. Es una mujer atractiva, a su manera
feroz. Él se pregunta cómo debía de ser la otra hermana, la
que murió.

—¿Y qué le trae a Estrella, señor Moreno? —dice él para
darle conversación.

—Viajo mucho, señor. Mi profesión me ha convertido en
un hombre itinerante, peripatético. Doy charlas por todo el
país, por los distintos institutos. Pero, para serle sincero, he
venido a Estrella a ver a mi viejo amigo Juan Sebastián. Nuestra amistad viene de largo. En los viejos tiempos los dos teníamos un negocio de reparación de relojes. También tocába-
mos en un cuarteto.

—Javier es un violinista excelente —dice Arroyo—. Excelente.

Moreno se encoge de hombros.

—Tal vez, pero aficionado nada más. Como he dicho, los
dos teníamos un negocio, pero entonces Juan Sebastián empezó a no verlo muy claro, así que, resumiendo, lo cerramos.
Él creó su Academia de Danza y yo seguí mi camino. Pero
seguimos en contacto. Tenemos nuestros desacuerdos, pero

hablando en líneas generales los dos compartimos una misma visión del mundo. Si no, ¿cómo habríamos podido trabajar juntos todos estos años?

Entonces él se acuerda.

—¡Ah, usted debe de ser el mismo señor Moreno que dio la charla sobre topografía! David y yo vimos el anuncio.

—¿Topografía? —dice Moreno.

—Sobre mediciones topográficas.

—«El hombre, medida de todas las cosas» —dice Moreno—. Así se titula la charla que voy a dar esta noche. Pero no trata de topografía, para nada. Tratará de Metros y su legado intelectual. Pensé que había quedado claro.

—Me disculpo. La confusión es mía. Tenemos muchas ganas de oírlo hablar. Pero estoy seguro de que «El hombre, medida de todas las cosas» era el título con el que se anunciaba la charla. Lo sé porque yo mismo repartí los folletos, es mi trabajo. ¿Quién es Metros?

Moreno está a punto de contestar, pero lo interrumpe una pareja que ha estado esperando impacientemente para hablar con él.

—¡Maestro, estamos emocionados de que haya vuelto usted! ¡En Estrella nos sentimos muy aislados de la verdadera vida del intelecto! ¿Esta va a ser su única aparición?

Él se aleja.

—¿Por qué ha dicho el señor Arroyo que eres un filósofo? —pregunta el niño.

—Era una broma. A estas alturas ya debes de conocer las maneras del señor Arroyo. Me ha llamado filósofo justamente porque no lo soy. Come algo, anda. Va a ser una velada larga. Después de la recepción todavía nos queda la charla del señor Moreno. Te va a gustar. Será como una lectura de cuentos. El señor Moreno se subirá a un estrado y nos contará la historia de un hombre llamado Metros, de quien no he oído hablar nunca pero que es obviamente importante.

Los refrigerios que prometía la invitación resultan ser una tetera grande llena de té tibio y unos cuantos platos de galletas pequeñas y duras. El niño muerde una, hace una mueca y la escupe.

—¡Es horrible! —dice.

Él, Simón, limpia en silencio los restos.

—Las galletas tienen demasiado jengibre —dice Mercedes, que ha aparecido silenciosamente a su lado. No hay ni rastro del bastón; ahora ella parece moverse con bastante facilidad—. Pero no se lo digas a Alyosha. Le haría sentirse mal. Los niños y él se han pasado la tarde horneándolas. ¡Así que tú eres el famoso David! Los niños me han dicho que bailas muy bien.

—Sé danzar todos los números.

—Eso he oído. ¿Sabes hacer alguna otra clase de baile aparte de danzar los números? ¿Sabes hacer bailes humanos?

—¿Qué son bailes humanos?

—Tú eres un ser humano, ¿no? ¿Sabes hacer alguno de los bailes que hacen los seres humanos, como por ejemplo bailar por diversión o bailar pegado a alguien a quien tienes cariño?

—Ana Magdalena no nos los enseñó.

—¿Te gustaría que te los enseñara yo?

—No.

—Bueno, pues hasta que aprendas a hacer lo que hacen los seres humanos no podrás ser un ser humano del todo. ¿Tienes amigos con los que jugar?

—Juego al fútbol.

—Haces deporte, de acuerdo, pero ¿alguna vez juegas sin más? Joaquín dice que en la escuela nunca hablas con los demás niños, solo les das órdenes y les dices qué tienen que hacer. ¿Es verdad?

El niño no dice nada.

—Bueno, está claro que no es fácil tener una conversación humana contigo, joven David. Creo que voy a buscar a otra persona con la que hablar.

Y se aleja, taza de té en mano.

—¿Por qué no vas a saludar a los animales? —le sugiere él a David—. Llévate las galletas de Alyosha. Tal vez los conejos se las coman.

Él se acerca al círculo de personas que rodean a Moreno.

—Sobre Metros, el hombre, no sabemos nada —está diciendo Moreno—, y poco más sobre su filosofía, ya que no dejó nada escrito. Pese a todo, dejó una gran huella en el mundo moderno. Al menos eso opino yo.

»De acuerdo con una variante de la leyenda, Metros dijo que en el universo no hay nada que no se pueda medir. De acuerdo con otra variante, dijo que no puede haber medida absoluta, que la medida siempre se basará en el que mide. Los filósofos siguen discutiendo acerca de si las dos afirmaciones son compatibles.

—¿Y en cuál de las dos cree usted? —pregunta Valentina.

—Yo estoy a caballo entre ambas, tal como intentaré explicar en la charla de esta noche. Después, mi amigo Juan Sebastián tendrá derecho a réplica. Hemos planeado la velada en forma de debate; hemos pensado que así la cosa será más animada. En el pasado Juan Sebastián se ha mostrado crítico con mi interés por Metros. Él se muestra crítico con los metrones en general, con la idea de que en el universo se pueda medir todo.

—Con la idea de que en el universo se deba medir todo —dice Arroyo—. Que es distinto.

—De que en el universo se deba medir todo, gracias por corregirme. Por eso mi amigo decidió dejar la relojería. A fin de cuentas, ¿qué es un reloj sino un mecanismo para imponer un metrón sobre el flujo del tiempo?

—¿Un metrón? —dice Valentina—. ¿Eso qué es?

—El metrón toma su nombre de Metros. Cualquier unidad de medida entra en la categoría de metrón: un gramo, por ejemplo, o un metro, o un minuto. Sin metrones no serían posibles las ciencias naturales. Pongamos por caso la astronomía. Decimos que la astronomía se ocupa de las estrellas, pero no es estrictamente cierto. De hecho, se ocupa de los metrones de las estrellas: de su masa, de la distancia que las separa y demás. A las estrellas en sí no las podemos meter en ecuaciones matemáticas, pero sí que podemos realizar operaciones matemáticas con sus metrones y de esa forma sacar a la luz las leyes del universo.

David ha reaparecido a su lado, tirándole del brazo.

—¡Ven a ver esto, Simón! —le susurra.

—Las leyes matemáticas del universo —dice Arroyo.

—Las leyes matemáticas —dice Moreno.

Para ser un hombre con un exterior tan poco atractivo, Moreno habla con una notable seguridad en sí mismo.

—Qué fascinante —dice Valentina.

—¡Ven a ver esto, Simón! —vuelve a susurrar el niño.

—Un momento —le contesta él en voz baja.

—Fascinante de verdad —repite Consuelo—. Pero se está haciendo tarde. Deberíamos estar yendo al Instituto. Una pregunta rápida, señor Arroyo: ¿cuándo reabrirá usted la Academia?

—Todavía no hay fecha —dice Arroyo—. Lo que sí puedo decirles es que, hasta que encontremos a un profesor de danza, la Academia será exclusivamente una academia de música.

—Yo creía que la señora Mercedes iba a ser la nueva profesora de danza.

—Por desgracia, Mercedes tiene obligaciones en Novilla que no puede dejar de lado. Está de visita en Estrella para ver a sus sobrinos, mis hijos, no para dar clases. Todavía no hemos elegido a ningún profesor de danza.

—Todavía no ha elegido usted a ningún profesor de danza —dice Consuelo—. Yo no sé nada del tal Dmitri más allá de lo que he leído en el periódico, pero espero, y perdone que se lo mencione, que en el futuro tenga usted más cuidado con los empleados que elige.

—Dmitri no estaba empleado en la Academia —dice él, Simón—. Trabajaba de conserje en el museo de la planta baja. Es el museo el que debería tener más cuidado con los empleados que elige.

—Un maníaco homicida en este mismo edificio —dice Consuelo—. La sola idea me da escalofríos.

—Era ciertamente un maníaco homicida. También era un tipo afable. Los niños de la Academia lo querían. —Él no está defendiendo a Dmitri sino a Arroyo, el hombre que estaba tan enfrascado en su música que permitió que su mujer se involucrara en una aventura fatídica con un subalterno—. Los niños son inocentes. Ser inocente comporta no desconfiar de las cosas. Implica abrir tu corazón a alguien que te sonríe y te dice que eres su muchachito y te regala golosinas.

—Dmitri dice que no se pudo controlar —dice David—. Dice que fue la pasión lo que le hizo matar a Ana Magdalena.

Hay un momento de silencio gélido. Moreno examina al extraño niño con el ceño fruncido.

—La pasión no es ninguna defensa —dice Consuelo—. Todos sentimos pasión en un momento u otro, pero no nos dedicamos a matar a nadie.

—Dmitri se ha ido a las minas de sal —dice David—. Va a extraer montones de sal para compensar el haber matado a Ana Magdalena.

—Bueno, pues nosotras nos aseguraremos de no usar para nada la sal de Dmitri en la granja, ¿verdad? —Mira con gesto severo a sus dos hermanas—. ¿Cuánta sal vale una vida humana? Tal vez se lo podrías preguntar a tu especialista Metrones.

—Metros —dice Moreno.

—Me disculpo: *Metros*. Simón, ¿podemos llevarte?

—Gracias, pero no; tengo aquí mi bicicleta.

Mientras el público empieza a marcharse, David lo coge de la mano y lo lleva por unas escaleras oscuras hasta el pequeño jardincito cercado que hay detrás del museo. Está lloviznando. A la luz de la luna el niño abre el pestillo de una portilla y se mete a cuatro patas en una de las jaulas. Hay un revuelo de graznidos entre las gallinas. El niño emerge con una criatura retorciéndose en sus brazos: un cordero.

—¡Mira, es Jeremías! ¡Antes era tan grande que yo no lo podía levantar, pero Alyosha se ha olvidado de darle leche y se ha hecho pequeño!

Él acaricia al cordero. El animal intenta chuparle el dedo.

—En este mundo nadie se hace pequeño, David. Si se ha vuelto pequeño, no es porque Alyosha no le haya dado de comer, es porque este no es el Jeremías de verdad. Es un nuevo Jeremías que ha ocupado el lugar del viejo, porque el viejo Jeremías ha crecido y se ha convertido en una oveja. A la gente le parecen encantadores los Jeremías jóvenes pero no los viejos. Nadie quiere abrazar a los Jeremías viejos. Es su desgracia.

—¿Y dónde está el viejo Jeremías? ¿Puedo verlo?

—El viejo Jeremías está de vuelta en el prado con las demás ovejas. Un día que tengamos tiempo podemos ir y buscarlo. Pero ahora mismo tenemos que asistir a una charla.

Cuando salen a la calle Hugo la lluvia ha arreciado. Mientras el niño y él vacilan en la puerta, se oye un susurro áspero.

—¡Simón!

Una figura alta envuelta en una capa o tal vez una manta se planta ante ellos y les hace señales con la mano. ¡Es Dmitri! El niño sale corriendo hacia él y le abraza los muslos.

—¿Qué demonios estás haciendo aquí, Dmitri? —le pregunta él, Simón, en tono imperioso.

—¡Chsss…! —dice Dmitri, y añade con un susurro exagerado—: ¿Hay algún sitio adonde podamos ir?

—No vamos a ir a ninguna parte —dice él sin bajar la voz—. ¿Qué estás haciendo aquí?

Dmitri le coge del brazo sin contestar y lo empuja al otro lado de la calle vacía —él se queda asombrado ante su fuerza—, hasta la puerta del estanco.

—¿Te has escapado, Dmitri? —dice el niño.

Está emocionado; sus ojos resplandecen a la luz de la luna.

—Sí, me he escapado —dice Dmitri—. Tenía asuntos pendientes, me he tenido que escapar, no he tenido elección.

—¿Y te están buscando con sabuesos?

—No hace tiempo para sabuesos —dice Dmitri—. Demasiada humedad para sus hocicos. Los sabuesos han vuelto a sus perreras a esperar a que pare la lluvia.

—Menuda tontería —dice él, Simón—. ¿Qué quieres de nosotros?

—Tenemos que hablar, Simón. Siempre has sido un tipo decente; siempre he sentido que podía hablar contigo. ¿Podemos ir a tu habitación? No tienes ni idea de cómo es no tener casa ni sitio donde caerte muerto. ¿Reconoces este abrigo? Es el que me diste. Me causó una impresión muy grande que me regalaras el abrigo. Cuando estaba siendo universalmente execrado por lo que había hecho, tú me diste un abrigo y una cama donde dormir. Eso solo lo haría un tipo verdaderamente decente.

—Te lo di para deshacerme de ti. Ahora déjanos en paz. Tenemos prisa.

—¡No! —dice el niño—. Háblanos de las minas de sal, Dmitri. ¿De verdad te azotan en las minas de sal?

—Podría contar muchas cosas de las minas de sal —dice Dmitri—, pero eso va a tener que esperar. Tengo algo más urgente en mente, el arrepentimiento. Necesito tu ayuda, Simón. Nunca me arrepentí, ¿sabes? Y ahora quiero arrepentirme.

—Pensaba que era justamente para eso para lo que teníamos minas de sal: para arrepentirse en ellas. ¿Qué haces aquí cuando deberías estar allí?

—No es tan simple, Simón. Lo puedo explicar todo, pero tardaría bastante. ¿Tenemos que estar aquí acurrucados bajo la lluvia y con el frío que hace?

—Me trae sin cuidado que tengas frío y estés mojado. David y yo tenemos una cita a la que asistir. La última vez que te vi me dijiste que te ibas a las minas de sal a entregarte para que te castigaran. ¿Llegaste a ir siquiera a las minas de sal, o era otra mentira?

—Cuando te dejé, Simón, tenía toda la intención de ir a las minas de sal. Era lo que me decía mi corazón. «Acepta tu castigo como un hombre», me decía el corazón. Pero sobrevinieron otros factores. «Sobrevinieron»: bonita palabra. Otros factores se hicieron sentir. Por tanto, no. Lo siento, David. Te he decepcionado. Te dije que iba a ir, pero no fui.

»La verdad es que he estado rumiando amargamente, Simón. Ha sido un momento oscuro para mí; he estado rumiando sobre mi destino. Fue un shock para mí descubrir que a fin de cuentas no tenía agallas para aceptar lo que me merecía, es decir, una temporada en las minas de sal. Un shock tremendo. Y era un problema de mi hombría. Si hubiera sido un hombre, un hombre de verdad, habría ido, de eso no hay duda. Pero descubrí que no era un hombre. Era menos que un hombre. Era un cobarde. Esa es la realidad que tuve que afrontar. Asesino y encima cobarde. ¿Me puedes culpar por sentirme afligido?

Él, Simón, ya se ha hartado.

—Ven, David —le dice. Y a Dmitri—: Te aviso, voy a telefonear a la policía.

Él medio espera que el niño proteste. Pero no: David echa un vistazo por encima del hombro a Dmitri y luego lo sigue.

—¡El burro hablando de orejas! —les grita Dmitri—. ¡Vi cómo mirabas a Ana Magdalena, Simón! ¡Tú también la deseabas, lo que pasa es que no eras lo bastante hombre para ella!

En medio de la calle azotada por la lluvia, agotado, él se gira en dirección a la diatriba de Dmitri.

—¡Adelante! ¡Llama a tu querida policia! Y tú, David: me esperaba más de ti. De verdad. Pensaba que eras un chaval duro de pelar. Pero no, resulta que estás sojuzgado por ellos: por esa zorra sin sentimientos de Inés y por este hombre de papel. Te han hecho de madre y de padre hasta que ya no queda de ti más que una sombra. ¡Vete! ¡Que te aproveche!

Como si el silencio de ellos le diera fuerzas, Dmitri emerge del portal que lo resguarda y, sosteniendo el abrigo por encima de la cabeza como si fuera una vela, cruza la calle de vuelta a la Academia.

—¿Qué va a hacer, Simón? —susurra el niño—. ¿Va a matar al señor Arroyo?

—No tengo ni idea. Está loco. Por suerte no hay nadie en casa, se han ido todos al Instituto.

22

Aunque él pedalea tan rápido como puede, llegan tarde a la charla. Haciendo el menor ruido posible, el niño y él se sientan en la última fila con la ropa toda mojada.

—Es una figura desconocida, Metros —está diciendo Moreno—. E igual que su camarada Prometeo, el portador del fuego, tal vez únicamente sea una figura de leyenda. Pese a todo, la llegada de Metros marca un punto de inflexión en la historia de la humanidad: el momento en el que renunciamos colectivamente a la antigua forma de entender el mundo, la forma animal e irreflexiva, cuando abandonamos por fútil la misión de conocer las cosas en sí mismas y empezamos a ver el mundo a través de sus metrones. Y a base de dirigir la mirada a las fluctuaciones de los metrones, nos permitimos descubrir nuevas leyes, unas leyes que tienen que obedecer incluso los cuerpos celestiales.

»Y asimismo, en la tierra, donde siguiendo el espíritu de la nueva ciencia métrica nos pusimos a medir a la humanidad y descubrimos que todos los hombres son iguales, llegamos a la conclusión de que los hombres también debían someterse a esa ley. Se acabaron los esclavos, se acabaron los reyes y se acabaron las excepciones.

»¿Acaso Metros el medidor era una mala persona? ¿Acaso él y sus herederos fueron culpables de abolir la realidad y poner un simulacro en su lugar, tal como afirman algunos críticos? ¿Acaso nos iría mejor si Metros no hubiera nacido nunca? Cuando miramos este espléndido Instituto que nos rodea, diseñado por arquitectos y construido por ingenieros instruidos en los metrones del estatismo y el dinamismo, no resulta fácil mantener esa posición.

»Gracias por su atención.

El aplauso del público, que casi llena el teatro, es largo y estentóreo. Moreno reúne sus notas y baja del estrado. Arroyo coge el micrófono.

—Gracias, Javier, por ese fascinante y magistral perfil de Metros y su legado, un perfil que nos ofreces, apropiadamente, en la víspera del censo, esa orgía de mediciones.

»Con tu permiso, te responderé brevemente. Y después de mi réplica, abriremos el debate al público.

A continuación hace una señal. Los dos hijos de Arroyo se levantan de sus asientos de la primera fila, se desvisten hasta quedarse en camiseta, calzoncillos y zapatillas doradas y se reúnen con su padre en el escenario.

—La ciudad de Estrella me conoce como músico y director de la Academia de Danza, una academia donde no se hace distinción entre la danza y la música. ¿Y por qué no? Pues porque creemos que la conjunción de música y danza, la música-danza, es una forma única de comprender el universo, la forma humana pero también la forma animal, la forma que prevalecía antes de la llegada de Metros.

»E igual que en la Academia no distinguimos entre música y danza, tampoco hacemos distinción alguna entre mente y cuerpo. Las enseñanzas de Metros constituyeron una nueva ciencia mental, y el conocimiento al que dieron existencia era un nuevo conocimiento mental. El modo antiguo de comprensión venía del movimiento conjunto de cuerpo y mente, de cuerpo-mente, al ritmo de la música-danza. Durante esa danza salen a la superficie recuerdos antiguos, recuerdos arcaicos, un conocimiento que perdimos cuando vinimos aquí cruzando los océanos.

»Puede que nos denominemos Academia, pero no somos una academia de ancianos. Al contrario, nuestros miembros son niños, ya que en ellos esos recuerdos arcaicos, recuerdos de una existencia anterior, no están extintos ni mucho menos. Por eso les he pedido a estos dos muchachos, mis hijos Joaquín y Damián, que suban conmigo a la tarima.

»Las enseñanzas de Metros se basan en los números, pero Metros no inventó los números. Los números ya existían antes de que Metros naciera, antes de que existiera la humanidad. Metros se limitó a usarlos, a someterlos a su sistema. Mi difunta mujer solía decir que en manos de Metros los números son números-hormiga, que copulan sin cesar y se dividen y se multiplican sin cesar. A través de la danza ella devolvió a sus alumnos a los números verdaderos, que son eternos, indivisibles e incontables.

»Yo soy músico y no se me da bien la argumentación, tal como quizá puedan oír ustedes. A fin de mostrarles cómo era el mundo antes de que llegara Metros, voy a guardar silencio mientras Joaquín y Damián ejecutan un par de danzas para todos nosotros, la danza del Dos y la danza del Tres. A continuación ejecutarán la danza del Cinco, que es más difícil.

Hace una señal. De forma simultánea, y en contrapunto, uno a cada lado del escenario, los chicos inician las danzas del Dos y del Tres. Mientras bailan, la agitación que el enfrentamiento con Dmitri había despertado en el seno de él, de Simón, se disipa; es capaz de relajarse y de disfrutar de sus movimientos naturales y fluidos. Aunque la filosofía de la danza de Arroyo le resulta tan difícil de entender como siempre, empieza a ver, aunque de forma muy vaga, lo que quiere decir Arroyo cuando habla de danzar los números y de hacer bajar los números del cielo.

Los bailarines concluyen al mismo tiempo, en el mismo compás, en el centro del escenario. Hacen una pausa momentánea y luego, siguiendo el apunte de su padre, que ahora los acompaña a la flauta, se embarcan juntos en la danza del Cinco.

Él ve enseguida por qué Arroyo ha dicho que el Cinco era difícil: difícil para los bailarines, pero también para los espectadores. Con el Dos y el Tres él podía sentir que una fuerza dentro de su cuerpo –la corriente de su sangre o como uno la quisiera llamar– se movía al ritmo de los brazos y piernas de los chicos. Con el Cinco no existe esa sensación. La danza tiene un patrón –que él puede captar débilmente–, pero su cuerpo es demasiado tonto, demasiado estólido, para localizarlo y seguirlo.

Echa un vistazo a David, sentado a su lado. David tiene el ceño fruncido; sus labios se mueven en silencio.

–¿Algún problema? –le susurra–. ¿No lo están haciendo bien?

El niño mueve la cabeza con gesto impaciente.

La danza del Cinco toca a su fin. Codo con codo, los hijos de Arroyo miran al público. Hay una salva de aplausos corteses aunque perpleja. En ese momento David se levanta de su asiento y echa a correr por el pasillo. Sobresaltado, él, Simón, se pone de pie y lo sigue, pero es demasiado tarde para impedirle que suba al escenario.

–¿Qué pasa, jovencito? –le pregunta Arroyo con el ceño fruncido.

–Me toca a mí –dice el niño–. Quiero danzar el Siete.

–Ahora no. Aquí no. Esto no es un concierto. Ve a sentarte.

Entre murmullos del público, él, Simón, sube al escenario.

–Ven, David, estás molestando a todo el mundo.

El niño se lo sacude de encima perentoriamente.

–¡Me toca a mí!

–Muy bien –dice Arroyo–. Danza el Siete. Cuando termines, quiero que te vayas y te sientes otra vez en silencio. ¿De acuerdo?

Sin decir palabra, el niño se quita los zapatos. Joaquín y Damián le hacen sitio; él inicia su danza en silencio. Arroyo lo observa con los ojos entornados en gesto de concentración, y se lleva la flauta a los labios. La melodía que toca es correcta y justa y verdadera; sin embargo, él, Simón, puede oír que es el bailarín el que lleva la batuta y el maestro el que lo sigue. De algún recuerdo soterrado en su memoria emergen las palabras «pilar de gracia», sorprendiéndolo, porque la imagen que él conserva, de los campos de fútbol, es que el niño es un manojo concentrado de energía. Ahora, sin embargo, en el escenario del Instituto, se revela el legado de Ana Magdalena. Como si la tierra hubiera perdido su poder de atracción descendente, el niño parece liberarse de todo peso corporal y convertirse en luz pura. A él, a Simón, la lógica de la danza lo elude por completo, y sin embargo sabe que lo que se está desplegando ante sus ojos es extraordinario. Y a juzgar por el silencio que se cierne sobre el auditorio, él supone que a la gente de Estrella también le resulta extraordinario.

Los números son integrales y carecen de sexo, decía Ana Magdalena; sus formas de amar y de conjugar exceden nuestra comprensión. Y por eso solo los seres asexuados los pueden hacer descender del cielo. El ser que está danzando delante de ellos no es ni infante ni adulto, ni chico ni chica; él incluso diría que no es ni cuerpo ni espíritu. Con los ojos cerrados, la boca abierta, en éxtasis, David ejecuta flotando los distintos pasos con una elegancia tan fluida que el tiempo se detiene. Demasiado enfrascado incluso para respirar, él, Simón, murmura para sus adentros: «¡Acuérdate de esto! ¡Si en algún momento del futuro sientes la tentación de dudar de él, acuérdate de esto!».

La danza del Siete termina tan abruptamente como ha empezado. La flauta guarda silencio. Todavía jadeando un poco, el niño mira a Arroyo.

—¿Quiere que dance el Once?

—Ahora no —dice Arroyo en tono distraído.

Una exclamación reverbera por el auditorio procedente del fondo de la sala. La exclamación en sí es confusa —¿«Bravo»?, ¿«Slavo»?—, pero la voz es familiar: es la de Dmitri. A él se le cae el alma a los pies. ¿Es que ese hombre nunca va a dejar de acosarlo?

Arroyo vuelve a la realidad.

—Es hora de regresar al tema de nuestra charla, Metros y su legado —anuncia—. ¿Hay alguna pregunta que le quieran dirigir ustedes al señor Moreno?

Un caballero anciano se levanta.

—Si se han terminado ya las bufonadas de los niños, profesor, tengo dos preguntas. En primer lugar, señor Moreno, ha dicho usted que, en calidad de herederos de Metros, nos hemos medido a nosotros mismos y hemos descubierto que somos todos iguales. Y dado que somos iguales, dice usted, eso quiere decir que todos tenemos que ser iguales ante la ley. Ya no tiene que haber nadie por encima de la ley. Se acabaron los reyes, los superhéroes y los seres excepcionales. Sin embargo, y regreso a mi primera pregunta, ¿acaso es bueno que el imperio de la ley no conceda excepciones? Si la ley se aplica sin excepciones, ¿qué lugar queda para la compasión?

Moreno se adelanta y se sube al estrado.

—Una pregunta excelente, y también profunda —responde—. ¿Acaso la ley no debe dejar espacio para la compasión? La respuesta que nuestros legisladores nos han dado es que sí, que debe dejar espacio para la compasión, o bien, siendo más concretos, para la remisión de la sentencia, *pero únicamente cuando esta sea merecida*. El delincuente tiene una deuda con la sociedad. El perdón de su deuda se debe obtener por medio de un esfuerzo de contrición. Así es como se preserva la soberanía de la medida: hay que sopesar, por decirlo de algún modo, la sustancia de la contrición del delincuente, y a continuación deducirse un peso equivalente de su sentencia. Tenía usted una segunda pregunta.

El orador del público echa un vistazo a su alrededor.

—Seré breve. No ha mencionado usted para nada el dinero. Sin embargo, en cuanto que medida universal del valor, está claro que el dinero es el legado más importante de Metros. ¿Dónde estaríamos sin dinero?

Antes de que Moreno pueda contestar, Dmitri, a cabeza descubierta y vestido con el abrigo de él, de Simón, se precipita al pasillo y con un solo movimiento se sube al escenario, sin dejar de vociferar:

—¡Ya basta, ya basta, ya basta!

»Juan Sebastián —grita; no le hace falta micrófono—. Estoy aquí para suplicar tu perdón. —Se gira hacia el público—. Sí, le suplico a este hombre que me perdone. Ya sé que están ustedes ocupados con otros asuntos, asuntos importantes, pero yo soy Dmitri, Dmitri el paria, y Dmitri no tiene vergüenza, está más allá de la vergüenza, igual que está más allá de muchas otras cosas. —Se vuelve hacia Arroyo—. Tengo que decirte, Juan Sebastián —continúa sin pausa, como si tuviera su discurso muy ensayado—, que he estado atravesando un periodo muy oscuro. Hasta he pensado en acabar con mi vida. ¿Y por qué? Pues porque finalmente me he dado cuenta, y ha sido un descubrimiento amargo, de que nunca seré libre hasta que me quiten de las espaldas la carga de la culpa.

Si Arroyo está desconcertado, no da muestras de ello. Con la espalda bien recta, hace frente a Dmitri.

—¿Adónde puedo acudir en busca de consuelo? —pregunta Dmitri en tono imperioso—. ¿A las autoridades? Ya habéis oído lo que se ha dicho aquí sobre la ley. La ley no toma en consideración el estado del alma de un hombre. Lo único que hace es escribir una ecuación, aplicar una sentencia a la medida de un crimen. Pongamos por caso a Ana Magdalena, tu mujer, cuya vida se vio segada en un momento. ¿Qué le da a un desconocido, a un hombre que no la vio en su vida, el derecho a ponerse una toga escarlata y decir: «Una vida entera de encierro, ese es el valor de su vida»? O bien: «Veinticinco años en las minas de sal». ¡No tiene ningún sentido! ¡Hay crímenes que no se pueden medir! ¡Están fuera de los baremos!

»¿Y qué se conseguiría, en cualquier caso, con veinticinco años en las minas de sal? Un tormento exterior, eso es todo. ¿Y el tormento exterior cancela el tormento interior, igual que se cancelan un más y un menos? No. El tormento interior sigue bullendo.

De improviso, se pone de rodillas delante de Arroyo.

—Soy culpable, Juan Sebastián. Lo sabes tú y lo sé yo. Nunca he fingido otra cosa. Soy culpable y necesito de verdad que me perdones. Solo estaré curado cuando tenga tu perdón. Ponme la mano en la cabeza y dime: «Dmitri, me has hecho algo terrible, pero te perdono». Dilo.

Arroyo permanece callado, con los rasgos paralizados por el asco.

—Lo que hice estuvo mal, Juan Sebastián. No lo niego y no quiero que nadie lo olvide. Que se recuerde siempre que Dmitri hizo algo malo, algo terrible. Pero está claro que eso no quiere decir que haya que condenarme y desterrarme a la oscuridad exterior. Está claro que se me puede conceder un poco de gracia. Está claro que alguien puede decir: «¿Dmitri? Me acuerdo de Dmitri. Hizo una cosa mala, pero en el fondo no era mala persona, el viejo Dmitri». Con eso ya me bastará; con esa única gota de agua salvadora. No que me absuelvan; solo que me reconozcan como hombre, que digan: «Sigue siendo nuestro, sigue siendo uno de nosotros».

Hay una pequeña conmoción en el fondo del auditorio. Dos agentes uniformados de la policía desfilan resueltamente por el pasillo en dirección al escenario.

Con los brazos por encima de la cabeza, Dmitri se pone de pie.

—Así que esta es tu respuesta —grita—. «Lleváoslo y encerradlo, a este espíritu problemático.» ¿Quién es responsable de esto? ¿Quién ha llamado a la policía? ¿Dónde estás acechando, Simón? ¡Enseña la cara! Después de pasar por todo lo que he pasado, ¿crees que me asusta una celda de la cárcel? Tú no puedes hacerme nada que esté a la altura de lo que yo me he hecho a mí mismo. ¿Te parezco un hombre feliz? No, lo que parezco es un hombre hundido en las profundidades de la tristeza, porque es ahí donde estoy, noche y día. Y tú, Juan Sebastián, eres el único que puede sacarme del profundo pozo de mi tristeza, porque es a ti quien hice el daño.

Los agentes de policía se detienen a pie de escenario. Son jóvenes, unos muchachos, y bajo el resplandor de los focos se los ve repentinamente inseguros.

—Te hice daño, Juan Sebastián, te hice algo profundamente malo. ¿Por qué lo hice? No tengo ni idea. Y no solo no tengo ni idea de por qué lo hice, sino que ni siquiera me puedo creer que lo hiciera. Es la verdad, la pura verdad. Lo juro. Es incomprensible; incomprensible desde fuera y también incomprensible desde dentro. Si los hechos no me estuvieran mirando a la cara, sentiría la tentación de estar de acuerdo con el juez… ¿Te acuerdas del juez del tribunal? No, claro que no, porque no estabas. Pues yo sentiría la tentación de decir: «No fui yo quien lo hizo, fue otro». Pero, por supuesto, eso no es cierto. Ni soy esquizofrénico ni hebefrénico ni ninguna de esas otras cosas que dijeron que tal vez soy. No estoy divorciado de la realidad. Tengo los pies en el suelo y los he tenido siempre. No: fui yo. Fui yo. Es un misterio y sin embargo no lo es. Un misterio que no es un misterio. ¿Cómo llegué a ser *yo* quien cometió la fechoría, *yo* precisamente? ¿Puedes ayudarme a contestar esa pregunta, Juan Sebastián? ¿Puede ayudarme alguien?

Por supuesto, el hombre es un farsante redomado. Por supuesto, sus remordimientos son inventados, forman parte de un plan para salvarse de las minas de sal. Pese a todo, cuando él, Simón, intenta imaginarse cómo ese hombre —que solía visitar todos los días el quiosco de la plaza para llenarse los bolsillos de piruletas para los niños— fue capaz de cerrar las manos en torno a la garganta de alabastro de Ana Magdalena y apretar hasta dejarla sin vida, la imaginación le falla. Le falla o se le viene abajo. Puede que lo que el hombre hizo no sea un verdadero misterio, pero aun así es un misterio.

Suena la voz del niño desde el fondo de la sala.

—¿Por qué no me lo preguntas a mí? ¡Se lo preguntas a todos los demás, pero a mí nunca!

—Tienes razón —dice Dmitri—. Es culpa mía, te lo tendría que haber preguntado a ti también. Dime, mi joven y bello bailarín, ¿qué puedo hacer con mi vida?

Los dos jóvenes agentes de policía hacen acopio de valor y empiezan a subir al escenario. Arroyo les hace un gesto brusco para que no suban.

—¡No! —grita el niño—. ¡Me lo tienes que preguntar *de verdad*!

—Muy bien —dice Dmitri—. Te lo pregunto de verdad. —Se arrodilla otra vez, junta las manos y relaja la expresión de su cara–. David, dímelo, por favor… No, no funciona. No puedo. Eres demasiado joven, hijo. Necesitas ser adulto para entender el amor y la muerte y esas cosas.

–Siempre dices lo mismo, igual que Simón: «¡No lo entiendes, eres demasiado pequeño!». ¡Pero *sí* que puedo entenderlo! ¡Pregúntamelo, Dmitri! *¡Pregúntamelo!*

Dmitri repite la farsa de juntar las manos y separarlas, cerrar los ojos y poner cara inexpresiva.

–*¡Pregúntamelo, Dmitri!*

El niño ya está gritando abiertamente.

Hay cierta agitación entre el público. La gente se levanta y se marcha. La mirada de él se encuentra con la de Mercedes, que está sentada en primera fila. La mujer levanta una mano en un gesto que él no puede descifrar. Las tres hermanas, sentadas junto a ella, tienen expresiones pétreas.

Él, Simón, les hace un gesto a los agentes de policía.

–Ya basta, Dmitri, se acabó el espectáculo. Es hora de irte.

Mientras uno de los agentes sujeta a Dmitri, el otro lo esposa.

–Así es –dice Dmitri con su voz normal–. De vuelta al loquero. De vuelta a mi celda solitaria. ¿Por qué no le cuentas a tu chaval, Simón, lo que piensas en el fondo? Tu padre o tu tío, o como sea que se presente, es demasiado fino para decírtelo, joven David, pero en secreto espera que yo me degüelle a mí mismo y deje mi sangre correr por el desagüe. Así podrán hacer una investigación forense y llegar a la conclusión de que la tragedia tuvo lugar mientras la mente del difunto estaba desequilibrada, y así se acabará por fin el tema de Dmitri. Se podrá cerrar su expediente. Pues déjame que te lo diga: no pienso matarme. Voy a seguir viviendo y voy a seguir atormentándote, Juan Sebastián, hasta que cedas. –Intenta postrarse de nuevo con dificultad, con las manos esposadas por encima de la cabeza–. ¡Perdóname, Juan Sebastián, perdóname!

–Llévenselo –dice él, Simón.

–¡No! –grita el niño. Tiene la cara ruborizada y está respirando entrecortadamente. Levanta una mano y lo señala con gesto dramático—. ¡Tienes que traerla de vuelta, Dmitri! *¡Tráe-la de vuelta!*

Dmitri se sienta con dificultad y se frota la barba de dos días del mentón.

—¿Traer de vuelta a quién, joven David?

—¡Ya lo sabes! ¡Tienes que traer de vuelta a Ana Magdalena!

Dmitri suspira.

—Ojalá pudiera, jovencito, ojalá pudiera. Créeme, si Ana Magdalena apareciera de repente ante nosotros, yo me inclinaría ante ella y le lavaría los pies con mis lágrimas de felicidad. Pero no va a volver. Se ha ido. Ya es agua pasada, y el pasado ya se ha ido para siempre. Es una ley de la naturaleza. Ni siquiera las estrellas pueden nadar en contra de la corriente del tiempo.

Durante todo el discurso de Dmitri, el niño ha seguido con la mano en alto, como si solo así pudiera preservar la fuerza de su dictamen; pero él, Simón, ve claramente que está empezando a flaquear, y tal vez Dmitri también puede verlo. Le afloran las lágrimas a los ojos.

—Hora de irme —dice Dmitri. Permite que los agentes de policía lo ayuden a incorporarse—. De vuelta a los médicos. «¿Por qué lo hiciste, Dmitri? ¿Por qué? ¿Por qué? ¿Por qué?» Pero tal vez no haya un porqué. Tal vez sea como preguntar por qué un pollo es un pollo, o por qué existe un universo y no un agujero enorme en el cielo. Las cosas son como son. No llores, hijo. Sé paciente, espera a la otra vida y allí volverás a ver a Ana Magdalena. Aférrate a esa idea.

—No estoy llorando —dice el niño.

—Sí estás llorando. Pero un buen berrinche no tiene nada de malo. Te limpia por dentro.

23

Amanece el día del censo, que es también el día del pase en Modas Modernas. El niño se levanta apático, arisco y sin apetito. ¿Es posible que esté enfermo? Él, Simón, le palpa la frente, pero la tiene fría.

—¿Viste el Siete anoche? —le pregunta el niño en tono severo.

—Claro. No podía quitarte la vista de encima. Hiciste una danza preciosa. Se lo pareció a todo el mundo.

—Pero ¿viste el Siete?

—¿Te refieres a si vi el número siete? No. No veo los números. Es un defecto que tengo. Solo veo lo que tengo delante de los ojos. Ya lo sabes.

—¿Qué vamos a hacer hoy?

—Después de toda la excitación de anoche, creo que deberíamos tener un día tranquilo. Te sugeriría que fuéramos a echar un vistazo al pase de moda de Inés, pero no creo que esté abierto a caballeros. Si quieres podemos ir a buscar a Bolívar y sacarlo de paseo, siempre y cuando estemos de vuelta en casa a las seis. Por el toque de queda.

Él espera una salva de «¿Por qué?», pero el niño no muestra interés alguno ni por el censo ni por el toque de queda. «¿Dónde está ahora Dmitri?» Otra pregunta que no surge. ¿Acaso ya no lo van a ver más? ¿Pueden comenzar por fin a olvidar a Dmitri? Él reza por que así sea.

Resulta que ya casi es medianoche cuando los agentes del censo vienen a llamar a su puerta. Él recoge al niño, que está medio dormido, gimoteando y envuelto en una manta, y lo mete directamente en un armario.

—No hagas ningún ruido —le susurra—. Es importante. Ni un ruido.

Los agentes del censo, una pareja joven, se disculpan por la tardanza.

—No conocemos esta parte de la ciudad —dice la mujer—. ¡Menudo laberinto de callejones y calles tortuosas!

Él les ofrece té, pero ellos tienen prisa.

—Todavía tenemos una lista larga de direcciones que visitar —dice ella—. Vamos a pasarnos la noche entera.

El asunto del censo apenas dura un momento. Él ya ha rellenado el impreso. «Número de personas en la familia: UNA», ha escrito. «Estado civil: SOLTERO.»

En cuanto se marchan libera al niño de su encierro y lo devuelve a la cama, profundamente dormido.

Por la mañana se acercan dando un paseo a ver a Inés. Diego y ella están sentados a la mesa del desayuno; ella está más animada y de buen humor de lo que él la ha visto nunca, y no para de charlar sobre el pase de moda, que todo el mundo está de acuerdo en que fue un gran éxito. Las mujeres de Estrella acudieron en masa a ver las novedades de la temporada de primavera. Los cuellos bajos, las cinturas altas y la simple confianza en el negro y el blanco han obtenido la aprobación general. Las preventas han superado todas las expectativas.

El niño escucha con mirada vidriosa.

—Bébete la leche —le dice Inés—. La leche fortalece los huesos.

—Simón me encerró en el armario —dice—. No podía respirar.

—Solo mientras estaban en casa los del censo —dice él—. Una pareja joven muy amable, muy educada. David estuvo callado como una tumba. Lo único que vieron fue a un viejo solterón al que habían sacado de su modorra. No estuvieron ni cinco minutos. Nadie se muere de asfixia en cinco minutos.

—Aquí igual —dice Inés—. Se marcharon al cabo de cinco minutos. Sin hacer preguntas.

—Así pues, David sigue siendo invisible —dice él, Simón—. Felicidades, David. Te has vuelto a escapar.

—Hasta el próximo censo —dice Diego.

—Hasta el próximo censo —admite él, Simón.

—Con tantos millones de almas por contar —dice Diego—, ¿qué más da si se les pasa una por alto?

—¿Qué más da, en efecto? —ratifica él, Simón.

—¿Soy invisible de verdad? —pregunta el niño.

—No tienes nombre y no tienes número. Con eso ya basta para hacerte invisible. Pero no te preocupes, nosotros podemos verte. La gente normal con ojos en la cara sí que puede verte.

—No me preocupo —dice el niño.

Suena el timbre: es un joven que les trae una carta, acalorado y sofocado después de su largo trayecto. Inés lo invita a entrar y le ofrece un vaso de agua.

La carta, dirigida conjuntamente a Inés y a Simón, es de Alma, la tercera hermana. Inés la lee en voz alta.

—«Cuando volvimos a casa del Instituto la otra noche, mis hermanas y yo estuvimos hablando hasta bien entrada la noche. Por supuesto, nadie podía prever que Dmitri fuera a irrumpir de esa manera. Pese a todo, nos dejó consternadas la forma en que se celebró el acto. Nos da la impresión de que gran parte de la culpa la tuvo el señor Arroyo por invitar a niños al escenario. No fue precisamente una demostración de sentido común.

»Aunque mis hermanas y yo conservamos el mayor de los respetos por el señor Arroyo como músico, pensamos que ha llegado el momento de distanciarnos de la Academia y de la camarilla de gente de la que su director se ha rodeado. Por consiguiente, escribo para informarle de que si David regresa a la Academia, ya no le pagaremos sus cuotas.»

Inés interrumpe su lectura.

—¿De qué está hablando? —dice ella—. ¿Qué pasó en el Instituto?

—Es una larga historia. El señor Moreno, el visitante a quien se dedicaba la recepción, dio una charla en el Instituto a la que asistimos David y yo. Después de la charla, Arroyo hizo subir a sus hijos al escenario para que ejecutaran una de sus danzas. Supuestamente era una especie de respuesta artística a la charla, pero Arroyo perdió el control de la situación y todo desembocó en el caos. Ya te contaré los detalles en otro momento.

—Vino Dmitri —dice el niño—. Se puso a gritar a Simón. Gritó a todo el mundo.

—¡Otra vez Dmitri! —dice Inés—. ¿Es que no nos vamos a librar nunca de él?

A continuación reanuda su lectura.

—«En calidad de solteronas sin hijos —escribe Alma—, mis hermanas y yo no estamos precisamente cualificadas para dar consejos sobre cómo criar hijos. Pese a todo, nos parece que a David se le consiente demasiado. Creemos que le iría bien que a veces se le refrenara un poco su temperamento natural.

»Permítanme que añada algo de mi parte. David es un niño muy poco común. Lo recuerdo con afecto, aunque no lo vuelva a ver nunca. Denle recuerdos de mi parte. Díganle que me gustó su danza.

»Suya, Alma.»

Inés dobla la carta y la mete bajo el bote de la mermelada.

—¿Qué quiere decir que se me consiente demasiado? —pregunta el niño en tono severo.

—Tú no te preocupes por eso —dice Inés.

—¿Se van a llevar las marionetas?

—Claro que no. Son tuyas.

Hay un largo silencio.

—¿Ahora qué? —dice él, Simón.

—Nos buscamos un profesor·particular —dice Inés—. Como he dicho yo desde el principio. Alguien con experiencia. Alguien que no consienta más tonterías.

No es Alyosha quien abre la puerta de la Academia, sino Mercedes, que vuelve a usar su bastón.

—Buenos días —le dice él—. ¿Querría usted informar al profesor de que el nuevo empleado ha llegado para cumplir con sus obligaciones?

—Entra —dice Mercedes—. El profesor está encerrado, como de costumbre. ¿De qué obligaciones me hablas?

—Limpiar. Cargar bultos. Lo que haga falta. A partir de hoy, soy el milusos de la Academia: el factótum, el burro de carga.

—Si lo estás diciendo en serio, no iría mal que alguien fregara el suelo de la cocina. Y los cuartos de baño. ¿Por qué te estás ofreciendo? No hay dinero para pagarte.

—Hemos llegado a un acuerdo, Juan Sebastián y yo. No hay dinero de por medio.

—Para ser un hombre que no baila, pareces tenerle una devoción desacostumbrada a Juan Sebastián y a su Academia. ¿Significa esto que tu hijo va a volver pronto?

—No. Su madre se opone a que vuelva. Cree que con Juan Sebastián se ha asilvestrado.

—Y no le falta razón.

—No le falta razón. Su madre cree que ya es hora de que inicie una educación normal.

—¿Y tú? ¿Qué piensas tú?

—Yo no pienso, Mercedes. En nuestra familia, yo soy el tonto, el ciego, el que no baila. Inés manda. David manda. El perro manda. Yo voy dando tumbos detrás de ellos, confiando en que llegue el día en que se me abran los ojos y pueda contemplar el mundo tal como es realmente, incluyendo los números en toda su gloria, el Dos y el Tres y los demás. Usted me ofreció lecciones de danza y yo las rechacé. ¿Puedo cambiar de opinión?

—Es demasiado tarde. Me marcho hoy. Cojo el tren a Novilla. Deberías haber cogido el toro por los cuernos mientras podías. Si quieres lecciones, ¿por qué no se las pides a tu hijo?

—David me considera incapaz de aprender, un caso perdido. ¿No tiene usted tiempo ni para una sola lección? ¿Una introducción rápida a los misterios de la danza?

—Veré lo que puedo hacer. Vuelve después del almuerzo. Hablaré con Alyosha y le pediré que toque para nosotros. Entretanto, haz algo con tu calzado. No puedes bailar con botas. No te prometo nada, Simón. Yo no soy Ana Magdalena ni una devota del sistema Arroyo. Mientras estés conmigo, no verás visiones.

—No pasa nada. Las visiones ya vendrán cuando vengan. O no.

No tiene problemas para encontrar la zapatería. Lo atiende el mismo empleado de la otra vez, el hombre alto con cara triste y bigotito.

—¿Zapatillas de danza para usted, señor? —Niega con la cabeza—. No tenemos. De su talla, no. No sé qué aconsejarle. Si no las vendemos nosotros, tampoco las venderá ninguna otra tienda de Estrella.

—Enséñeme la talla más grande que tenga.

—La más grande que tenemos es una treinta y seis, pero es talla de mujer.

—Enséñemelas. En dorado.

—Por desgracia, solo tenemos la treinta y seis en plateado.

—Pues en plateado.

Por supuesto, en la treinta y seis no le cabe el pie.

—Me las llevo —dice, y le paga cincuenta y nueve reales.

Ya en su habitación, raja las punteras de las zapatillas con una cuchilla de afeitar, embute los pies en ellas y ata los cordones. Los dedos le sobresalen obscenamente. Así están bien, se dice a sí mismo.

Cuando le ve las zapatillas, Mercedes suelta una carcajada.

—¿De dónde has sacado esos zapatos de payaso? Quítatelos. Más te vale bailar descalzo.

—No. He pagado los zapatos de payaso y los voy a llevar.

—¡Juan Sebastián! —lo llama Mercedes—. ¡Ven a ver esto!

Arroyo entra en el estudio y lo saluda con la cabeza. Si se fija en los zapatos, o si le hacen gracia, no da muestras de ello. Se sienta ante el piano.

—Pensaba que iba a tocar para nosotros Alyosha —dice él, Simón.

—No encuentro a Alyosha por ningún lado —dice Mercedes—. No te preocupes, Juan Sebastián no está por encima de tocar para ti, toca a diario para los niños. —Ella deja de lado su bastón, se coloca detrás de él y lo coge de la parte superior de los brazos—. Cierra los ojos; vas a mecerte de lado a lado, apoyándote primero en el pie izquierdo y después en el derecho, izquierdo y derecho, izquierdo y derecho. Imagínate, si eso te ayuda, que detrás de ti, moviéndose a tu ritmo, hay una diosa joven e inalcanzablemente hermosa, no la vieja y fea Mercedes.

Él obedece. Arroyo empieza a tocar: una melodía simple, una melodía infantil. Él, Simón, experimenta un equilibrio menos firme de lo que pensaba, tal vez porque no ha comido. Pese a todo, se mece de un lado a otro al compás de la música.

—Bien. Ahora da un paso corto hacia delante con el pie derecho y luego hacia atrás; luego un paso adelante con el izquierdo y un paso atrás. Bien. Repite el movimiento: pie derecho adelante y atrás, pie izquierdo adelante y atrás, hasta que yo te diga que pares.

Él obedece, dando algún que otro traspié con las zapatillas de extrañas suelas blandas. Arroyo invierte la melodía, la cambia y la elabora: y aunque el pulso se mantiene firme, la pequeña aria empieza a revelar una estructura nueva, punto a punto, como si estuviera creciendo un cristal en el aire. A él lo invade el éxtasis; desearía poder sentarse y escuchar como es debido.

—Ahora voy a dejarte ir, Simón. Vas a levantar los brazos para equilibrarte y vas a seguir moviendo el pie derecho adelante y atrás, el pie izquierdo adelante y atrás, pero con cada paso vas a hacer un cuarto de giro a la izquierda.

Él sigue sus instrucciones.

—¿Cuánto tiempo he de seguir así? —dice—. Me estoy mareando un poco.

—Tú sigue. El mareo se te pasará.

Él obedece. Hace fresco en el estudio; él es consciente de la altura del espacio que tiene sobre la cabeza. Mercedes se retira; solo queda la música. Con los brazos extendidos y los ojos cerrados, él traza lentamente un círculo arrastrando los pies. La primera estrella empieza a elevarse sobre el horizonte.